IGNAZ HOLD
KALTES MEER

AF177541

Buch

Commissaire Jean-Luc Papperin erhält einen telefonischen Hilferuf von einer entfernten Verwandten aus der Bretagne. Ominöse Anrufe bedrohen sie und machen ihr Angst. Nur widerwillig ändert Papperin seine Urlaubspläne und fährt zu ihr nach Saint Malo. Dort wird er Zeuge der mysteriösen Anrufe. Eine Männerstimme gibt unerklärliche Zahlenkombinationen durch. Nur langsam kommt er hinter das Geheimnis. Eine Leiche, die von der tosenden Brandung an den Strand gespült wird, eine verhängnisvolle Bootsfahrt voller Gefahren und die technische Hilfe seines Teams in Aix en Provence führen auf die Spur des Anrufers und zur Aufklärung eines grauenhaften Verbrechens.

Autor

Ignaz Hold ist ein Pseudonym. Der Autor, ein reiselustiger Wissenschaftler, hat seit über einem Vierteljahrhundert in der Provence eine zweite Heimat gefunden und kennt diesen Fleck Europas wie seine Westentasche. Er erholt sich, wann immer sein Beruf es ihm erlaubt, vom Stress des Alltags in seinem Haus in der Haute Provence. Dorthin, in die ländliche Idylle eines provenzalischen Dorfes, zieht er sich zurück, um zu schreiben. Neben nüchternen Fachbüchern entstehen dort seine Provencekrimis, in denen er den ganzen provenzalischen Mikrokosmos mit all seinen Problemen, Charakteren, landschaftlichen und kulinarischen Reizen einfängt und in spannende Krimis einfließen lässt.

Ignaz Hold

KALTES MEER
Commissaire Papperins achter Fall

ambiente-krimis

ambiente-krimis,
Michael Heinhold
Am Feilnbacher Bahnhof 10
83043 Bad Aibling
Zweite Auflage 2021
Copyright © 2020 by Ignaz Hold
Alle Rechte vorbehalten
Gesamtherstellung: CPI Clausen & Bosse, Leck
Umschlagfoto: Michael Heinhold

ISBN der Taschenbuchausgabe: ISBN 978-3-945503-24-9
ISBN der E-Book-Ausgabe: 978-3-945503-25-6

... mais la menace du plus fort me fait toujours
passer du côté du plus faible.

... aber die Bedrohung durch den Stärkeren bewirkt bei mir stets,
dass ich mich auf die Seite des Schwächeren stelle.

Aus: Mémoires d'Outre Tombe,
François-René de Chateaubriand
Bretonischer Schriftsteller

Personen und Handlungen in diesem Roman sind frei erfunden und orientieren sich nicht an lebenden oder toten Vorbildern oder an tatsächlichen Geschehnissen. Etwaige Ähnlichkeiten sind nicht beabsichtigt und wären rein zufällig

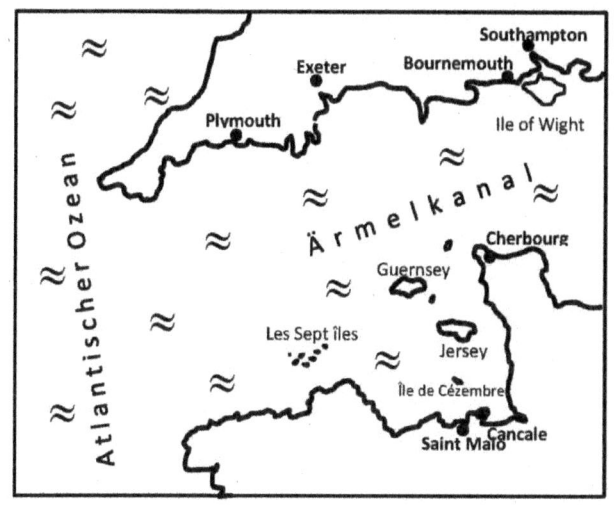

Schauplätze der Handlung

Prolog

Tiefdunkle Wolken ballten sich über dem wild beweg-
ten Meer zusammen. Der eisige Wind peitschte die Wellen
vor sich her und setzte ihnen weiße Schaumkronen auf. Wie
eine in steter Bewegung befindliche Berglandschaft rollten
die grauschwarzen Wogen mit ihren schmutzig-weißen
Gischtkämmen vorüber, bis sie im nebligen Dunst in der
Ferne mit den tief hängenden Wolkenschwaden zu einer
grauen Masse verschmolzen. Dunkles Wasser weit und
breit. Kein Land, kein Schiff, nichts, was die trostlose Eintö-
nigkeit des Ozeans durchbrach. Eine unendliche, sturmge-
peitschte und gefährliche Wüste aus Nässe, Wind und Wolken.

Das Wasser war kalt. Immer wieder schlugen die
schaumbekrönten Wellenkämme über seinem Kopf zusammen und drückten ihn tief unter Wasser. Immer wieder
kämpfte er sich nach oben, japste nach Luft und suchte mit
seinen Augen die nächste Woge, deren brodelnde Gischt ihn
überspülte und wieder in die Tiefe riss. Langsam verließen
ihn die Kräfte. Seine Beine und Arme schmerzten wegen der
Anstrengung. Sie begannen vor Kälte steif zu werden. Er
konnte sie kaum noch bewegen. Immer schwächer wurden
die Schwimmstöße, mit denen er die Wasseroberfläche zu
erreichen versuchte.

Warum nur hatte er nicht nachgegeben, nicht stillgehal-
ten? Nein! Er musste sich einmischen, seinem Sinn für Ge-
rechtigkeit, für Vergeltung, nachgeben. Sich für die un-
menschliche Behandlung rächen. Er hatte seinem Gegner die
Faust in die Magengrube gerammt. Seinen ganzen Frust und
seine aufgespeicherte Wut hatte er in diesen Stoß gelegt.
Glasklar hatte er noch vor Augen, wie sein Gegenüber
wankte. Doch was dann folgte, war aus seinem Gedächtnis

verschwunden, ausgelöscht, als hätte jemand den *delete-button* in seinem Gehirn gedrückt. Aber wieso war er jetzt hier, in diesem eisigen Wasser, das ihn zu verschlingen drohte? Woher kam der brüllende Schmerz in seiner Brust? Er schloss die Augen und ließ sich einen Augenblick gehen. Die Erinnerung überkam ihn. Gleißende Sonne, endlose Hügel mit von der Sonne verbranntem, braunem Gras, hier und da ein Schatten spendender Baum, eine junge Frau in buntem, wehendem Gewand kam ihm entgegen – seine Schwester? Nein, seine Frau! Er sah sie nur unscharf, schemenhaft. Sie winkte ihm. Er lief freudig auf sie zu, sank glücklich in ihre Arme.

Nur eine kurze Weile leuchtete das Rot seiner Fleecejacke auf der heranrollenden Woge. Dann wurde es von der Gischt überspült und versank in der Tiefe. Und mit ihm der in Trugbildern glücklicherer Zeiten halluzinierende Mann.

Kapitel 1

Sonntag, 17. August

Cabanosque stöhnte unter der hochsommerlichen Hitzewelle. Auch wenn die Sonne schon tief am Horizont stand und ihre Strahlen vom grellen Weiß langsam in ein milderes Orange wechselten, blieb es dennoch unerträglich heiß. Kein Lufthauch regte sich. Die aufgeheizte und ausgedörrte Erde strahlte die tagsüber gespeicherte Hitze wieder ab und machte jede Bewegung zu einem schweißtreibenden Vorhaben. Nur die Zikaden schienen sich wohl zu fühlen. Ihr lauter Gesang, eher ein ohrenbetäubendes Schnarrkonzert, erklang aus allen Bäumen und schallte über die hügelige Landschaft.

Wie jeder, der sich nicht unbedingt im Freien aufhalten musste, hatte auch Jean-Luc Papperin den Tag im Haus verbracht. Dort war es zwar nicht kühl, aber doch wesentlich angenehmer als in der unmenschlichen Sonnenglut draußen. Die dicken Mauern der alten Ölmühle hielten die Hitze fern und sorgten für erträgliche Temperaturen. Obwohl Sonntag war, hatte *commissaire* Papperin die meiste Zeit am Schreibtisch gesessen und gearbeitet. Sein Team und er hatten gerade einen Aufsehen erregenden, schwierigen und brutalen Raubmord erfolgreich aufgeklärt, und jetzt mussten Berichte geschrieben und die Unterlagen für die Staatsanwaltschaft und das Gericht zusammengestellt werden. Es war typisch für den Kommissar, dass er nicht alle diese ungeliebten Tätigkeiten auf seine Mitarbeiter abgewälzt, sondern sich selbst einen Großteil der Arbeit mit nach Hause genommen hatte.

Jetzt, gegen Abend, war er fast fertig und hatte auch keine Lust mehr, weiter auf den Bildschirm seines Computers zu starren. Morgen im Kommissariat in Aix en Provence würde er mit seinem Team nochmals alles durchsprechen und dann würden sie gemeinsam den Abschlussbericht fertigstellen. Er klappte sein Notebook zu, streckte die Arme in die Luft und räkelte sich in seinem Bürostuhl.

„Zeit zum Abendessen", dachte er und fragte sich, ob die Gazpacho inzwischen genügend abgekühlt war. Bei dieser Hitze kam ein warmes *dîner* nicht in Frage. Deshalb hatte er in einer längeren Schreibtischpause alles vorbereitet, was für diese kalte, spanische Gemüsesuppe erforderlich war: Tomaten, Paprika, Gurken, Zwiebeln, Knoblauch fein gewürfelt und das alles sämig püriert und mit Olivenöl, etwas Zitronensaft, Salz, Pfeffer, Chili und einem Schuss Aceto Balsamico abgeschmeckt. Er verließ seine Wohnung in der ersten Etage des Seitenflügels der Ölmühle, durchquerte den Innenhof mit der großen, Schatten spendenden Platane und betrat den *séjour* im Haupthaus, einen Wohn- und Küchenraum gigantischen Ausmaßes.

„*Maman!* Sollen wir draußen oder drinnen essen?", rief er seiner Mutter zu, die an dem großen, rechteckigen Esstisch aus Kastanienholz saß und im *Var Matin* las.

„Draußen ist es schöner. Es ist zwar immer noch sehr warm, aber wenn die Sonne erst untergegangen ist, dann wird es richtig angenehm", meinte sie und fragte nach einem langen Blick nach draußen auf den runden Steintisch unter der Platane: „Soll ich schon mal den Tisch decken?"

Papperin nickte zustimmend und wandte sich dem anderen Ende des Raumes zu, den man wegen seiner Ausmaße eher mit Saal oder Halle beschreiben konnte. Früher, vor dem Umbau der alten Ölmühle, hatte er als Lagerraum gedient, in dem die großen Holzbehälter – später waren sie durch graue Plastikcontainer ersetzt worden – standen, in die die Ölbauern aus der näheren und weiteren Umgebung ihre Olivenernte schütteten, die sie – früher mit Pferde- oder Eselskarren, später mit Traktoren – zum Pressen in die Ölmühle brachten. Nach dem Unfalltod seines Vaters vor einigen Jahren hatte Jean-Luc seine Mutter Odile überzeugt, das Geschäft mit den Fremdlieferanten aufzugeben und sich auf die Herstellung von hochwertigem Olivenöl aus der eigenen Olivenplantage zu beschränken. Beim Umbau der Ölmühle und bei den Investitionen in neue, moderne Maschinen hatte er, damals *commissaire de police* in Paris, sie tatkräftig unterstützt. So wurde die alte Lagerhalle zum Wohnraum umfunktioniert. Der Betonboden wurde mit den für die Gegend charakteristischen *Tomettes de Salerne* gefliest – sechseckigen, bräunlich-roten Kacheln aus *terre cuite*. Die beiden alten Rundbogentore zum Innenhof des Anwesens wurden durch Fenstertüren mit Sprossen ersetzt. Die Decke des rund sechzig Quadratmeter großen Raumes, die von klobigen, alten Holzbalken getragen wurde, hatte man so belassen. Ihre dunkle Farbe stand in schönem Kontrast zu den weiß getünchten Wänden. Die nördliche Seite des Raumes, gegenüber den Licht spendenden Fenstertüren im Süden, wurde von einer alten, bäuerlichen Anrichte beherrscht, die gut zweihundert Jahre alt sein mochte und in der Mitte der Wand stand. Rechts und links davon, unter vier kleinen Fenstern, befanden sich zwei weiße Designerküchentheken, auf denen mehrere ultramoderne Küchenmaschinen standen. Besonders die silbern glänzende Espressomaschine, Jean-Luc Papperins ganzer Stolz, fiel ins Auge. In seinem Kommissariat in Aix en Provence bekam er den Espresso in einer traditionellen Alu-Schraub-Caffettiera vorgesetzt. Seine Sekretärin beherrschte diese Art des Zubereitens zwar hervorragend – sie hatte diese Kunst aus Siena in Italien mitgebracht, wo sie ein gutes Jahrzehnt lang mit ihrem ersten Ehemann, einem Italiener, gelebt hatte. Doch zuhause war ihm diese altmodische Art Espresso zu kochen zu umständlich. Bei seinem hochmodernen Halbautomaten wurde jede Tasse portionsgenau mit frisch gemahlenen Bohnen zubereitet. Er musste nur das Pulver im Siebträger mit dem erforderlichen Druck von etwa zwanzig Kilogramm pressen, um ein optimales Ergebnis zu erhalten. Alles andere erfolgte automatisch. Der pechschwarze Kaffee lief in einem dünnen Faden in die kleine Tasse und hinterließ dort eine zartschaumige *crema*.

Doch jetzt war nicht die Zeit für einen Espresso. Er wandte sich zum Kühlschrank und entnahm ihm die Glasschüssel mit der Gazpacho-Suppe. Das Glas war eiskalt und beschlug sofort, als es an die warme Raumluft kam.

„Halt! Es fehlen noch die Croutons", dachte er und schob die Schüssel wieder zurück in den *frigidaire*. Während er ein altes Baguette in kleine Würfel schnitt und diese mit Olivenöl und viel Knoblauch hellbraun und knusprig anbriet, und der würzige Duft des gehackten Knoblauchs seine Nase umschmeichelte, schweiften seine Gedanken ab. „Meine Provence, mein Zuhause", dachte er zufrieden. Es war schon die richtige Entscheidung gewesen, das Kommissariat in Paris zu verlassen, mit dem vielen Stress, seinem hektischen Betrieb und den vielen grausamen, erschütternden und trostlosen Verbrechen, mit denen er dort zu tun hatte. Gut, auch in Aix en Provence gab es Ganoven und Morde. Aber nicht so gehäuft wie in der Hauptstadt. Vor allem das organisierte Verbrechen, die sich bekämpfenden Mafiaclans, italienische, chinesische und russische Mafia, die ausufernde Drogenszene, der abscheuliche Menschenhandel, all das hatte seinen Beruf zu einem Alptraum gemacht, der ihn bis in den Schlaf verfolgt hatte. In den letzten Jahren war die islamistische Bedrohung hinzugekommen, die mit ihren Menschen verachtenden und bestialischen Attentaten das Leben in der Metropole beeinflusste und ein latentes Klima der Angst in der Bevölkerung schuf. Das alles war in der Provence nicht so drastisch. Vielleicht in Marseille und an der Côte d'Azur. Aber nicht in seinem Wirkungsbereich, der mittleren und nördlichen Provence. Seit zwei Jahren war er jetzt schon *commissaire de police* in Aix und Leiter der Mordkommission der *police judiciaire*. Dass er das Kommissariat seines früheren Chefs hatte übernehmen können, von dem er als junger *brigadier* das Polizeihandwerk gelernt hatte, hatte sich als glückliche Fügung des Schicksals ergeben. So war er in seine Heimat zurückgekehrt, konnte auf dem Anwesen seiner Familie wohnen, die seit Generationen eine Ölmühle in Cabanosque unweit von Aix betrieb, die *Moulin à Huile Frédéric Papperin*. Sein Leben schien in ruhige, geordnete Bahnen zu münden, der Termin der Hochzeit mit seiner langjährigen Lebensgefährtin Nia Griffon war festgelegt und beide hatten sich auf ein glückliches Familienleben mit Kindern gefreut, als ein unerwarteter Schicksalsschlag diese Pläne durchkreuzt hatte. Das Flugzeug, mit dem Nia aus Paris kommen wollte, war auf einmal von den Radarschirmen der Flugsicherung verschwunden. Man hatte nichts mehr von ihm und seinen Passagieren gehört. Trotz intensivster internationaler Bemühungen hatte man schließlich die Suche aufgeben müssen. Die Maschine galt als verschollen. Besatzung und Passagiere wurden amtlich für tot erklärt. Jean-Luc Papperins Leben war entgleist. Er hatte eine Affäre mit seiner jungen Brigadierin Jeannine

Dalmasso angefangen, die beinahe in einem Chaos geendet und das harmonische Klima in der Mordkommission, seinem so erfolgreichen Team, zu zerstören drohte. Nur dank der einfühlsamen Intervention von Monique Dépardieu, der langjährigen Kommissariatssekretärin, konnte die Katastrophe vermieden werden. Seitdem herrschte wieder ein gutes und produktives Arbeitsklima. Jeannine und Jean-Luc hatten sich ausgesprochen und eine sachliche, berufliche Zusammenarbeit vereinbart, die gut zu funktionieren schien. Aber so ganz waren seine Gefühle für sie nicht erloschen. Ein kleiner Funken glühte in seinem Innersten weiter. Seit dem letzten Weihnachten aber, als er den Aufsehen erregenden Mord am Père Noël aufzuklären hatte, war eine neue Frau in sein Leben getreten: Die Wissenschaftlerin Chau Iris LeTrans, in die er sich sofort verliebt hatte. Leider musste er mit ihr eine Fernbeziehung führen. Sie arbeitete zur Zeit an der Universität in Ho-Chi-Minh-City, dem früheren Saigon. Deshalb konnten sie sich nur während der meist sehr kurzen Urlaube treffen, die ihm sein Job bei der *police judiciaire* ließ.

„Jean-Luc, der Tisch ist gedeckt. Machst du einen Rosé auf? Aber was tust du? Hier riecht es verbrannt", riss die Stimme seiner Mutter ihn aus seinen Gedanken. Entsetzt schaute er in die Pfanne, aus der beißender Rauch quoll. Schnell drehte er den Gasherd ab. Die *croûtons* hatten eine tiefschwarze statt der erhofften goldbraunen Farbe angenommen. Mit einem gemurmelten *„merde!"* leerte er die Pfanne in den Abfall. Dann muss es eben ohne *croûtons* gehen, dachte er und holte die Glasschüssel und eine Flasche Rosé vom Château du Grand Jas aus dem Kühlschrank.

Das *dîner* im Freien verlief sehr geruhsam. Die eisgekühlte Gemüsesuppe schmeckte nicht nur sehr gut, sie stellte auch einen erfrischenden Kontrast zu der immer noch sehr heißen Lufttemperatur dar. Dazu der fruchtige Wein, der im mit Eiswürfeln gefüllten Sektkühler der Wärme trotzte und hervorragend mit der Suppe harmonisierte. Statt der missglückten Croutons gab es einfache Baguettescheiben.

„Weiß du schon, wann deine Freundin Chau mal wieder nach Frankreich kommt, diese Vietnamesin?", wollte Odile Papperin von ihrem Sohn wissen. „Eigentlich sieht sie gar nicht asiatisch aus, mit Schlitzaugen und so."

„*Maman!* Chau ist keine Vietnamesin. Ihre Eltern sind Franzosen. Ihr Vater ist im diplomatischen Dienst in Saigon. Dort wurde sie geboren. Aber sie ist Französin! Das habe ich dir schon x-mal gesagt. Merk dir das doch endlich mal!", korrigierte Papperin seine Mutter, um dann fort zu fahren: „Sie kommt Anfang September, wenn die dort Uniferien haben. Semester- oder Trimesterferien, oder wie das Studienjahr dort eingeteilt wird. Wir haben den Urlaub bereits voll geplant. Mein Chef hat ihn auch schon genehmigt. Wir machen eine Rundreise durch Spanien."

Inzwischen war die Sonne vollends hinter den Hügeln versunken. Das goldgelbe Licht, welches die Landschaft überflutet hatte, war verschwunden. Die Berge, Täler, Gebäude und die gesamte Vegetation versanken in dämmerigem Grau. Nur der Himmel leuchtete noch blau und hell. Ein kleiner Punkt glänzte silbern am Firmament, ein Flugzeug, das, von der Sonne angestrahlt, stetig gen Süden strebte und einen weißen Kondensstreifen nach sich zog.

Papperin trug das gebrauchte Geschirr zurück ins Haus und kam mit einem Olivenholzbrett zurück, auf dem ein *fromage de chèvre frais* und ein Schüsselchen mit schwarzen Oliven standen. Er stellte es auf den runden Steintisch.

„Bist du dir eigentlich sicher, dass es wirklich das Richtige für dich ist?", fragte Odile ihn nachdenklich. „Schon wieder eine Fernbeziehung mit einer Frau, die tausende von Kilometern von hier wohnt und arbeitet. Das hattest du doch bereits einmal mit Nia." In Gedanken fügte sie hinzu: „Wieso nimmt er nicht seine nette Kollegin. Die kommt von hier, ist aus der Provence. Und die beiden passen wirklich zusammen. Es hatte doch schon so gut begonnen." Aber sie hütete sich, diese Gedanken laut auszusprechen, denn sie wusste, wie wütend Jean-Luc auf solch eine Einmischung ihrerseits reagierte. So etwas wollte sie nicht noch einmal provozieren.

„Das ist meine Sache. Das geht dich nichts an *maman!*", wies er sie auch prompt zurecht. Um von dem sich abzeichnenden Streit abzulenken, wechselte er schnell das Thema und fragte versöhnlich: „Sag mir lieber, was du als Dessert willst. Haben wir Eis im Haus?"

„Nicht viel, nur *sorbet de citron.*"

„*Bien!* Dann mache ich mir eine *coupe colonel.* Für dich auch?"

„*Non*, ich habe mit dem Rosé schon genug Alkohol gehabt. Bring mir nur zwei Kugeln vom *sorbet!*"

Nicht lange danach saßen die beiden wieder friedlich in der immer grauer und dunkler werdenden Abenddämmerung. Odile löffelte ihr Zitroneneis. Papperin zog schweigend am Strohhalm, der in seiner *coupe colonel* steckte: Zwei Kugeln Zitronensorbet, in reichlich Wodka schwimmend, und verziert mit einer Zitronenscheibe und zwei Blättern marokkanischer Minze. Plötzlich drang das elektronische Gedudel des Telefons aus dem Haus und zerstörte die harmonische Abendstille. Papperin, verärgert über diese Belästigung, murmelte:

„Lass es klingeln. Das hört schon wieder auf."

„Und wenn es etwas Wichtiges ist? Du solltest lieber rangehen!"

Papperin schaute auf die dunklen Eingangstore zum Wohnzimmer, dann auf seine eisgekühlte *coupe colonel.* Nein! Er würde nicht ins Haus gehen und sich die Ohren von irgend so einem unwichtigen Anrufer vollquatschen lassen, während das Zitroneneis schmelzen und sich mit dem Wodka zu einer lauen Brühe erwärmen würde.

„Es wird schon nichts Wichtiges sein. Wenn es mein Kommissariat ist … das hat Zeit bis morgen. Und wer sonst könnte …?"

„Dann gehe ich halt!", seufzte Odile, deren Neugier über ihre Bequemlichkeit siegte. Sie stand auf, schob sich noch schnell einen Löffel Zitroneneis in den Mund und verschwand im Haus. Papperin blieb sitzen. Während er verträumt in den Abendhimmel schaute, die nach und nach erscheinenden Sterne betrachtete und immer wieder am Strohhalm saugte, vernahm er aus dem Haus die Stimme seiner Mutter, die sich angeregt mit jemandem unterhielt. Es musste ein guter Bekannter oder Freund sein, denn aus dem nur schwer verständlichen Gebrabbel hörte er immer wieder ein *tu* oder ein *toi* heraus. Wer das wohl war, fragte er sich. Da kamen viele in Betracht, denn seine Mutter duzte sich mit fast allen Einwohnern von Cabanosque.

„Das ist mir eigentlich egal", murmelte er und widmete sich wieder der Sternenbetrachtung und seiner *coupe colonel.*

Nach mehr als einer halben Stunde – inzwischen war es richtig dunkel geworden – kam seine Mutter in den Hof zurück. Sie hielt ihrem Sohn das Telefon hin.

„Hier, für dich. Es ist Isabelle."

Papperin überlegte kurz, dann winkte er ab.

„Welche Isabelle? Ich kenne keine Isabelle."

„Na Isabelle Dumeau. Deine Cousine in Saint Malo."

Da Papperin sie ratlos und fragend ansah, ergänzte sie:

„Na, dein Vater Arnaud hatte doch eine Schwester. Die hat damals in die Bretagne geheiratet. Brioc Caradec, einen bretonischen Fischer. Der ist bei einem Sturm auf hoher See ertrunken. Dann hat sie wieder geheiratet, einen städtischen Angestellten in Dinard. Die beiden haben eine Tochter, deine Cousine Isabelle. Und die hat geheiratet und heißt jetzt Dumeau, weil sie den Namen ihres Mannes angenommen hat, Servan Dumeau."

„Und was soll ich damit zu tun haben?", fragte Papperin. „Die kenne ich nicht, habe sie noch nie gesehen." Bei diesen Worten schob er das Telefon in der Hand seiner Mutter mit einer brüsken Bewegung von sich.

„Aber sie ist mit dir verwandt. Und sie hat Probleme, wegen der sie dich als Kriminalkommissar um Rat und Hilfe bittet. Jetzt komm schon! Nimm es und rede mit ihr!"

Widerwillig nahm Papperin das Telefon aus Odiles Hand und presste es an sein Ohr.

„*Allô?*", murmelte er ins Mikro.

„*Commissaire Jean-Luc Papperin?*", klang es fragend aus dem Gerät.

„*Oui!*"

„*Bonsoir monsieur Papperin!* Entschuldigen Sie den Anruf zu so später Stunde. Wir kennen uns noch nicht, aber wir sind verwandt, Cousin und Cousine. Darf ich Sie duzen?"

„Meinetwegen!", brummte Papperin in den Hörer.

„Meine Tante hat dir schon gesagt, dass wir hier Probleme haben. Dass ich deine Hilfe als *commissaire der police judiciaire* brauche."

„Ja, das hat sie. Aber sie hat nicht gesagt, worum es geht. Was haben Sie … äh … hast du … für Probleme?"

„Also, das ist so: Wir, Servan – mein Mann – und ich, wir bekommen seit einiger Zeit anonyme Anrufe, die mir Angst machen."

„Morddrohungen?", fragte Papperin.

„Nein, keine Morddrohungen. Überhaupt keine Drohungen. Eine Stimme sagt nur so komische Zahlen und legt dann wieder auf."

„Ich fürchte, das betrifft mich nicht. Ich bin nur für Morde zuständig, als Leiter der Mordkommission hier im Süden."

„Das weiß ich schon. Aber trotzdem hoffe ich, dass du mir helfen kannst. Die Gendarmerie hier in Saint Malo nimmt mich nicht ernst. Die sagen, solange kein Verbrechen passiert ist, seien sie nicht zuständig."

„Wieso bist du sicher, dass etwas Kriminelles dahintersteckt, dass sich die Polizei überhaupt damit befassen muss?"

„Was heißt sicher? Ich weiß nur, dass uns jemand Angst machen will. Er bedroht uns. Das ist doch kriminell, oder etwa nicht?"

„Meine liebe …" Papperin stockte, da ihm der Name seiner Cousine entfallen war.

„Isabelle", flüsterte ihm Odile zu.

„Meine liebe Isabelle! Wenn wir bei jedem merkwürdigen Telefonanruf gleich den ganzen Polizeiapparat in Bewegung setzen würden, dann kämen wir nicht mehr dazu, uns um die tatsächlichen Verbrechen zu kümmern."

„Aber ich …"

„Was sagt er denn genau, euer Anrufer?"

„Er sagt nichts. Nur Zahlen."

„Wie? Zahlen?"

„Na einfach lange Zahlenkolonnen, wie 48 57 18 02 10 33 19 30. Er ruft mehrmals hintereinander an, im Abstand von etwa einer halben bis dreiviertel Stunde, und sagt immer dasselbe – dieselben Zahlen. Wir können nichts damit anfangen. Telefonnummern sind es nicht, das haben wir schon ausprobiert. Aber irgendetwas muss das doch zu bedeuten haben. Auf alle Fälle macht es uns Angst."

„Meines Erachtens solltet ihr diese Anrufe einfach ignorieren. Das bloße Nennen von Zahlen ist doch keine Drohung. Wenn er wirklich etwas Kriminelles mit euch im Sinn hat, dann wird der Anrufer schon irgendwann mal deutlich sagen, was er will. Euch drohen oder euch erpressen."

„Ich wüsste nicht, womit uns jemand erpressen könnte. Trotzdem: Ihr von der Polizei könnt doch mit einer Fangschaltung den Anrufer ausfindig machen. Dann wüssten wir wenigstens, wer da anruft."

„Das mit den Fangschaltungen war früher einmal. Heutzutage macht man das nicht mehr. Ihr könnt doch jederzeit von eurem Telefonanbieter einen Einzelverbindungsnachweis einholen. Habt ihr das noch nicht?"

„Nein. Wie geht das?"

„Ihr kriegt doch die Telefonrechnung digital übers Internet. Wenn ihr ‚Einzelverbindungsnachweis' anklickt, dann habt ihr alle ausgehenden und eingehenden Anrufe."

„Davon verstehe ich nichts. Das muss Servan machen ... mein Mann", fügte sie erklärend hinzu. „Aber der ist heute mit Kunden auf Tour und kommt erst morgen gegen Mittag wieder."

„Dann macht das, wenn er zurück ist! Einfach *facture détaillée* in eurem Account anklicken. Dann wisst ihr, wer euch da anruft und könnt ihn zur Rede stellen."

„*Merci, Jean-Luc.* Das hilft uns. Ich hoffe es wenigstens. *Alors! Merci et au revoir!*"

Erleichtert, das Problem von *madame* Dumeau so schnell vom Tisch zu haben, legte Papperin das Telefon vor sich auf den Tisch und widmete sich wieder seiner *coupe colonel.* Während er den inzwischen lauwarmen Rest des Sorbet-Wodka-Gemischs über seine Zunge gleiten ließ, überlegte er, wie seine unbekannte neue Cousine wohl aussah. Sie musste etwa so alt sein wie er selbst. Ihre Stimme hatte – trotz aller Sorge, die aus ihr sprach – jugendlich geklungen. Vielleicht war sie doch ein paar Jahre jünger als er – dreißig oder zweiunddreißig. Und wie sie wohl aussah? Schlank? Dick? Groß oder eher klein? Hatte sie das südländische, Papperin'sche Aussehen geerbt, oder hatte sich das Erbgut der bretonischen Linie ihrer Vorfahren durchgesetzt?

„Und? Hast du ihr helfen können?", durchbrach Odiles Stimme seine Überlegungen.

„Ich weiß nicht. Hoffentlich!"

„Was hat sie denn für ein Problem? Ich hab ja nur das gehört, was du ihr geantwortet hast. Was genau sie wollte, habe ich nicht mitbekommen."

„Kennst du sie eigentlich?", überging Papperin die an ihn gestellte Frage.

„Nicht mehr als du. Vorhin am Telefon habe ich das erste Mal mit ihr gesprochen. Der Kontakt mit der Schwester deines Vaters – ihrer Mutter – war schon nicht sehr eng, als

Arnaud noch lebte. Nach dem Unfalltod deines Vaters ist er völlig zum Erliegen gekommen. Nein, ich habe keine Ahnung, was sie beruflich macht oder wie sie aussieht. Vorhin am Telefon haben wir über unser Verwandtschaftsverhältnis gesprochen, über Arnauds Schwester, ihre Mutter. Von Isabelle selbst weiß ich nur, dass sie verheiratet ist, aber keine Kinder hat. Aber jetzt sag schon, was sie für ein Problem hat. Ich habe nur mitbekommen, dass es sich nicht um Mord handelt, sondern um Anrufe von einem Unbekannten."

„Das ist auch schon alles. Ich habe ihr erklärt, wie sie an die Rufnummer des mysteriösen Anrufers gelangt. Und jetzt hoffe ich, dass der Fall damit für mich erledigt ist."

Papperin stand auf nahm sein Glas und das leere Eisschüsselchen seiner Mutter.

„Ich trag das rein, hole mir mein Buch und setz mich dann zum Lesen wieder raus. Und was machst du?"

„Ich werde ein bisschen fernsehen."

***

Inzwischen war es spät geworden. Die Nacht war stockfinster. Die schmale Sichel des zunehmenden Mondes war nicht in der Lage, die Dunkelheit auch nur ein klein wenig zu erhellen. Papperin saß auf der Steinbank unter der Platane und las im Licht seiner Handytaschenlampe in dem Buch, das er am Samstag in der *maison de la presse* von Cabanosque gekauft hatte. Er wollte nicht in der blendenden Helle der Hofbeleuchtung sitzen, sondern die Stille der provenzalischen Sommernacht genießen. Deshalb die Taschenlampe. Vor ihm stand ein Glas mit Rosé, aus dem er ab und zu trank. Es herrschte eine tiefe Ruhe. Das Schnarrkonzert der Zikaden war längst schon verstummt. Gelegentlich drang der kunstvolle Koloraturgesang einer Nachtigall an sein Ohr. Und aus der Ferne vom Bach her erklang schwach das Quaken von Kröten. Sonst war nichts zu hören. Immer wieder ließ Papperin das Buch auf die Tischplatte sinken, schaltete das Handylicht aus und schaute träumerisch in den Himmel. Wegen des schwachen Mondes leuchteten die Sterne besonders hell und blinkten und flimmerten als unzählige silberne Punkte am tiefschwarzen Firmament. Papperin suchte den Orion und den großen Wagen, die einzigen Sternbilder, die er kannte. Er fragte sich, wie es dort oben auf den fernen Fixsternen wohl aussah. Würde es der Menschheit jemals gelingen, dorthin zu kommen? Als rational denkender Mensch wusste er, dass das unmöglich war. Die Reise würde unendlich viele Lebensalter dauern, so dass kein Mensch das je erleben könnte. Aber er fand es aufregend, sich das vorzustellen.

Plötzlich zerschnitt schrilles Gedudel die harmonische Stille. Das Telefon vor ihm auf dem Granittisch blinkte. Verärgert nahm er das Gerät in die Hand. Eine ihm nicht geläufige Nummer leuchtete auf dem Display. Er war versucht, den Anruf einfach wegzudrücken. Wer konnte um diese späte Stunde etwas von ihm wollen? Wahrscheinlich einer der eigentlich verbotenen Werbeanrufe. Unverschämtheit, dachte er. Aber meistens kamen die doch untertags. Als das Gedudel nicht aufhören wollte, siegte endgültig seine Neugier über den Ärger. Er drückte auf den grünen Knopf am Festnetztelefon und hielt das Gerät ans Ohr.

„*Oui?*", brummte er missgelaunt ins Mikro.

„Jean-Luc, ich bin es nochmal. Isabelle! Entschuldige, dass ich so spät anrufe, aber…

„Was ist?"

„Also, ich habe das selbst versucht, und hab es auch ohne Servans Hilfe geschafft. Das mit der *facture détaillée*.

„Lass mich raten: Du hast herausgefunden, wer der Anrufer ist, und jetzt willst du Entwarnung ge…"

„Nein! Im Gegenteil! Es gibt keinen Anrufer!"

„Wie das?"

„Na, auf dem Papier, in der Liste der Einzelverbindungen. Wie du gesagt hast, sind dort alle Telefonate verzeichnet: Die bei uns eingehenden und die von uns ausgehenden

Telefonate. Mit Datum, Uhrzeit und Gesprächsdauer. Bis auf zwei Fälle stehen auch die Telefonnummern dabei."

„Und?", fragte Papperin, den die Sache langsam zu interessieren begann.

„Nun, die bewussten Telefonate fehlen völlig. Nachdem ich langsam Angst bekommen hatte, habe ich bei den letzten Anrufen die genaue Uhrzeit aufgeschrieben. Von diesen Gesprächen steht nichts in den *factures détaillées* von Orange. Die fehlen einfach in der Liste."

Papperin lag die Frage auf der Zunge, ob seine Cousine wirklich sicher sei, dass die Anrufe tatsächlich stattgefunden hatten. Aber laut sagte er das nicht.

Als hätte sie seine Gedanken lesen können, sagte seine Cousine:

„Ich fühle mich etwas verlassen. Servan, mein Mann, hält mich für paranoid. Das bilde ich mir alles nur ein, sagt er. Deswegen rufe ich dich auch heute an, weil er nicht zuhause ist. Wenn er von diesem Anruf wüsste, dann würde er mich fürchterlich verar … äh … auslachen."

Nach einigem Nachdenken meinte er:

„Da gibt es dann eigentlich nur zwei Möglichkeiten. Entweder ist eurem Provider bei der Erstellung der Liste ein Fehler unterlaufen. Oder aber der anonyme Anrufer ist technisch so versiert, dass er sich in das IT-System eures Telefonanbieters einhacken kann. Das wäre dann höchst kriminell. Wer ist eigentlich euer Telefonprovider?"

„*Orange France*. Von denen haben wir Telefon, Internet und TV."

„Denen sollte eigentlich kein Fehler unterlaufen. Frag trotzdem mal nach. Gib ihnen die genauen Anrufzeiten an. Die sollen schauen, ob sie die Telefonate nicht doch finden"

Es trat eine längere Gesprächspause ein. Andernfalls, überlegte Papperin, müsste schon eine gehörige Portion krimineller Energie dahinterstecken. Um das zu bewirken, bräuchte es IT-Spezialisten. Er konnte sich nicht vorstellen, dass jemand wegen ein paar anonymer Anrufe einen derart hohen Aufwand betreiben würde.

„Ruf die Orange-Leute an und mach ihnen ordentlich Dampf. Gleich morgen früh. Ich nehme an, dass sich dann alles klären wird."

„Okay, das werde ich machen. Hoffentlich brauchen die nicht endlos lange mit der Suche, sondern werden schnell fündig. *Merci*, Jean-Luc. Und entschuldige bitte, dass ich dich so spät nochmal gestört habe."

„Kein Problem! Gern geschehen!", schwindelte Papperin und beendete das Gespräch.

Kapitel 2

Montag, 18. August

Da es viel zu tun gab, hatte sich Papperin schon früh auf den Weg nach Aix zu seinem Kommissariat gemacht. Die Sonne war gerade aufgegangen, als er durch die Mautstelle an der Auffahrt zur A 8 fuhr. Es waren nur wenige Fahrzeuge auf der Autobahn. Sie würde sich erst zwischen sieben und acht Uhr füllen, wenn die Berufspendler aus dem Umland nach Aix zu ihrer Arbeitsstelle unterwegs waren. Papperin kurbelte die Seitenfenster seines betagten Peugeots herunter und genoss den kühlen Fahrtwind, der durch das Auto blies und seine krausen, schwarzen Haare verstrubbelte. Die sanfte Hügellandschaft vor ihm wurde von den frühen Sonnenstrahlen vergoldet. Das trostlose Braun der von der Sommerhitze verbrannten Wiesen strahlte jetzt einen satten Ockerton aus. Das dunkle Grün der Pinienwälder leuchtete saftvoll und kräftig. In wenigen Stunden, wenn die Sonne höher stand, würden diese Kontraste in der flimmernden Hitze wieder verblassen. Weit vor ihm leuchtete das Felsmassiv der Montagne Sainte Victoire. Die nackten, grau-weißen Felswände waren noch in goldenes Licht getaucht und verliehen der Landschaft beinahe einen leicht kitschigen Hauch. So wie sie auf Ansichtskarten und den unzähligen Malereien zu sehen war, die sogenannte Künstler am Cours Mirabeau den vorbei schlendernden Touristen anzudrehen versuchten.

Papperin liebte diese frühe Morgenstimmung. Er genoss den würzigen Geruch der Luft. Er konnte der Versuchung nicht widerstehen, die die fast leere Straße auf ihn ausübte. Nahezu automatisch senkte sich sein Fuß und trat das Gaspedal tiefer durch. Ihm war schon klar, wie peinlich es wäre, wenn er, ein Vertreter der Staatsmacht und höherer Polizeibeamter mit 160 km/h in eine Radarfalle geriete. Vermutlich würden die Kollegen von der *gendarmerie nationale* den Fall niederschlagen, so dass er um eine Strafe herumkäme. Aber er konnte sich das hämische Grinsen und Getuschel der für die Verkehrsüberwachung zuständigen Beamten von der polizeilichen Konkurrenz lebhaft vorstellen.

Es würde ihm immer ein Rätsel bleiben, wieso die staatlichen Polizeien zweigeteilt waren. Einerseits in die militärisch organisierte *gendarmerie nationale*, die im Wesentlichen dem Verteidigungsminister unterstand, und andererseits in die *police nationale*, deren oberster Chef der Innenminister war. Gut, die Gendarmerie war mehr im ländlichen Raum anzutreffen, während der Schwerpunkt der *police nationale* im städtischen Bereich lag. Aber die Zuständigkeiten waren nicht klar abgegrenzt und überschnitten sich sowohl fachlich als auch regional. Das Ergebnis war ein meist unproduktives Konkurrenzdenken, das die tägliche Arbeit oft stark behinderte. Auch die jüngste Reform, die Gendarmerie wenigstens teilweise auch dem Innenministerium zu unterstellen, hatte an diesem ineffizienten Zustand kaum etwas geändert.

Vorsichtshalber reduzierte er den Druck auf das Gaspedal etwas und setzte seine Fahrt nur wenig über der erlaubten Höchstgeschwindigkeit fort. An der Ausfahrt Pont de l'Arc verließ er die *autoroute* und kurvte durch das Stadtgebiet von Aix. Auch hier waren die Straßen noch weitgehend wie leergefegt, so dass er nach nur wenigen Minuten in die Tiefgarage seiner Dienststelle einfahren konnte.

***

Mit einem fröhlichen *„Bonjour tout le monde!"* betrat er sein Kommissariat, in dem seine Mitarbeiter bereits auf ihren Chef warteten. Wie vereinbart, waren sie früh gekommen, um die anschließende Besprechung vorzubereiten. Auf dem großen ovalen Konferenztisch in Papperins Chefzimmer warteten die Notebooks aufgeklappt, verkabelt und mit dem polizeilichen Intranet verbunden auf den Arbeitsbeginn. Mitten auf dem Tisch stand ein Korb mit knusprigen und verführerisch duftenden Croissants, daneben sechs Espressotassen und ein kleiner Stapel knallroter Papierservietten.

„Bonjour Jean-Luc! Der Kaffee ist schon fertig", begrüßte Monique Dépardieu, seine Sekretärin, den Kommissar. Sie war schon bei Papperins Vorgänger, dem legendären *commissaire* Lafontaine Sekretärin der *brigade criminelle*, der Mordkommission von Aix. Damals war Papperin ein kleiner *sous-brigadier* in dieser Abteilung gewesen. Seit dieser Zeit duzte sie ihn. Und das hatte sie auch beibehalten, als er die Nachfolge von *commissaire* Lafontaine angetreten hatte und ihr Chef wurde. Papperin selbst, der sie sehr schätzte und ihre fachlichen und menschlichen Qualitäten hoch achtete, war dagegen stets beim Sie geblieben. Das schien ihm angemessen. Denn ihm war bewusst, ohne ihre Autorität, ihr Organisationstalent, ihr psychologisches Einfühlvermögen und ihre Beziehungen zu allen polizeilichen und kommunalen Dienststellen, würde seine Abteilung bei weitem nicht so hervorragend und erfolgreich dastehen.

Sie ging in den kleinen Nebenraum, der gleichzeitig als Abstellkammer und Teeküche diente und kam mit zwei

Kaffeekannen, den typischen italienischen *caffettiere napole-tane*, Schraubkannen aus Aluminium, zurück, in dem in italienischen Haushalten seit Generationen Espresso zubereitet wurde.

„Dann fangen wir mal an!", meinte Papperin und deutete mit der Hand auf die offen stehende Tür zu seinem Büro. Er ging als erster hinein und setzte sich an das obere Ende des ovalen Tisches. Der Reihe nach kamen seine Mitarbeiter, rückten ihre Stühle zurecht und setzten sich. Rechts neben Papperin nahm sein dienstältester Mann und Stellvertreter Platz, *capitaine de police* Claude Lavalle. Unter leisem Ächzen ließ sich der etwas schwergewichtige Mann auf seinen Stuhl sinken. Dann folgten der Reihe nach seine weiteren Ermittler.

Brigadier Francis Legrand, der sportlichste in Papperins Mannschaft setzte sich links neben seinen Chef. Mit seinem muskulösen Körper wirkte er wie ein kleines gedrungenes Kraftpaket mit schwarzem Dreitagebart und glänzendem Kahlkopf. In seiner Freizeit war er entweder mit seinem Rennrad unterwegs oder auf der Jagd – falls keine Schonzeit war.

Dann kamen die beiden Guys: Guy Marmotte, ein drahtiger, junger Mann mit schmalem Gesicht, schwarzen Haaren und einem buschigen *moustache*. Er war der Einzige, der immer einen makellos sitzenden Anzug und eine Krawatte trug.

Guy Debordeau war der Zweite im Team mit dem Vornamen Guy. Zur Unterscheidung wurde er von allen nur Guy-deux genannt. Wie stets, so kam er auch heute in ausgeleierten Designerjeans, einem viel zu großen, knallroten T-Shirt mit aufgedrucktem, schwarzen Che-Guevara-Portrait und mit der unvermeidlichen roten Baseballkappe auf den langen, in einem Pferdeschwanz gebändigten schwarzen Haaren.

Brigadier Jeannine Dalmasso wählte den Stuhl am anderen Ende des länglichen Tisches. Sie wollte, so vermutete

Papperin, vermeiden, dass auch nur der Anschein aufkam, es bestünde eine Nähe zu ihrem Chef. Nach den Ereignissen der Vergangenheit fand er das gut. Trotzdem erinnerte er sich gern an die Zeiten, als sie sich immer direkt neben ihn gesetzt hatte – sei es bei Teambesprechungen oder zu zweit beim Arbeiten am Computer. Er hatte den dezenten Duft ihres Parfüms immer noch in der Nase. Jetzt saß sie gut zwei Meter entfernt von ihm. Wenn er vom Notebook aufschaute, hatte er sie direkt im Blick: Ihre schlanke, sinnliche Figur, das ernst blickende Gesicht, das von ihren langen, schwarzen Haaren umrahmt wurde.

Nur die Sekretärin nahm nicht am Konferenztisch Platz. Wenn sie ihren Leuten nicht Kaffee nachschenkte, dann saß sie im Vorzimmer an ihrem Schreibtisch und verfolgte die Besprechung durch die stets offenstehende Tür zum Chefzimmer.

Die folgenden beiden Stunden standen im Zeichen harten Arbeitens. Die Diskussionen und das Klappern der Computertastaturen wurden nur unterbrochen, wenn Monique Nachschub an heißem Espresso brachte. Mitten in diese konzentrierte Arbeitsatmosphäre platzte der elektronische Klingelton des Telefons auf Papperins Schreibtisch. Da er sich nicht stören lassen und die Besprechung nicht unterbrechen wollte, deutete er seiner Sekretärin an, sie solle das Gespräch an ihren Schreibtisch ins Vorzimmer legen und dort annehmen.

„Monique Dépardieu, sécretariat de la brigade criminelle du commissaire Papperin. Bonjour", meldete sie sich am Telefon. Eine Weile lauschte sie in den Hörer, bis sie durch die offenstehende Tür rief:

„Jean-Luc! Für dich. Eine Cousine von dir aus Saint Malo." Man sah Moniques Miene an, dass sie von der Existenz dieser Verwandten ihres Chefs nichts wusste.

„Sagen Sie ihr, es geht jetzt nicht. Ich rufe später zurück."

Wieder hörte Monique eine Zeit lang der Anruferin zu. Dann nahm sie den Hörer vom Ohr und bedeckte die Sprechmuschel mit der flachen Hand.

"Sie sagt, es sei sehr wichtig und du wüsstest, um was es geht. Ich fürchte, sie lässt sich nicht abwimmeln."

Papperin entschuldigte sich mit einem bedauernden Achselzucken und ging hinüber in das Vorzimmer.

„Bonjour, Isabelle!", begrüßte er seine Cousine. „Gerade geht es sehr ..." Weiter kam er nicht, denn sie unterbrach ihn aufgeregt.

„Stell dir vor, die von Orange haben es auch nicht geschafft, den Anrufer zu identifizieren. Sie sagen, diese Gespräche hätten nie stattgefunden."

„Bist du dir wirklich sicher, dass dem nicht so ist?"

„Wie meinst du das?"

„Na, dass dieser ominöse Mann tatsächlich angerufen hat?"

„Ich bin doch nicht blöd! Natürlich hat es diese Anrufe gegeben. Heute Nacht, um halb drei kam wieder einer."

„Wenn die von Orange auch nichts finden, dann kann ich dir auch nicht weiterhelfen, Isabelle." Papperin überlegte eine Weile, dann meinte er:

„Ich kann mir das nur so erklären, dass irgendeine technische Störung vorliegt, und eine Computerstimme die Zahlen herunterleiert. Dieser ganze elektronische Quatsch mit Internettelefonie und so, da kann sowas schon passieren. Da macht sich die Technik halt mal selbständig, ohne dass ein Mensch dahintersteckt. Das kann man nicht verstehen. Wenn ich bloß an unsere neuen Einsatzwagen denke. Wie oft die vielgepriesenen elektronischen Assistenzsysteme ausrasten und unerklärliche Dinge tun, die man als Fahrer nicht beeinflussen kann. Mach dir einfach keine Sorgen. Das ist halt so. Da sind selbst die hochbezahlten Techniker und Spezialisten oft ratlos. Also: ich würde das einfach vergessen. Ignorieren."

„Es macht mir aber Angst. Fürchterliche Angst. Kannst du nicht bei der Gendarmerie hier anrufen und denen klar machen, dass sie was tun müssen? Mir hören die nicht einmal mehr zu, wenn ich dort hingehe oder sie anrufe."

„Das bringt doch nichts, Isabelle. Die werden genau dasselbe sagen, wie ich eben."

„Aber du bist doch mit mir verwandt, bist mein Cousin – auch wenn wir uns bislang noch nicht begegnet sind. Und du bist Polizist. Kriminalkommissar. Auf dich hören sie sicher. Bitte!"

Papperin atmete tief durch. Am liebsten würde er einfach auflegen. Das Gespräch beenden. Aber ihm war klar: So ließ sich seine Cousine nicht abspeisen. Sie würde immer wieder anrufen. Sie war ein bisschen hysterisch. Vielleicht tickte sie nicht ganz richtig, dachte er. Er musste wohl in den sauren Apfel beißen.

„Also gut!", seufzte er. „Ich werde mit den Kollegen von der *gendarmerie nationale* in Saint Malo reden. Kannst du mir bitte sagen, welche Dienstelle dort zuständig ist? Mit wem hast du gesprochen?"

Es dauerte eine Weile, bis seine Cousine den Notizzettel gefunden hatte, auf dem sie alles aufgeschrieben hatte. Sie gab es an Papperin durch, er notierte sich Namen und Telefonnummer und legte dann auf.

Erleichtert, dass das Gespräch beendet war und er sich wieder zu seinem Team begeben und an ihrem eigenen Problem weiterarbeiten konnte. Vorher aber bat er Monique: „Würden Sie bitte ausfindig machen, wer der Chef von diesem Gendarmen in Saint Malo ist." Er reichte ihr seine Notiz. Er wollte lieber gleich mit dem Leiter des Gendarmeriepostens sprechen, und seine Zeit nicht mit einem Subalternen vergeuden.

„Meine Cousine hat mich gebeten, dort anzurufen", fügte er zur Erklärung hinzu.

***

„Allô? Colonel Rambalec? Gendarmerie Saint Malo?"

„Oui!"

„Bonjour cher collègue. Mein Name ist Jean-Luc Papperin, Kommissar der police judiciaire in Aix en Provence. Ich rufe in einer eher privaten Angelegenheit an. Ihr Mitarbeiter, gendarme Pierre ...", Papperin las den Namen, den ihm Isabelle genannt hatte, von seinem Notizzettel ab, „hat wohl schon öfter mit madame Dumeau, einer Cousine von mir, gesprochen. Sie ist beunruhigt wegen einer Reihe merkwürdiger - sie sagt bedrohlicher – anonymer Telefonanrufe." Dann berichtete Papperin von den Telefonaten und den Ängsten seiner Cousine, und dass sie sich an ihn, Papperin, gewandt habe, da sie sein Gendarmeriekollege in Saint Malo offensichtlich nicht ernst nehme.

„Ja, ja, ich kenne den Fall", sagte der Militärcolonel. „Mein gendarme Pierre Talboudet hat mir Bericht erstattet. Aber ich bin wie er der Meinung, dass wir hier nichts unternehmen können. Wir haben das ausführlich besprochen. Es handelt sich doch wohl eindeutig um ein Orange-internes EDV-Problem. Wir gehen davon aus, dass sich eine Prüfroutine automatisch aktiviert hat, die sich dann in bestimmten Zeitabständen in die ligne fixe einloggt. Kein Fall für uns. Da hat sich ein technisches Prüfprogramm verselbständigt."

„Genau das habe ich ihr auch gesagt", stimmte Papperin zu, „aber sie will das nicht akzeptieren."

„Ihre Schwester sollte bei ..."

„Cousine", korrigierte Papperin.

„Meinetwegen auch Cousine. Sie sollte sich an die Störungsstelle von Orange wenden, damit die das abstellen. Wir müssen und werden uns damit nicht befassen."

Befriedigt, dass man die Angelegenheit dort oben in der Bretagne genauso sah wie er, wollte Papperin das Telefonat beenden. Sein Gesprächspartner schien aber noch Lust auf Small Talk zu haben. Er erkundigte sich, ob im Süden auch so ein Hundewetter sei, ein temps de chien. Alles sei nass und kalt und überhaupt nicht zur Jahreszeit passend.

„Da reden die Wissenschaftler immer von globaler Erwärmung, aber wir frieren uns hier den Arsch ab!", glitt die Ausdrucksweise des *colonel* ins Vulgäre ab.

„Und wir würden Ihnen gerne etwas von unserer Gluthitze abgeben. Seit Wochen ist es hier brüllend heiß. Merci *colonel* Rambalec", beendete Papperin das Gespräch. „Und entschuldigen Sie die Störung."

„Kein Problem. Es war nett, sich mit Ihnen zu unterhalten. Und schicken Sie etwas von ihrer Hitze da unten zu uns rauf. *Au revoir!*"

***

Noch bevor er zu seinen Leuten ins Besprechungszimmer zurückging, wollte Papperin noch schnell seine Cousine in Saint Malo anrufen.

„Servan Dumeau", meldete sich eine Männerstimme. Das war der Name des Ehemannes seiner Cousine, erinnerte sich Papperin.

„*Bonjour monsieur* Dumeau ! Jean-Luc Papperin hier. Ich bin der Cousin von Isabelle. Es geht um die anonymen Anrufe, die Ihre Frau so beunruhigen. Sie hat …"

„Das ist doch Quatsch! Die bildet sich irgendein Horrorszenario ein. Entweder ist es ein technischer Fehler, oder jemand macht sich einen Spaß draus."

„Sie hat mich gebeten, mit der Gendarmerie in Malo zu sprechen. Das habe ich gerade eben getan. Also: Man hält es dort für ein technisches Problem. Jedenfalls wollen sie nicht aktiv werden. Ich sehe das auch so. Würden Sie das Ihrer Frau bitte ausrichten. Sie soll sich bei der Störungsstelle melden und dann werden die das irgendwann in den Griff bekommen, sagt der leitende Gendarm, ein *colonel* Rambalec."

„Hoffen wir, dass das damit erledigt ist. Isabelle ist überängstlich. Sie sieht überall Probleme und Gefahren, auch da, wo wirklich keine sind. Gut! Ich richte es ihr aus. *Au revoir monsieur* Papperin! Sie sind Kriminalkommissar, hat sie gesagt?", fragte er neugierig.

„Ja, Mordkommission. In Aix en Provence. Grüßen Sie bitte meine Cousine von mir. Sie braucht sich keine Sorgen zu machen. *Au revoir monsieur Dumeau!*"

***

„Deine Cousine hat heute Nachmittag angerufen. Wir haben lange miteinander telefoniert. Sie ist sehr enttäuscht von dir!"

Mit diesen Worten empfing Odile ihren Sohn, als Papperin müde von der intensiven Arbeit im Kommissariat zuhause ankam.

„Ich habe ihr doch deutlich gesagt, dass sie sich keine Sorgen zu machen braucht. Auch die Gendarmerie in Saint Malo ist dieser Ansicht. Nehmen wir einen Aperitif draußen unter der Platane?", lenkte Papperin das Gespräch in eine erfreulichere Richtung.

„Ich habe einen ganz fürchterlichen Geschmack im Mund. Den ganzen Tag nichts gegessen, aber viel geredet und unzählige Tassen Espresso getrunken. Haben wir einen *crémant* kalt gestellt. Ich habe große Lust auf einen *Kir à la pêche.*"

Nachdem Odile den Schaumwein von der Loire in einem mit Eiswürfeln gefüllten Sektkühler und die Flasche mit dem gelb-rosa-farbigen Pfirsichlikör auf dem Steintisch im Innenhof der Ölmühle abgestellt, und Papperin zwei Sektgläser und salziges Blätterteiggebäck heraus gebracht hatten, ließen sich die beiden auf der Steinbank nieder.

„Du siehst müde aus. Gab es viel Arbeit heute im Kommissariat?"

„Kein Problem. Das ist mein Job", wiegelte Papperin ab, während er den Sekt in die Gläser schenkte und einen Schuss *crème de pêche* dazu gab.

„*Tchin-tchin, maman!*", prostete er seiner Mutter zu. Mit einem einzigen, langen und durstigen Zug trank er sein Glas aus, um sich sofort wieder nachzuschenken. Eine gute Weile saß er entspannt zurückgelehnt da und schaute nach oben in das dunkelgrüne, großblätterige Laub der Platane. Es war so dicht, dass kein Stück des Abendhimmels hindurch schimmerte. Er atmete tief durch. „Schön hier! Diese Ruhe! Aber jetzt sag, was hat Isabelle denn noch gewollt. Wieso ist sie enttäuscht. Es ist doch alles ganz klar."

„Sie sagt, ihr könnt gar nicht Recht haben mit eurer harmlosen technischen Lösung."

Über den Rand seines Sektglases schaute Papperin seine Mutter erstaunt an. „Warum?"

„Sie sagt, dass das kein fehlprogrammierter Algorithmus und keine Computerstimme gewesen sein können. Das war ein Mensch, sagt sie. Denn sie konnte ihn deutlich schnaufen hören. Und ein Computer atmet nicht, meint sie."

Sollte Isabells Angst also doch berechtigt sein, fragte sich Papperin. Dann würden er und die Gendarmen in Saint Malo falsch liegen. Doch er verwarf diesen Gedanken sofort wieder.

Odile stellte ihr Sektglas ab und schüttelte leicht den Kopf.

„Ich glaube, du nimmst das auf die zu leichte Schulter. Isabelle hat wirklich Angst. Wir haben uns sehr lange unterhalten. Sie tut mir echt Leid."

„Ich glaube eher, sie ist nicht ganz dicht im Kopf, hat eine Angstphobie. Das meint auch ihr Mann."

„Und wenn schon? Sie hat echt Angst. Das muss man ernst nehmen. Und es soll sich wirklich um eine menschliche Stimme handeln. Ich glaube, sie hat Recht! Da ruft tatsächlich immer wieder jemand an und löst Panik bei ihr aus. Ob der ihr jetzt etwas Böses antun, oder sich nur einen Jux machen will, spielt dabei doch überhaupt keine Rolle. Sie hat fürchterliche Angst und klingt fast panisch am Telefon. Ihr müsst das abstellen, den Anrufer ausfindig machen und dafür sorgen, dass damit Schluss ist. Vielleicht ist er auch verrückt und gehört in eine Anstalt. Oder er hat etwas Kriminelles vor, dann gehört er in den Knast. Auf alle Fälle müsst ihr etwas tun!"

„Und wer soll dieser Ihr sein?"

„Na die Gendarmerie und du!"

„Das kommt überhaupt nicht in die Tüte! Die Gendarmen in Malo haben das definitiv abgelehnt. Und ich habe wirklich keine Lust und keine Zeit, mich um die Psychoprobleme einer entfernten Verwandten zu kümmern, von der ich bis gestern nicht einmal wusste, dass es sie gibt. Ich habe viel zu viel zu tun in meinem Kommissariat. Das kann sie sich abschminken! Sag ihr das, wenn sie wieder anruft!"

Papperin hatte sich etwas in Rage geredet.

Für einige Minuten herrschte Schweigen. Papperin lauschte dem Verklingen des Gesangs der Zikaden nach, die mit zunehmender Dämmerung langsam zu verstummen begannen. Aus dem Geäst über ihm erklang das Keckern einer Elster. Der elegante, schwarz-weiß gefiederte Vogel flog plötzlich auf und ließ sich auf dem Hoftor nieder, von wo er die beiden Menschen unter der Platane neugierig beäugte.

„Aber ihr habt doch euren letzten Fall gerade abgeschlossen. Diesen grässlichen Mord an der Anhalterin. Jetzt solltest du doch etwas Zeit haben."

„Und wie, glaubst du, soll ich von Aix aus einen Fall in der Bretagne lösen? Einmal ganz abgesehen davon, dass ich gar nicht zuständig bin, kein Recht habe, dort oben zu ermitteln."

Wieder senkte sich Schweigen über die beiden, während Papperin sich wunderte, wie seine Mutter auf eine derart abstruse Idee kam und darüber nachdachte, wie man ihrer Nichte dennoch helfen konnte.

„Du musst einfach Urlaub nehmen und hinfahren!"

„Das kommt überhaupt nicht in Frage. Erstens habe ich meinen Urlaub schon bewilligt bekommen und mein Urlaubskontingent damit voll ausgeschöpft. Chau und ich, wir machen unsere geplante Spanienrundreise. Am 1. September geht es los. Drei Wochen lang. Und die werde ich nicht absagen, nur weil eine im Kopf nicht ganz dichte Cousine, die ich nicht einmal kenne, eine Angstphobie hat. Das kannst du dir aus dem Kopf schlagen!"

Einerseits konnte Odile ihren Sohn sehr gut verstehen. Auf der anderen Seite, hatte sie schon seit längerem geplant, die eingeschlafenen verwandtschaftlichen Beziehungen zur Schwester ihres verstorbenen Mannes und zu deren Familie wieder aufzunehmen. Und es wäre doch ein großartiger Anfang, wenn Jean-Luc Isabelles Wunsch nachkäme, in die Bretagne führe und den Fall des mysteriösen Anrufers aufklärte. Zu diesem hehren Zweck sollte es doch möglich sein, die im Wege stehenden bürokratischen und urlaubsrechtlichen Hindernisse zu beseitigen. Sie überlegte, wie sie ihren Sohn davon überzeugen könnte.

„Das wäre mir aber sehr wichtig, Jean-Luc. Es scheint wirklich sehr dringend zu sein. Du solltest so schnell wie möglich hinfahren. Kannst du nicht einen Tausch machen?"

„*Non!*"

„Hör doch erst einmal zu! Du beginnst deinen Urlaub so bald wie möglich. Am besten sofort."

„Das geht nicht. Selbst wenn ich es wollte: Diese Woche ist voll verplant. Da macht der *Contrôleur Général*, mein Chef nicht mit. Und ich übrigens auch nicht."

„Dann einfach eine Woche später – in der letzten Augustwoche."

Sie blätterte im Kalender ihres Smartphones. Am nächsten Montag, 25. 8. Und dafür verkürzt ihr eure Spanienreise um diese Woche. Da kann dein Chef nichts dagegen haben. Die erste Woche erledigst du das mit dem Anrufer und anschließend fahrt ihr in euren Spanienurlaub. Zwei Wochen reichen dafür völlig."

„*Non!* Wenn Chau Ende August herkommt, dann wäre ich nicht da, sondern über tausend Kilometer weit weg von ihr. Das geht nicht!"

„Das ist doch kein Problem. Dann soll sie direkt dorthin fliegen. In Rennes, der Hauptstadt der Bretagne, gibt es einen internationalen Flughafen. Das ist nicht mal eine

Autostunde von Saint Malo entfernt. Da holst du sie ab und ihr startet von dort aus in euren Urlaub."

„Dann hätten wir aber eine ganze Woche weniger Zeit für Spanien. Nur zwei Wochen! Das geht nicht! Was denkst du dir eigentlich, *maman!*"

„Das wäre mir aber sehr wichtig und du würdest mir einen großen, einen sehr großen Gefallen tun. Bitte, Jean-Luc!"

So ging es noch eine Weile weiter. Odile konterte jeden rationalen Einwand ihres Sohnes psychologisch sehr geschickt mit subjektiven Argumenten, bis ihm schließlich klar war, dass er, wenn er Odile nicht maßlos enttäuschen wollte, sich ihrem Wunsch fügen sollte.

„Also gut", resignierte er. „Ich rede mit Chau und dann werde ich morgen einen Urlaubsänderungsantrag stellen. Hoffentlich genehmigt das der *contrôleur général!*"

Dienstag, 19. August

„Ihnen ist wohl nicht bewusst, *commissaire* Papperin, in welche Schwierigkeiten Sie uns mit Ihrem Antrag bringen! Wir befinden uns mitten im August, der nationalen Haupturlaubszeit. Sie sollten doch wissen, was das bedeutet. Die gesamte Provence ist mit Touristen überfüllt. Die Kollegen von der Gendarmerie stehen vor nahezu unlösbaren Problemen. Nicht nur der Straßenverkehr fordert deren vollen Einsatz. Ich gehe davon aus, dass Sie von den kilometerlangen Staus auf den Hauptverkehrswegen wissen, vor allem an der Küste zwischen Cannes und Marseille. Und an den kulturellen *points of interest.*" Papperin nahm mit einem innerlichen Schmunzeln wahr, wie der *contrôleur* sich weltmännisch geben wollte, indem er englische Ausdrücke in seine Rede einflocht, diesen Eindruck aber sofort wieder durch seine katastrophale Aussprache zunichtemachte.

„Die Arena von Arles, den Papstpalast in Avignon, Les Baux, Les Antiques bei Saint Rémy, den Pont du Gard et cetera et cetera. Sie kennen sie ja alle, diese überlaufenen Sehenswürdigkeiten. Hinzu kommt die Kriminalität, die in diesen Touristenzentren in der Urlaubszeit extrem zunimmt, vor allem Einbrüche, Raub und Diebstahl."

Im Stillen musste Papperin seinem Chef zustimmen. Das war ihm alles bewusst.

„Was Ihnen vielleicht nicht bekannt ist, dass die *police nationale* – dazu gehört auch die *police judiciaire*, also Ihre Kriminalpolizei – viele Aufgaben von der Gendarmerie hat übernehmen müssen. Zur Entlastung, weil Verkehrsüberwachung und -regelung in der Urlaubszeit derart über Hand nehmen, dass die *gendarmerie nationale* viele ihrer eigenen Mitarbeiter aus anderen Abteilungen, insbesondere der Kriminalabteilung, an die Verkehrsgendarmerie ausgeliehen hat. Da wir dies zugesagt haben, stoßen auch wir in dieser Zeit an unsere Kapazitätsgrenzen. Sie sehen, wie ungelegen Ihr Urlaubsantrag gerade jetzt kommt."

Insgeheim dachte Papperin, dass das ein idealer Ausweg wäre. Er müsste nur nachgeben, akzeptieren was der Chef sagte und seinen Antrag zurückziehen. Odile gegenüber könnte er behaupten, sein Antrag sei abgelehnt worden. Andererseits: Er hatte es seiner Mutter versprochen. Und sein Wort wollte er nicht brechen.

„Der langen Rede kurzer Sinn: Im August kann ich Sie nicht für eine Woche freistellen. Meinetwegen nehmen Sie die im September um Ihre privaten Dinge dort oben im Norden zu regeln."

An Papperins Miene sah er, dass der Kommissar damit nicht einverstanden war. Dem *contrôleur général* war durchaus bewusst: *Commissaire* Papperin und sein Team waren das Paradepferd der *police judiciaire* in der Region Provence, Alpes, Côte d'Azur. Sie hatten die weitaus höchsten Aufklärungsquoten. Deswegen wäre es unklug, den Kommissar mit einer zu harschen Ablehnung vor den Kopf zu stoßen.

„Ich weiß, dass Sie eine dreiwöchige Spanienreise gebucht und damit den Ihnen zustehenden Jahresurlaub ausgeschöpft haben."

Papperin fragte sich verwundert, woher der Polizeichef das mit der Spanienreise wissen konnte. Er selbst hatte es niemandem gesagt – außer Odile.

„Aber ich gebe Ihnen eine zusätzliche Woche Sonderurlaub, den sie im September hinten anhängen können. Sie treten also am 1. September Ihren jetzt vierwöchigen Urlaub an. Eine Woche lang können Sie Ihre so dringenden privaten Probleme lösen und haben trotzdem die drei vollen Wochen für Spanien."

Nach kurzem Zögern fuhr er fort: „Meinetwegen können Sie auch schon am 31. August fahren." Nach einem Blick auf den Wandkalender dachte er: Das ist ein Sonntag. Da sollte in Papperins Abteilung ohnehin nicht besonders viel los sein.

Kapitel 3

Sonntag, 31. August

Wie befürchtet herrschte dichter Verkehr auf den Autobahnen der Provence. Das wunderte Papperin nicht, denn es war der letzte Tag der großen Ferien. Und die Bevölkerung von halb Frankreich hatte ihre Urlaubsdomizile im Süden verlassen und war auf dem Weg nach Norden zu ihren Wohn- und Arbeitsstätten. Eigentlich wollte Papperin das Flugzeug in die Bretagne nehmen, aber das hatte sich als undurchführbar herausgestellt. Alle Flüge waren ausgebucht. Weder von Marseille, noch von Nizza oder von Toulon, Avignon oder Montpellier aus gab es auch nur einen einzigen freien Platz in den Fliegern. Ob Air France, Air Bretagne, Easy-Jet oder Ryan-Air, nirgendwo hatte seine Sekretärin Glück gehabt. Und sie hatte sich wirklich Mühe gegeben. Selbst die ganz kleinen Regionalfluglinien hatten keinen Platz mehr frei. Es war zu kurzfristig. Er hätte schon viele Wochen vorher den Flug buchen müssen. So blieben nur zwei Auswege: Entweder mit dem Zug zu fahren oder mit dem Auto. Papperin hatte einen Horror vor Bahnfahrten. Noch dazu in der Urlaubsrückreisezeit. Ihm graute vor den relativ engen und unbequemen Sitzen im TGV. Mit den vielen Urlauberfamilien, die im Zug ihren mitgeführten Reiseproviant auspacken und verzehren würden. Er konnte sich den Mief von *pâté de campagne,* von *tapenade* und *achoîade,* und von den ebenfalls heftig riechenden Salamisorten lebhaft vorstellen. Wenn er Pech hatte, dann könnte es sogar passieren, dass er nur einen Stehplatz ergatterte. Nein! Dann wollte er lieber das Auto nehmen. Falls er in einem der zu erwartenden Staus stecken würde, dann saß er wenigstens in seinem bequemen Auto, unbedrängt von anderen Reisenden.

Er hatte sich die Route sorgfältig ausgesucht. Zunächst musste er die wahrscheinlich sehr stark befahrene A7 bis Lyon nehmen, die *autoroute du soleil*. Das war die Hauptverkehrsader von der Provence nach Paris. Hierauf würde sich der Verkehr konzentrieren. Bei Lyon würde er die A7 endlich verlassen und quer durch Frankreich über Clermont-Ferrand, Bourges, Tours, Le Mans nach Rennes, der *capitale de la Bretagne*, gelangen. Bis dorthin war alles Autobahn. Die letzten 70 Kilometer nach Saint Malo führte nur eine *route départementale*, die D137. Aber auch sie war vierspurig ausgebaut und hatte den Vorteil, dass sie keine Maut kostete.

Er wollte die rund 1.200 Kilometer lange Strecke in zwei Etappen bewältigen. Auf dieser Route kam er an Bourges in der *Région Centre Val de Loire* vorbei, wo er zu übernachten plante. Die Stadt lag etwa auf der Mitte der gesamten Strecke. Außerdem konnte er dort einen alten Freund besuchen, Alain Dufoudre. Sie hatten sich auf der Polizeischule in Nice kennengelernt und ihre gesamte Ausbildung gemeinsam durchlaufen. Aber dann hatten sich ihre Wege getrennt. Während Papperin erst in Aix en Provence als *sous-brigadier*, später als *commissaire* in Paris und jetzt wieder als Leiter der Mordkommission in Aix gelandet war, hatte es seinen Freund Alain letztendlich nach Bourges verschlagen, wo er bei der U.C.L.A.T. Karriere gemacht hatte. Seit Kurzem leitete er die regionale Direktion *der Unité de Coordination de la Lutte Antiterroriste*, der Koordinationsstelle für den Kampf gegen den Terrorismus.

„*Salut Jean-Luc!* Dass du auch mal wieder etwas von dir hören lässt!", hatte Dufoudre seinen Freund erstaunt begrüßt, als Papperin bei ihm angerufen hatte. Nach den ersten freudigen Wortwechseln hatte er gemeint:

„Was, du kommst an Bourges vorbei? Und willst hier in ein Hotel gehen? Das kommt gar nicht in Frage. Selbstverständlich schläfst du bei uns."

Damit lag Papperins Unterkunft fest.

„Ich schätze, du wirst so gegen 19 Uhr hier eintreffen. Selbst wenn du früh in Aix losfährst – bei dem Rückreiseverkehr wirst du locker zehn Stunden brauchen. Ich freue mich sehr, und Marielouise, meine Frau, auch. Wir werden dich mit einem großen Menu empfangen. Marielouise ist eine begnadete Köchin. *Salut Jean-Luc! À bientôt!*"

„Ich freue mich auch, dich wiederzusehen und deine Frau kennen zu lernen. *Salut Alain!*"

***

Papperin hatte fast drei Viertel seiner Tagesetappe bewältigt und war kurz vor Clermont-Ferrand. Er hatte geduldig alle Staus ausgesessen und sich mühsam durch den ansonsten meist stockenden Verkehr gequält. Hinter Lyon, als er die *autoroute du soleil* endlich verlassen konnte, war es etwas besser geworden, da er sich nicht mehr im Hauptverkehrsstrom nach Paris befand. Die Querverbindung nach Westen war weitaus weniger stark befahren. Er kam jetzt sogar zügig voran. Wenn es so weiter ging, sollte er gegen sieben oder halb acht bei Alain und Marielouise in Bourges ankommen – gerade richtig zum Abendessen.

„Eigentlich", so dachte er, „könnte ich dort ja einmal anrufen". Aber das stellte sich als nicht so einfaches Unterfangen heraus. Er wusste nicht, wo sein Handy war. Auf dem Beifahrersitz, wo es sonst meistens lag, war es nicht. Vielleicht in seinem Jackett auf dem Rücksitz? Er tastete mit der rechten Hand nach hinten und fummelte an seiner Wildlederjacke herum. Wo zum Teufel war die linke Innentasche? Kurz drehte er sich um, fand den Zugang zur Tasche und tastete sich hinein – nichts! Mehr im Unterbewusstsein nahm er das Aufleuchten der Bremslichter des vor ihm fahrenden Lieferwagens wahr. Reflexartig trat er auf die Bremse. Mit einem abrupten Ruck, aber gerade noch rechtzeitig stoppte sein Auto. Im Geiste hatte er bereits die Anhängerkupplung seines Vordermannes sich in seinen

Kühlergrill bohren sehen. Das hätte ihm gerade noch gefehlt, mit defektem Kühler auf der überfüllten *autoroute* liegen zu bleiben. Jetzt, da er ohnehin stand, konnte er sich ausführlich auf die Suche nach seinem Handy machen. Es war weder im Handschuhfach noch in der Seitentasche der Fahrertür. Er wollte gerade zu schimpfen anfangen, als es sich von selbst meldete – zuerst durch ein Kribbeln in seiner rechten Leistenbeuge und fast gleichzeitig mit einem „ping", dem Tonsignal, das den Eingang einer SMS ankündigte. Mit Daumen und Zeigefinger versuchte er das Gerät aus der rechten Hosentasche zu fischen. Als es ihm nicht gelang, fing er leise zu fluchen an, auf die engen Jeans, bei denen man im Sitzen nicht in die Taschen kam, auf sich selbst, weil er das Handy nicht auf den Beifahrersitz gelegt hatte, auf den dichten Verkehr. Da er ohnehin im Stau stand, stieg er aus und angelte das Handy aus seiner Hosentasche. Automatisch drückte er die Tasten, um die empfangene SMS abzurufen. Das helle Sonnenlicht gleißte so, dass er auf dem Display nichts erkennen konnte, deshalb setzte er sich wieder in den Wagen.

„Ich habe einen Flug gebucht und komme am 3. September in Rennes um 13.47 Uhr an. Flug Nummer AF 3753! Ich freue mich auf dich und auf die Bretagne. *Grosses bises – Chau.*"

Er fragte sich, ob er gleich eine Antwort-SMS schicken sollte. Aber das würde er lieber auf den Abend verschieben, wenn er Ruhe hatte und sich die richtigen Worte überlegen konnte. Die Autoschlange, in der er stand, bewegte sich immer noch keinen Millimeter vorwärts. Voller Vorfreude dachte er an das Menü, das Alain telefonisch angekündigt hatte.

Eine schrille Fanfare riss Jean-Luc aus seinen gedanklichen Gaumenfreuden. Er hatte schon das leicht blutende, in einer Sauce aus Morcheln liegende Rindfleisch auf der Zunge geschmeckt.

„*Trou du cul* – du Arschloch!", brummte er, weil er so rabiat aus seinen kulinarischen Träumen gerissen wurde.

In der Spur vor ihm war kein Auto mehr. Der Stau hatte sich aufgelöst, ohne dass er es bemerkt hatte. Schnell machte er ein entschuldigendes Handzeichen für seinen Hintermann und konnte ein paar hundert Meter zügig fahren, ehe er die sich zäh dahin wälzende Blechschlange wieder eingeholt hatte.

***

Seit einer Stunde steckte Papperin jetzt schon im Stau. Kurz vor Bourges. Aber bis dahin konnte es noch dauern. Es war schon halb sieben und es lagen noch knapp dreißig Kilometer vor ihm, wie der Routenplaner von Google Maps anzeigte. Ein eingebautes Navi hatte sein alter Peugeot nicht. Das war eigentlich auch gar nicht nötig, denn er kannte selbst die kleinsten Straßen in der Provence besser als dies jedes Navi könnte. Doch hier brauchte er eines. Zum Glück hatte sein Smartphone die nötige App.

Das Gedudel der zahllosen Radiosender ging ihm langsam auf die Nerven. Selbst sein Lieblingssender *Radio Nostalgie* hatte gerade ein Programm, das er zum Kotzen fand. Keine Beatles, keine Stones, kein Louis Armstrong, keine Edith Piaf, kein Jo Dassin oder auch andere der großen alten französischen Chansonniers – nur lauter neueres Zeug. Das Info-Radio FM 107,7 brachte eine Staumeldung nach der anderen. Sein Stau war inzwischen schon auf über zwanzig Kilometer angewachsen.

„Da komme ich ja viel zu spät", fluchte er und überlegte, ob er die Autobahn bei der nächsten Ausfahrt verlassen sollte – aber es würde endlos dauern bis die nächste Ausfahrt kam. An der letzten war er ja gerade erst vorbeigekommen.

Er schaltete das Radio aus. Den völligen Verkehrsstillstand, diese Zwangspause auf seiner Fahrt, sollte er lieber sinnvoll nutzen, dachte er, statt sich über die belanglosen Programme der Radiosender zu ärgern. Deshalb wandte er seine Gedanken der bevorstehenden Aufgabe in der Bretagne zu. Auch wenn Isabelle und Odile davon überzeugt waren, er würde den Fall schnell aufgeklärt und den geheimnisvollen Anrufer identifiziert und verhaftet haben, so hatte er selbst doch gehörige Zweifel. Im Stillen musste er zugeben, dass er keinerlei Ansatzpunkte für seine Arbeit dort oben hatte. Er war sich bewusst, diese Reise unternahm er nur, weil seine Mutter ihn dazu so sehr gedrängt hatte. Ihr lag viel am Zusammenhalt der Familie und sie sah es als Verpflichtung an, Mitgliedern der Papperin'schen Sippe beizustehen – seien sie auch noch so entfernt verwandt. Wahrscheinlich, so dachte er, steckte nichts Kriminelles dahinter und seine Cousine litt an einer Wahnvorstellung. Vermutlich hätte er sich diese Reise ersparen können. Trotzdem, wenn er nun schon mal dort war, dann wollte er sich auch um die Sache kümmern. Allein schon seiner Mutter und seiner neu aufgetauchten Cousine Isabelle wegen. Als erstes, so nahm sich Papperin vor, wollte er sich selbst von den Anrufen überzeugen, von der Frage, ob tatsächlich ein Mensch dahinter steckte und keine Computerstimme. Das dürfte noch relativ einfach zu erreichen sein – vorausgesetzt, dass während Papperins Aufenthalt in Saint Malo weitere dieser Telefonate stattfanden. Für viel schwieriger hielt er das Problem, die Herkunft der Anrufe festzustellen. Nachdem die zuständige Gendarmerie jegliches Aktivwerden abgelehnt hatte und er deshalb nicht mit deren überwachungstechnischer Unterstützung rechnen konnte, sah er hier äußerst schwarz. Dass Guy-deux, der IT- und Internetfreak seines Kommissariats in Aix ihm aus der Ferne helfen konnte, daran glaubte er eigentlich nicht. Der einzige Ansatzpunkt, der vielleicht erfolgversprechend sein könnte, betraf die bei den Telefonaten genannten Ziffernfolgen. Papperin nahm sich vor, sich die jeweiligen Zahlenkombinationen zu notieren und zu analysieren. Womöglich waren es verschlüsselte Nachrichten. Wenn das der Fall war, dann konnte sich Papperin allerdings nicht vorstellen, dass Isabelle oder ihr Mann hierfür die richtigen

Adressaten waren. Wie er aus den Gesprächen mit Odile her-
ausgehört hatte, handelte es sich bei den beiden um einfache,
biedere Leute, die mit chiffrierten Geheimbotschaften kaum
etwas zu tun haben dürften. Sie war Hausfrau und er arbeitete im Tourismusbereich und organisierte Ausflüge für Fe-
riengäste. So zumindest hatte es ihm Odile berichtet, die sich
lange mit ihrer Nichte am Telefon unterhalten hatte. Unwahrscheinlich, dass Isabelle und Servan Dumeau hier die
richtigen Zielpersonen waren. Vermutlich hatte der Anrufer
eine falsche Rufnummer in seinem Computer oder Smartphone gespeichert, die er dann immer wieder anwählte.

Während Papperin diese Gedanken durch den Kopf gingen, hatte er stets den Stau im Auge gehabt, in der Hoffnung,
es würde endlich wieder weitergehen. Aber nichts, absolut
nichts bewegte sich. Frustriert nahm er sich eine kleine Flasche Perrier aus dem Handschuhfach, schraubte sie auf und
ließ das leider lauwarme, aber trotzdem angenehm pri-
ckelnde Mineralwasser durch seine Kehle gleiten. Was
konnte er tun, außer sich mit Geduld wappnen und hoffen,
dass es irgendwann einmal wieder vorwärts ging? Wenn er
nur wüsste, wie lange dieser Stillstand noch dauerte. Im Radio hatten sie nur gesagt, dass sich die Autos auf einer Länge
von über zwanzig Kilometern stauten. Mit dieser Information konnte er allerdings wenig anfangen. Er musste wissen,
wann er endlich in Bourges ankommen würde. Auf einmal
kam ihm eine Idee:

Da er *commissaire* der *police nationale* war, war auch sein
Privatauto mit Polizeifunk ausgerüstet. Er wusste zwar nicht,
mit welcher Frequenz die *gendarmerie nationale*, die insbesondere für die Verkehrsüberwachung zuständige Polizeiorganisation, in dieser Region arbeitete. Er probierte einfach solange herum, bis er sie endlich hatte. Trotz modernster Technik klangen die Stimmen der Kollegen von der Gendarmerie
krächzend. Er hörte eine Weile zu. Wegen einer Massenka-
rambolage kurz vor Bourges waren alle aus dem Süden kommenden Fahrspuren blockiert.

Commissaire Papperin nahm das Mikro aus seiner Halterung.

„Hallo Kollegen, *c'est Jean-Luc Papperin, commissaire de la police judiciaire à Aix en Provence* – sagt mal, wie lange dauert denn die Sperrung der Autobahn noch? Ich stehe hier im Stau und habe einen Termin um 19.30 Uhr in Bourges."

„Aussichtslos, das dauert noch mindestens zwei bis drei Stunden bis wir die ineinander verkeilten Autos von der Fahrbahn weg haben. In einer halben Stunde können wir vielleicht eine Fahrspur öffnen."

„Bis sich alle Autos vor mir da durchgezwängt haben, ist es für mich viel zu spät. Komm ich hier irgendwo von der Autobahn runter?"

„Wo sind Sie genau?"

„Irgendwo hinter Levet. Weiter vorne sehe ich eine Brücke, unter der die Autobahn durchgeht. Das könnte die D2144 sein – sagt mein Navi".

„Ein gutes Stück weiter vorne ist eine abgesperrte Notauffahrt, da könnten wir Sie rauslassen. Ich schicke einen Motorradkollegen der *brigade motorisée*. Woran erkennt er Sie?"

„Ein älterer weißer Peugeot 405 mit langer Heckantenne. Nummer AP 357 FW aus dem Departement 83 – Var. Ich stehe in der rechten Spur."

„*Okay! Bonne chance* – Kollege!"

„*Merci infiniment, cher collègue!*"

Es dauerte nur eine knappe Viertelstunde, bis er im rechten Außenspiegel auf der *bande d'arrêt d'urgence*, der Nothaltspur, sah, wie sich ein Motorrad mit Blaulicht näherte. Er stieg aus und winkte seinem uniformierten Kollegen zu. Ohne abzusteigen deutete dieser ihm an, dass er, Papperin, hinter ihm herfahren solle. Jetzt kam er zügig voran. Mit fast 80 km/h zogen sie rechts an den diszipliniert wartenden Urlaubern vorbei. Ab und zu, wenn auch die Nothaltspur blockiert war – manche Familien nutzten den Stau, um hier gemütlich Picknick zu machen – ließ der *brigadier* seine Sirene aufheulen. Gehorsam drückten sich dann die Autos zur Seite, die wartende Blechschlange beulte sich etwas aus und sie konnten mühelos durch die sich öffnende schmale Gasse weiterfahren. Papperin hatte zwiespältige Gefühle. Einerseits gefiel ihm das schon, dass alle für ihn Platz machten. Andererseits drückte ihn sein Gewissen etwas. Aus ganz privaten Gründen, nur um rechtzeitig zum Abendessen zu kommen, nutze er die Amtsmacht der Polizei aus, und spannte dazu auch noch Kollegen ein, die jetzt sicher Wichtigeres zu tun hatten. Aber letztendlich gewann doch sein Polizeigefühl die Oberhand. Schließlich war er *commissaire* der *police nationale* und deshalb immer im Dienst. Die anderen waren ja nur Urlauber, die erholt von ihrem Feriendomizil zurückfuhren – oder besser: im Stau steckten. Dieses Privileg stand ihm zu, allein schon als kleiner Ausgleich für die schlechte Bezahlung.

Nach etwa zehn Kilometern machte der vor ihm fahrende Gendarm durch Handzeichen deutlich, dass er langsamer fahren solle. Sie hielten vor einer kleinen asphaltierten Seitenstraße, die in die Autobahn mündete, aber mit einem Gittertor versperrt war. Jetzt stieg der *brigadier* von seiner Maschine. In seiner offiziellen Motorradkluft, mittelblau mit dunkelblauem Besatz, dem blausilbern glänzenden Helm mit heruntergeklapptem Visier, den langen schwarzen Stulpenhandschuhen und der schweren Waffe im Holster am Gurt sah er gar nicht wie ein Freund und Helfer aus, sondern eher wie ein Furcht einflößender Krieger von einer fernen Galaxie. Breitbeinig kam er an Papperins Auto und klappte das Visier auf. Papperin war inzwischen auch ausgestiegen. Beide Polizisten standen sich gegenüber – der *brigadier* von der militärisch organisierten Ordnungsmacht der *gendarmerie nationale* und *commissaire* Papperin von der auf Verbrechensbekämpfung spezialisierten und zum Innenministerium gehörenden *police judiciaire*. Völlig überrascht stellte Papperin fest, dass ihm aus dem Achtung gebietenden Helm zwei verschmitzt blitzende Augen in einem wettergegerbten und von vielen kleinen Lachfalten durchzogenen Gesicht entgegen leuchteten. Der Ansatz eines *moustache*, eines buschigen schwarzen Schnurrbarts, drängte sich aus dem offenen Visier hervor. Der *brigadier* zog seinen rechten Handschuh aus, schüttelte dem Kommissar die Hand und begrüßte ihn mit einem freundlichen:

„*Salut, je suis Étienne, ça va?*"

„*Salut, Jean-Luc, merci infiniment!* Jetzt geht's mir wieder besser."

Sie gingen gemeinsam zum großen verzinkten Gittertor. Étienne schloss auf und sie schoben mit vereinten Kräften die beiden quietschenden Torflügel so weit auseinander, bis sie sicher waren, dass der Peugeot hindurch passen würde.

„Habt ihr auch nicht frei, am Sonntag – weil du heute in Bourges einen Termin hast?", fragte der *gendarme*, der den Kollegen aus der Provence wie selbstverständlich duzte.

„Das ist mir jetzt richtig peinlich – es ist eigentlich kein dienstlicher Termin. Ich bin bei einem Freund und seiner Frau zum *dîner* eingeladen Der ist zwar auch Kollege – bei der Anti-Terror-Abteilung. Aber wir haben was Privates zu feiern. Ein Wiedersehen. Seit fast zehn Jahren haben wir uns nicht mehr gesehen.

„Umso schlimmer wenn du da zu spät kommst. *Les repas sont sacrés chez nous en France!*"

Ja wirklich, dachte Papperin. Die Essenszeiten sind bei uns nahezu unantastbar. Wir nehmen das sehr wichtig. Läden, Büros, wer es sich leisten kann, schließt um die Mittagszeit für mindestens zwei Stunden.

„Sag mal Étienne, wenn ich bei der nächsten Autobahnauffahrt wieder auf die *autoroute* fahre, bin ich dann schon am Stau vorbei?"

„Das zwar schon, aber mach das lieber nicht. Auch hinter dem Unfall geht es nur stockend weiter. Fahr lieber auf die D 2144, die führt direkt ins Zentrum von Bourges. Da ist komischerweise heute wenig Verkehr. Wenn du dort vorne rechts fährst und bei der nächsten Kreuzung gleich wieder rechts, dann kommst du direkt drauf."

„*Merci* für den Tipp. Das mache ich so. Wenn du mal nach Aix kommst, werde ich mich revanchieren. *police nationale, direction centrale de la police judiciaire.* Frag einfach nach mir, da kennen mich alle. Ich heiße Papperin."

Es war alles so, wie Étienne gesagt hatte. Völlig problemlos fand er auf die D2144, auf der tatsächlich nicht viel Verkehr herrschte. Die *route départementale* war gut ausgebaut.

***

Dank dieser Hilfe der Gendarmerie kam Papperin mit nur leichter Verspätung bei seinem Freund Alain an. Es wurde ein herzliches Wiedersehen. Während des mehrstündigen *dîners* hatten sich die beiden Freunde viel zu erzählen. Es galt schließlich, zehn Jahre nachzuholen. *Madame* Dufoudre hatte ein vorzügliches siebengängiges Menü gezaubert, das mit frischen Austern begann und mit einer wunderbaren *tarte tatin* endete. Dazwischen lagen eine geeiste Tomatensuppe, vier *escargots bourguignons* (nicht aus der Tiefkühltruhe, wie sie betonte), ein kleines Stück *filet de Saint Pierre* auf einer milden Fenchelcreme. Als nächstes folgte ein *filet de bœuf* in einer Sauce aus frischen Morcheln. Vor der süßen Nachspeise gab es noch ein *plateau de fromage* mit Käsesorten aus verschiedenen Regionen des Landes.

Es war spät in der Nacht geworden, als Papperin sich in das Gästezimmer zurückzog.

„Und morgen musst du weiterfahren nach Saint Malo? Ist das dienstlich oder privat?", hatte ihn sein Freund Alain gefragt. Papperin berichtete von den merkwürdigen Anrufen und vom Unwillen der Gendarmerie, sich mit diesem Fall zu befassen. Alain Dufoudre zog die Stirn zweifelnd in Falten.

„Und was willst du erreichen? Du bist dort als Privatmann und hast keinerlei polizeiliche Befugnisse. Es ist ja toll, dass du uns besuchst und wir uns endlich mal wieder gesehen haben. Aber eigentlich hättest du dir diese Reise sparen können."

„Ich weiß", hatte Papperin erwidert. „Aber ich mache das meiner Mutter zu Liebe, der sehr viel an dieser neu entdeckten Verwandtschaft im Norden liegt. Ich selber glaube nicht so recht daran und sehe das mehr als Urlaub. Außerdem kommt Chau nach Rennes – ich habe dir ja von meiner neuen Liebe erzählt. Ich werde ihr erst die Bretagne zeigen und dann starten wir von dort aus in unseren Spanienurlaub."

Nach einem nachdenklichen Schluck aus dem bauchigen Cognacglas fügte er hinzu:

„Mir ist schon klar, dass ich Probleme bekommen würde, wenn ich dort zu ermitteln anfinge. Bis dato sehe ich das alles als Urlaub an. Sollte sich die Befürchtung meiner Cousine aber tatsächlich als begründet erweisen, dann würde ich …" Papperin versuchte sich die Konsequenzen auszumalen, wie es dann weiterginge.

„Also, wenn wirklich etwas Kriminelles dahintersteckt, werde ich die Gendarmerie einschalten. Die muss sich dann darum kümmern."

Kapitel 4

Montag, 1. September

Da sich das gemeinsame Frühstück und der sich anschließende Abschied von Alain Dufoudre und seiner Frau Marielouise noch lange hingezogen hatten, war Papperin erst am späten Vormittag nach Saint Malo aufgebrochen. Die Fahrt war ohne größere Störungen verlaufen, so kam er gegen 16 Uhr dort an. Sein erster Eindruck von der Stadt war der Stau, der sich kurz vor der Altstadt gebildet hatte. Eine Leuchtanzeige verkündete, dass die Brücke über die Hafenzufahrt gesperrt war, weil ein Schiff auslief und die Schleuse in Richtung Meer durchfuhr. Papperin wusste, *le marnage,* der Höhenunterschied zwischen Flut und Ebbe, war in der nördlichen Bretagne besonders groß und konnte bei Saint Malo bis zu zehn Meter, teilweise sogar noch mehr, betragen. Eine Schleuse von gigantischem Ausmaß stellte sicher, dass die Hafenbecken von diesem Auf und Ab des Meeresspiegels unberührt blieben und stets denselben Wasserpegel aufwiesen. Immer wenn ein Schiff bei niedrigem Wasserstand in den Hafen einfahren oder ihn verlassen wollte, musste es in der Schleuse auf das erforderliche Niveau gehoben beziehungsweise herabgesenkt werden. Da die niedrige Autobrücke hierbei im Weg war, wurde sie mittels riesiger hydraulischer Hebelarme zur Seite geschoben.

Wie andere Autofahrer hatte auch Papperin sein Auto verlassen und war bis zur Schranke vorgegangen, um das Schauspiel zu beobachten. Ein großes Frachtschiff schob sich langsam durch den engen Kanal in die Schleuse. Er sah fasziniert zu, wie sich die mächtigen Schleusentore langsam hinter dem Frachter schlossen, wie das Wasser in der Schleusenkammer absank und mit ihm das riesige Schiff.

Ein Sirenenton kündigte an, dass die Brücke wieder in ihre ursprüngliche Position geschoben werden sollte. Ein letzter Blick auf die sich im Schneckentempo vorwärts bewegende Brücke, dann lief Papperin entlang der Wagenkolonne zurück zu seinem Peugeot. Langsam kroch die Autoschlange auf *Intra Muros* zu, die Altstadt von Saint Malo. Umschlossen von einer mächtigen Stadtmauer lag sie zwischen dem Hafen und dem offenen Meer. Dem Kommissar blieb nicht viel Zeit, sich von dem gewaltigen Anblick fesseln zu lassen, wollte er die Autoschlange hinter sich nicht behindern und zum Anhalten zwingen. Mit Blick auf sein Google-Maps-Navi ließ er die Altstadt links liegen und fuhr zunächst am Hafen und dann am Strand entlang auf die Chaussée du Sillon. Vierhundert Meter bis zum Ziel zeigte das Display an, als zwei Fahrzeuge der *gendarmerie nationale* mit Sirene und Blaulicht an ihm vorbei preschten. Etwas weiter vorne musste er die Chaussée verlassen, links abbiegen und in ein kleines Quersträßchen einfahren, das direkt zum Meer führte, und an dessen Ende sich das Haus seiner Cousine Isabelle befinden sollte. Damit unaufmerksame Autofahrer nicht über den Deich hinaus fuhren und auf den tiefer gelegenen Strand stürzten, blockierten zwei massige Betonpoller das Sträßchen. Nur Fußgänger, Radfahrer, Skateboarder, Rollstühle und Kinderwagen konnten hier durchkommen und auf den für Motorfahrzeuge gesperrten Deich gelangen. Dieser war aus schweren Granitblöcken aufgeschichtet. Oben war er zu einem ebenen, gut fünf Meter breiten Fußweg ausgebaut, ehe er in einer steilen Wölbung zum etwa vier Meter tiefer liegenden Sandstrand abfiel.

Etwa zwanzig Meter vor den Betonpollern querte eine Gasse das Sträßchen. Das Eckgrundstück mit einem kleinen, zum Parkplatz umfunktionierten Vorgarten und einem typisch bretonischen, aus grauen Granitblöcken gemauerten Stadthaus mit Türmchen und Erkern gehörte Papperins

Cousine und ihrem Mann. Er erkannte es sofort wieder, denn sie hatte ihm ein Foto gemailt.

Allerdings konnte er nicht bis zu ihrem Haus vor fahren, denn kurz vor der Gasse versperrte ein querstehender Einsatzwagen der *gendarmerie nationale* mit blinkendem Blaulicht den Weg. Ein uniformierter *brigadier* entstieg dem Wagen und bedeutete Papperin, dass er hier nicht weiterfahren dürfe.

„*Stop!* Bitte wenden Sie!"

„Aber ich muss in dieses Haus!" Papperin zeigte auf das Eckhaus.

„Wohnen Sie hier?", fragte der Gendarm mit einem zweifelnden Blick auf das Nummernschild von Papperins Auto. „Département 13? Sind Sie aus Marseille?"

„Aix en Provence", korrigierte Papperin. „Ich bin zu Besuch bei meiner Cousine ... Isabelle Dumeau", fügte er nach kurzem Zögern hinzu.

„*Ah!*", murmelte der Polizist. Offensichtlich war ihm der Name geläufig, denn er verzog das Gesicht zu einer leicht abfälligen Grimasse. Vermutlich war er einer der Beamten, denen Isabelle mit ihrer Phobie auf die Nerven gefallen war, dachte Papperin.

„Und? Lassen Sie mich jetzt zu dem Haus fahren?"

„*D'accord!* Aber nur bis dahin. Weiter vorne läuft ein Polizeieinsatz! Da dürfen Sie nicht hin!"

Papperins Neugier war geweckt und er überlegte, ob er, um mehr zu erfahren, sich zu erkennen geben und seinen Rang als *commissaire* der *police judiciaire* herauskehren sollte. Aber er fand es klüger, dies nicht zu tun. Mit einem „*Merci!*" fuhr er langsam an dem *brigadier* und seinem Gendarmeriefahrzeug vorbei und durch das offenstehende Einfahrtstor in den gekiesten Vorgarten. Er nahm seine Reisetasche vom Rücksitz und stieg über eine aus grauen Steinen gemauerte Treppe, die an der Seite des Hauses zur Haustür im Hochparterre führte. Von dem quadratischen, von einem gläsernen Windfang geschützten Vorplatz, konnte man direkt auf das Meer sehen. Fast einen Kilometer weit erstreckte sich der Sandstrand vom Deich weg, bis er von den sanften Wellen des Ärmelkanals umspült wurde. Es war Ebbe. Papperin genoss den Ausblick. Die weite Sandfläche glänzte gelb-braun in der warmen Nachmittagssonne. Am Horizont sah man die Silhouette einer langestreckten Insel. Wandte man den Blick nach links, erschien Saint Malos Altstadt *Intra Muros*, die wie eine dunkle, graue Festung aus dem hellen Sand emporwuchs. Schaute er in die andere Richtung, weiter den Strand entlang Richtung Rochebonne, wunderte Papperin sich über die Menschenmenge, die sich oben auf dem Deich und unten auf dem Sandstrand nach rechts, ostwärts, bewegte und, weiter entfernt, abrupt zum Stehen kam – wie von einer unsichtbaren Mauer aufgehalten. Mehrere Gendarmen hinderten die Leute am Weitergehen. Dahinter, noch gute hundert Meter weiter, nahm Papperin die blauen, rotierenden Lichter auf den Dächern mehrerer Polizeifahrzeuge wahr. Ganz vorne am Wasser befand sich offensichtlich die Ursache für diesen Polizeieinsatz. Menschen in weißen Schutzanzügen, uniformierte Gendarmen und etliche Personen in Zivilkleidung drängten sich um etwas, das Papperin nicht erkennen konnte. Das Geschehen war einfach zu weit entfernt, mindestens fünfhundert Meter, schätzte er.

„Das steht morgen sicher alles in der Zeitung", murmelte Papperin und wandte sich der Haustür und dem Namensschild aus verwittertem Messing mit einem altmodischen Klingelknopf zu. Ein melodischer Dreiklang – Ding – Dang – Dong - ertönte aus dem Inneren des Hauses. Da sich die Tür nach etlichen Minuten immer noch nicht öffnete, läutete Papperin ein zweites Mal. Wieder rührte sich nichts im Haus. Nachdem auch beim dritten Versuch alles ruhig blieb, versuchte er seine Cousine auf dem Handy zu erreichen. Doch auch hier hatte er keinen Erfolg. Eine anonyme Computerstimme verkündete, dass die angerufene Nummer derzeit nicht erreichbar sei. Deshalb beschloss Papperin zum nahegelegenen Kyriad-Hotel zu gehen und die

Wartezeit dort auf der Terrasse der Hotelbar zu verbringen, den Blick auf Strand und Stadt zu genießen und dabei ein kühles Bier zu trinken.

"*Chère Isabelle*, bin in der Bar nebenan. *Grosses bises, Jean-Luc*", kritzelte er auf eine seiner Visitenkarten und klemmte sie in den Türspalt. Er ließ seine Reisetasche im Windfang stehen, stieg die Treppe hinunter und schlenderte über den Deich die wenigen Meter zur sonnenüberfluteten Hotelterrasse. Es herrschte Hochbetrieb. Mit Glück ergatterte er einen freien Stuhl ganz vorne an der Betonbrüstung. Während er auf die Bedienung wartete, lauschte er den Gesprächen an den Nachbartischen.

"Die *flics* müssen sich beeilen", hörte er. "Die Flut ist im Steigen und bald steht alles unter Wasser."

"Es soll sich um einen Schwarzen handeln, hat Pierre gesagt", behauptete eine junge Frau, die offensichtlich nach erfolgreichem Einkauf auf einen Drink in der Bar Halt gemacht hatte. Zumindest vermutete Papperin das wegen der beiden prall gefüllten Einkaufstüten eines Supermarktes.

"Woher will der das wissen?"

"Er hat ihn doch gefunden. Genauer gesagt unser Hund."

"Und dann hat er dich gleich angerufen?"

"Nein, natürlich erst die *flics*."

"Ein Schwarzer, sagst du? Woher kommt der? Weißt du schon mehr?"

"*Non!* Wir haben nur ganz kurz gesprochen. Pierre kommt erst später heim. Die Bullen lassen ihn noch nicht gehen. Die müssen ein Protokoll machen und so. Aber ich bin gespannt, was er alles zu berichten hat."

"Rufst du mich gleich an, wenn du mehr weißt."

"*Bien sûr!* Jetzt muss ich aber los, meine Einkäufe in den Kühlschrank tun. *Salut Vivienne!*"

Während Papperin bei der inzwischen erschienenen Kellnerin ein Bier bestellte, meldete sich sein Handy in der

Hosentasche mit der Melodie von Jo Dassins berühmten Chanson *Aux Champs Élysées, aux Champs Élysées.*

„Jean-Luc, es tut mir leid, dass ich nicht da war, als du angekommen bist", überfiel ihn die Stimme seiner Cousine Isabelle ohne lange Begrüßungsfloskeln. „Aber ich musste an den Strand, um zu erfahren, was da vorne los ist. Ein riesiger Menschenauflauf und so viel Polizei. Aber jetzt bin ich zurück und habe dein Kärtchen gesehen. Soll ich in die Bar rüberkommen, oder wollen wir bei uns etwas trinken. Ich habe einen Aperitif vorbereitet. Leider lassen einen die *flics* nicht weiter vor, deshalb weiß ich immer noch nicht, was da vorne los ist", wechselte die atemlose Stimme das Thema. „Weißt du was? Komm lieber hierher, dann können wir uns in Ruhe unterhalten – bei einem Gläschen *pommeau*. Wir haben einen neuen Lieferanten aus der Normandie, der macht einen göttlichen Apfellikör."

Papperin sagte zu, sofort zu kommen, sobald er sein Bier ausgetrunken und bezahlt habe.

Ein süßer, klebriger Apfellikör! Bei diesem Gedanken schüttelte er sich vor Widerwillen. Lieber wäre ihm ein richtiger Calvados mit herbem Apfelaroma und ausreichendem Alkoholgehalt. Schnell winkte er der Bedienung und bestellte sich den Calvados, nachdem es ihm gelüstete, und den er bei seiner Cousine nicht bekommen würde.

„So was!", wunderte sich eine Stimme am Nebentisch. Sie gehörte der Frau, die ihre Freundin Vivienne genannt hatte. „*Un africain*, ein Schwarzer! Vermutlich ertrunken."

„Wo der wohl herkommt? Urlaub dürfte er hier nicht gemacht haben. Ich habe in dieser Saison noch keinen Schwarzen am Strand gesehen", vernahm Papperin eine zweite Stimme. Er wandte sich um. Sie gehörte einer jungen Frau in einem schwarzen Bikini, die einen roten Pareo um die Hüften geschlungen hatte. Eine typische Sonnenanbeterin, schätzte Papperin, so braun gebrannt wie sie war.

„Und ich bin jeden Tag hier am Strand. Der wäre mir sicher aufgefallen", fuhr sie fort.

„Er muss ja nicht von hier sein. Vielleicht hat er einen Segeltörn gemacht und ist vom Boot gefallen. Oder sein Schiff ist gekentert."

„Wer weiß! Morgen steht das sicher im *Ouest-France*."

Papperin, der vorhin schon denselben Gedanken gehabt hatte, trank einen tiefen Schluck von seinem Bier und nippte dann genießerisch am Calvados, den die Kellnerin inzwischen gebracht hatte. Entspannt lehnte er sich zurück, genoss die Wärme der Nachmittagssonne und blickte zum weiten Sandstrand, der sich vor der Hotelbar ausbreitete. Als er beide Gläser ausgetrunken hatte, überlegte er, ob er sich nochmal dasselbe bestellen sollte. „Länger darf ich sie wohl nicht warten lassen", seufzte er bedauernd und dachte an den süßen Apfellikör bei seiner Cousine. Er legte einen Geldschein auf den Tisch und stellte, damit er nicht vom Wind fortgeblasen wurde, sein leeres Bierglas drauf. Dann stand er auf und ging die paar Schritte zu Isabelles Haus.

***

Der Aperitif im Haus seiner Cousine Isabelle war absolut nicht nach Papperins Geschmack. Es gab zwar ein paar gute Kleinigkeiten zum Knabbern: Ein Tellerchen mit gesalzenen Erdnüssen sowie eine Schale mit süßem bretonischem Buttergebäck: *Galettes et Palets*. Dazu reichte Isabelle ein Gläschen von ihrem Pommeau: Keinen Calvados, auch keinen Tee oder Kaffee, nur den süßen Apfellikör.

„Wie war die Fahrt? Gab es viele Staus? *C'est le jour de la rentrée*, Ende der Sommerferien und Schulbeginn. Da war gestern sicher viel los auf den Autobahnen."

Papperin nickte zustimmend, hob das Glas mit dem Likör und prostete seiner Cousine zu: „*Santé*, Isabelle! Ja, du hast Recht. Es war ziemlich schlimm."

Während er das Glas zu den Lippen führte und ein winziges Schlückchen von seinem Inhalt nippte, schaute er seine Cousine an. Sie war nicht sehr groß, nicht dick und nicht dünn, sondern wohlproportioniert, stellte er fest. Sie hatte ein rundes, fast pausbackiges Gesicht mit leicht rötlichem Teint und strahlenden, blauen Augen, mit denen sie Papperin ebenso interessiert musterte, wie er es mit ihr tat. Ihre fülligen Haare waren tiefschwarz, sehr lang, etwas gekräuselt und zu einem Pferdeschwanz gebändigt. Irgendwie machte sie einen etwas rustikalen Eindruck auf Papperin. Man hätte sie für eine Bäuerin halten können, wenn dem nicht ihre gepflegten, feingliedrigen Hände mit den in dezentem Rosé lackierten Nägeln widersprochen hätten. Auf seine Frage „Und was machst du beruflich?" bekam er als Antwort, sie sei Sachbearbeiterin in der *mairie*, genauer in der Stadtkämmerei, der *administration des finances municipales* von Saint Malo. Sie arbeite dort aber nur halbtags, und das auch nur an drei Tagen in der Woche. Ansonsten helfe sie ihrem Mann in seiner kleinen Firma. Insbesondere mache sie die Buchführung.

„Was für ein Unternehmen habt ihr?", wollte Papperin wissen.

„Das ist Servans Firma. Er macht Bootstouren mit Touristen. Entlang der Küste und auf die Kanalinseln Jersey und Guernsey oder nach England. Ich kümmere mich nur um die Buchführung und helfe ein bisschen bei der Organisation, beantworte Anfragen und nehme Buchungen entgegen, wenn er auf Tour ist. Aber das soll er dir selber erzählen. Komm! Jetzt zeige ich dir dein Zimmer!"

***

„Das hier ist dein Reich!"

Isabelle, die vor Papperin die Holzstiege in die zweite Etage des schmalen Hauses hinaufgestiegen war, betrat die kleine Balustrade und deutete auf eine dunkelbraune Holztür. Diese öffnete sich und gab den Blick auf einen gemütlichen Raum frei: Weiße Wände, grau lackierte Holzdielen auf denen in der Mitte des Raumes ein flauschiger, weißer Flokatiteppich lag, mächtige, ebenfalls grau gestrichene Giebelbalken, die schräg nach oben führten und das steile Dach trugen. Eine breite Fenstertür führte auf einen kleinen Balkon. Ein alter Tisch, ein Stuhl, ein bäuerlicher Schrank aus dunklem Holz, ein bequem wirkender Ohrenbackensessel und ein Bett mit einer bunten Patchwork-Überwurfdecke bildeten das Inventar.

„Und hier", erklärte Isabelle, indem sie eine Tür aufstieß, „hast du dein eigenes Bad mit Dusche, Waschbecken und WC."

Papperin stellte seine Reisetasche ab und ging auf den kleinen Balkon. Im Prinzip hatte man denselben Blick wie von der Terrasse der Hotelbar: Auf den Strand, auf Intra Muros im Westen und auf die schroffe Felsküste von Pointe de la Varde im Osten. Aus der zweiten Etage, gut zwölf Meter höher als die Bar, sah dennoch alles etwas anders aus. Die Menschen auf dem Deich und am Strand waren viel kleiner. Jetzt befand er sich fast auf derselben Höhe wie die bunten Lenkdrachen der Kitesurfer, die draußen auf dem Meer die Wellen durchpflügten und atemberaubende Sprünge machten. Vom Polizeieinsatz am Strand, dort wo angeblich der Schwarze ertrunken sein sollte, sah man trotz des besseren Blickwinkels auch nichts Genaueres. Die Entfernung war zu groß.

„Wenn du möchtest, kannst du dich erstmal in Ruhe hier einrichten, deine Reisetasche auspacken, dich im Bad frisch machen. In einer halben Stunde etwa ...", sie schaute auf ihre Armbanduhr, „also um halb acht Uhr, sollte ich mit dem Kochen fertig sein. Dann gibt es Abendessen. Bis dahin wird auch Servan wieder von seinem Schiff zurück sein. Bis dann, Jean-Luc!"

***

Das *dîner* fand im Wohn-/Esszimmer im Hochparterre des Hauses statt. Der Raum nahm fast den gesamten Grundriss des Gebäudes ein. Daneben gab es in dieser Etage nur eine Diele, von der aus eine knarzende Holztreppe in die beiden Obergeschoße führte, und ein WC. Die Küche mit

Südfenster zum Hof, wo Papperins Auto parkte, war in den Wohnraum integriert und nur durch eine Theke vom übrigen Raum abgetrennt. Eine breite Fensterfront nach Norden mit einer zweiflügeligen Terrassentür gab, ebenso wie in Papperins Zimmer in der zweiten Etage, den Blick auf den Deich und das Meer frei. Der linke Teil des Zimmers wurde von einem riesigen offenen Marmorkamin dominiert, vor dem eine bequeme L-förmige Couch und ein runder Glastisch standen. Die lodernden Flammen im Kamin entpuppten sich bei genauerem Hinsehen als elektronisches Feuer auf einem Flachbildschirm, der die ganze Kaminöffnung ausfüllte.

„Das ist viel praktischer", erklärte Isabelle auf Papperins verwunderten Blick hin. „Es macht keine Arbeit und keinen Dreck. Und weil wir Zentralheizung haben, brauchen wir das Feuer auch nicht als Wärmequelle."

Papperin fand das trotzdem unschön. Nach seinem Geschmack konnte so ein digitaler Feuerfake echte Flammen nicht ersetzen. Ihm fehlten die Geräusche, die das flackernde Feuer und das knisternde Brennholz machten, vor allem auch der leichte Rauchgeruch, den jeder Kamin ausströmte, auch wenn er noch so gut zog.

„Essen werden wir nicht hier, sondern dort drüben." Isabelle deutete auf den rechten, östlichen Teil des gut sechzig Quadratmeter großen Raumes, der als Ess- und Arbeitsbereich eingerichtet war. In einem Erker, der sich zum Meer hin öffnete, stand ein ovaler Esstisch, umgeben von sechs Lehnstühlen aus geschnitztem Eichenholz. Er war für drei Personen gedeckt. Ein altmodischer Schreibtisch mit dunkelgrüner Lederauflage, ein modernes, weißes Bücherregal – Billy von IKEA stellte Papperin fest – und eine breite, antike Anrichte aus dunklem Holz vervollständigten die Einrichtung.

„Nimm schon mal Platz", forderte Isabelle ihren Cousin auf. „Servan wird gleich kommen. Er ist auf seinem Schiff, muss irgendetwas reparieren, was auf seinem letzten Trip vorgestern kaputt gegangen ist. Ich trage inzwischen das Essen auf. Es gibt *choucroute de la mer*, ein typisches bretonisches Küstenessen. Ich hoffe, du magst das." Sie stellte eine Flasche Weißwein auf den Tisch. „Machst du die schon mal auf, bitte? Es ist ein Sauvignon blanc. Den mag ich zu Fisch am liebsten. Der Korkenzieher ist in der linken Schublade der Anrichte."

Während Papperin sorgfältig den Korken entfernte und sich einen Probierschluck einschenkte, wurde die Eingangstür aufgestoßen und ein bärtiger Riese kam ins Zimmer gestürmt.

„Mannomann, habe ich einen Hunger. Isa, was gibt's zu essen?", rief er. Dann sah er Papperin am Tisch sitzen. Er musterte ihn neugierig und stellte dann mit fragender Miene fest: „Du musst Isas Cousin sein?" Papperin wunderte sich über das Du. Schließlich kannte er den Mann doch gar nicht. Andererseits waren sie beide verschwägert.

„*C'est ça!*", bestätigte der Kommissar und fügte hinzu, ebenfalls das Du verwendend: „Und du bist Servan, der Mann meiner Cousine."

Die beiden Männer schüttelten sich die Hand. Einen kurzen Moment lang herrschte beklemmendes Schweigen, in dem sich die beiden so unterschiedlichen Typen kritisch beäugten. Auf der einen Seite der Kommissar, leger aber elegant mit hellgrauen Markenjeans und einem lindgrünen Polohemd von Lacoste gekleidet. Ein längliches, glattrasiertes Gesicht, schwarze Augenbrauen und kurze, leicht gekräuselte schwarze Haare. Dem Gegenüber ein muskelbepackter Riese in einem nicht mehr ganz sauberen Overall. Ein rotes, kurzärmeliges T-Shirt umspannte den muskulösen Oberkörper und wurde von den breiten Schultern und dem beeindruckenden Bizeps beinahe gesprengt. Papperins durchaus sportlich-drahtige Figur wirkte mit ihren 184 Zentimetern neben diesem Kraftpaket direkt klein und unscheinbar. Das Gesicht des Riesen war von roten Haaren umkränzt: Kinn und Backen wurden von einem gepflegten Vollbart bedeckt, während das Kopfhaar in langen Strähnen fast bis zur Schulter reichte.

„Du siehst gar nicht wie ein Polizist aus", durchbrach der Bretone schließlich das Schweigen. „Ich dachte, ihr *flics* tragt immer Uniform?", wunderte er sich und füllte sein Glas mit Weißwein.

„Wir von der Mordkommission nicht. Nur die Streifenpolizisten."

Inzwischen hatte Isabelle eine große Platte mit dem *choucroute de la mer* auf den Tisch gestellt. Ein Berg von Sauerkraut bildete die Grundlage. Darauf waren Filets verschiedener Seefische sowie Crevetten, Langustinen und Miesmuscheln drapiert. Ein verführerischer, leicht säuerlicher Duft nach Fisch schwebte im Raum.

„Hast du schon gehört, was vorne am Strand passiert ist?", fragte Isabelle ihren Mann. „Da ist einer ertrunken. Seine Leiche ist angeschwemmt worden."

„Vermutlich ein Afrikaner", fügte Papperin hinzu.

Isabelle blickte ihren Cousin erstaunt an. Woher hatte er diese Information? Er war doch gerade eben erst angekommen.

„In der Hotelbar haben sich die Leute darüber unterhalten. Daher habe ich es", klärte er die Eheleute auf.

Servan Dumeau schluckte das Stück Kabeljau hinunter, das er im Mund hatte.

„Der ist nicht ertrunken", sagte er. „Der wurde ermordet."

„Woher willst du das wissen? Du warst doch gar nicht dort, sondern im Hafen bei deinem Schiff", fragte Isabelle erstaunt.

„Gael hat's mir gesagt. Der arbeitet doch bei der *sécurité civile*, genauer beim P.C.C. im Rathaus. Unser Bürgermeister hat ihn hingeschickt. Gael hat mich gleich angerufen."

Papperin war bekannt, dass der P.C.C., der *Poste de Commandement Communal*, eine lokale Unterorganisation des zivilen Sicherheitsdienstes, zu allen Katastrophenfällen, zu Rettungs- und Bergungsaktionen Mitarbeiter entsandte.

„Gael Kaodenn ist ein Freund von Servan und Mitarbeiter in seiner Firma – sein einziger Angestellter", erklärte Isabelle ihrem Cousin.

„Eigentlich ist er mein Geschäftspartner", berichtigte der Riese. „Aber aus steuerlichen Gründen ist er bei mir angestellt und das Unternehmen läuft offiziell nur auf meinen Namen. Alles andere wäre zu viel Bürokratie."

Isabelle wandte sie sich ihrem Mann zu:

„Aber wieso ermordet? Von wem? Weiß man schon Genaueres? Sag schon, was hat Gael berichtet. Was genau war los?"

„Zuerst haben sie auch geglaubt, er sei ertrunken. Aber dann hat der Polizeiarzt eine Stichwunde entdeckt, als er die Leiche untersucht hat. In der Brust oder am Bauch. Die war nicht unmittelbar tödlich, soll der Arzt gesagt haben. Ob er ertrunken oder schon vorher am Blutverlust gestorben ist, weiß man erst nach der Obduktion, hat Gael gesagt."

„Weiß man schon, wie lange der Mann tot ist? Wann er ermordet wurde?" Papperins kriminalistisches Interesse war erwacht.

„*Non*, dazu hat er nichts gesagt."

Hätte das alles in der Provence stattgefunden, dann wäre der Fall in Papperins Mordkommission gelandet. Aber hier ging ihn das nichts an.

„Passiert das oft, dass Leichen am eurem Strand angeschwemmt werden?", erkundigte er sich.

„Doch schon", entgegnete Servan Dumeau. „Meistens sind das Touristen, die die Gefahr unterschätzen, die von den Gezeiten ausgeht. Das sich zurückziehende Wasser bei beginnender Ebbe entwickelt eine Sogwirkung, der man als ungeübter Schwimmer nichts entgegensetzen kann. Das passiert öfter. Leider!"

Wieder entstand ein längeres Schweigen, das nur von den Essensgeräuschen durchbrochen wurde. Erst nach dem

Dessert – Isabelle hatte einen *far breton* gebacken, den landestypischen weichen Eierkuchen mit in Rum getränkten Backpflaumen in seinem Inneren – entwickelte sich wieder eine Unterhaltung, zunächst als Alltags-Smalltalk. Nach einiger Zeit aber brachte Papperin das Gespräch auf den Anlass seiner Reise nach Saint Malo.

„Isabelle, erzähl doch mal genau", begann er. „Wie ist das mit diesen geheimnisvollen Telefonaten, wegen derer du mich gerufen hast?"

„Das Meiste habe ich dir schon am Telefon gesagt."

„Kommen die oft? Und regelmäßig? In welchen zeitlichen Abständen? Und was genau sagt der Anrufer. Zeig mir mal so eine Ziffernfolge, die er genannt hat."

Während Papperins Cousine in die Küche hinüber ging und in einer Schublade zu suchen begann, meinte Servan:

„Ich selber habe das noch nicht miterlebt. Ich war nie da, wenn diese Anrufe gekommen sind. Aber", und jetzt begann er zu flüstern „ich glaube nicht, dass da etwas Ernstes dahintersteckt. Vielleicht bildet sie sich das alles nur ein." Er blickte mit einer Kopfbewegung zu seiner Frau, die noch immer in der Küche in einer Schublade kramte. „Sie ist ein bisschen eigenartig mit ihrer Phobie." Dabei machte er mit seiner Hand eine wedelnde Bewegung vor seinen Augen, als wollte er andeuten, sie sei geistig nicht ganz auf der Höhe. Mit lauter Stimme fuhr er fort: „Aber natürlich müssen wir dem nachgehen. Deshalb sind wir so dankbar, dass du gekommen bist und hier für Klarheit und Abhilfe sorgen wirst. Das ist doch so, nicht wahr Isa?", rief er seiner Frau in der Küche zu.

„So ist es!", bestätigte sie. „Ich weiß, Servan nimmt das auf die leichte Schulter. Er nimmt es genauso wenig ernst wie die Gendarmerie. Aber mir macht es wirklich Sorgen! Auch wenn er mir nicht glaubt, ich fühle, dass da etwas Drohendes dahintersteckt. Du wirst schon noch sehen", wandte sie sich an ihren Mann, „da kommt etwas Unheimliches auf uns zu."

Servan schüttelte zweifelnd den Kopf.

„Ich glaube es ja nicht, aber es ist gut, dass Jean-Luc gekommen ist und das Rätsel lösen will."

Isabelle kam aus der Küchenecke zurück an den Esstisch. „Hier habe ich die Ziffern vom letzten Anruf." Sie legte ein abgerissenes Eck von einer Zeitung auf den Tisch.

„Er hat dreimal hintereinander angerufen. Jeweils im Abstand von etwa einer halben Stunde."

„Und dabei immer dieselbe Zahlenabfolge genannt?", erkundigte sich Papperin. Seine Cousine nickte. Papperin zog das Papier zu sich heran und betrachtete die Zahlen.

„49 57 18 02 10 33 08 30 19 30 – das kann keine Telefonnummer sein", murmelte er leise vor sich hin. Er blickte auf und schaute seine Cousine fragend an:

„Aber das ist nicht der einzige derartige Anruf, oder?"

„Nein, es waren mehrere."

„Und wann kamen die? Ich meine um welche Tageszeit?"

„Ganz unterschiedlich, oft auch nachts."

„Und du hast nie welche bekommen?", fragte Papperin Isabelles Mann.

„Nein, ich war nie da, wenn die vermeintlichen Anrufe kamen."

„Auch wenn es nachts angerufen hat?"

„Ich bin oft nachts nicht hier. Ich habe ein Ausflugsunternehmen – *Dumeau voyages maritimes*. Wir machen nicht nur Tagesausflüge mit meinem Boot. Öfter bin ich ein paar Tage unterwegs. Zum Beispiel wenn Kunden einen Trip auf die Kanalinseln gebucht haben. Tagsüber besuchen sie Jersey, nachts schlafen sie auf dem Boot und am Morgen schippern wir zur nächsten Insel. Nach Guernsey oder Alderney oder Sark. Das kann schon mal zwei oder drei Tage dauern. Oder wir fahren die Häfen auf der anderen Kanalseite an. Solche Südenglandtrips gehen auch nicht an einem Tag."

„Da musst du aber einen großen Dampfer haben. Oder ist es ein Segelboot?"

„Nein, kein Segler, sondern ein Motorkutter. Nicht sehr groß. Länge über alles etwa achtzehn Meter. Wenn du Lust hast, komm mal mit in den Hafen, dann zeige ich ihn dir und wir machen einen kleinen Ausflug – zum Beispiel auf die Île de Cézembre vor Saint Malo."

„Liebend gerne! Danke!"

Papperin wandte sich wieder dem Zeitungsausschnitt mit den mysteriösen Zahlen zu.

„Und er ruft immer nur auf dem Festnetz an? Nicht auf dem Handy?"

„Also auf meinem Handy nicht. Ich habe so einen Anruf noch nie auf mein Handy bekommen", sagte Servan, zog sein *portable* aus der Tasche und legte es vor sich auf den Tisch. „Und du, Isa?"

Isabelle Dumeau schüttelte den Kopf. „Nein, immer nur auf dem Festnetz."

„Sind das immer dieselben Ziffernfolgen, die der Anrufer aufsagt?", wollte Papperin wissen.

„Nein, lauter verschiedene. Nur wenn er nach kurzer Zeit nochmal anruft, dann wiederholt er die zuvor genannten."

„Falls sie wirklich stattgefunden haben und du dir das nicht alles zusammenfantasierst", warf Servan skeptisch ein.

„Ich erfinde die doch nicht! Ich habe sie alle notiert. Die sind oben, in meinem Arbeitszimmer. Soll ich sie holen?"

Servan winkte ab.

„Das hat doch Zeit bis morgen. Wir wollen uns den gemütlichen Abend nicht verderben lassen. Kommt, setzen wir uns auf die Terrasse und schauen zu, wie die Sonne langsam im Meer versinkt. Das ist ein wunderbares Schauspiel. Dazu könnten wir ein Bierchen und einen Calvados trinken. Was meinst du, Jean-Luc?"

Papperin, dem die lange Fahrt mit den vielen Staus noch in den Knochen steckte, nickte zustimmend. Auch er sehnte sich nach einem geruhsamen Abend ohne ausufernde Diskussionen über diese mysteriösen Anrufe. Er fürchtete, dass sich diese zu einem Streit zwischen Servan und Isabelle entwickeln könnten. Deshalb stimmte er diesem Vorschlag erfreut zu.

***

Später in seinem Zimmer überlegte Papperin: „Merkwürdig, dass Servan nie da war, wenn diese Anrufe kamen. Vielleicht hat sich Isabelle das alles doch nur eingebildet?" Einerseits war er geneigt, seiner Cousine zu glauben. Als Kriminalkommissar hatte er zahllose Gespräche mit Zeugen und Verhöre mit Verbrechern geführt und deshalb ein Gespür dafür entwickelt, ob ein Mensch die Wahrheit sagte oder ob er log. Und Isabelle machte einen aufrichtigen Eindruck auf ihn. Sie hatte wirklich Angst. Andererseits war es mehr als merkwürdig, dass nur sie diese Anrufe erlebt und ihr Mann davon überhaupt nichts mitbekommen hatte, weil er am jeweiligen Zeitpunkt nie zuhause war. Vielleicht bildete sie sich das wirklich nur ein? Dafür spräche auch, dass die Anrufe vom Festnetzanbieter Orange nicht registriert worden sind. Dann würde das aber auf eine ernst zu nehmende psychische Erkrankung hindeuten und Isabelle sollte schnellstmöglich einen Psychiater aufsuchen.

Papperin beschloss, diese Grübeleien auf den morgigen Tag zu verschieben. Er setzte sich auf seinen kleinen Balkon, lauschte dem Rauschen des Meeres und beobachtete die in verschiedenen Farben und Intervallen blinkenden Leuchtfeuer, die die Schifffahrt auf die Gefahren hinwiesen, die ihr von Untiefen, Riffen und Inseln drohten.

Als er merkte, wie ihm die Augenlider vom monotonen Schwappen der Wellen schwer wurden und er auf dem Balkon einzuschlafen begann, machte er sich daran, ins Bett zu gehen.

Kapitel 5

Dienstag, 2. September

Ein verführerischer Duft nach knusprigen Croissants und frisch gemahlenem Kaffee empfing Papperin, als er die knarzende Holztreppe hinunter ging und die Tür zum großen *séjour* öffnete. Seine Cousine saß im Erker am Esstisch und winkte ihn zu sich heran.

„Guten Morgen, Jean-Luc! Komm, setz dich! Der Kaffee ist gerade durchgelaufen. Und Servan hat Croissants vom Bäcker gebracht. Die sind noch warm."

„Und Servan?", fragte Papperin, während er Platz nahm. „Frühstückt er nicht mit uns?"

„*Non!* Der ist schon auf seinem Boot. Er muss etwas reparieren und die Ersatzteillieferung soll heute Morgen ankommen."

Papperin nahm sich ein Croissant und tunkte es in die Kaffeeschale. Nachdenklich schaute er seine Cousine an.

„Heute Nachmittag kommt Chau, meine ...", er stockte, überlegte. Er war sich selbst nicht so ganz sicher, wie er sie nennen sollte. Bekannte? Freundin? Lebensgefährtin? Frau?

Freundin trifft es eigentlich nicht. Das ist schon viel mehr, dachte er. Aber Lebensgefährtin? Passte auch nicht. Zum einen klang das so holprig und unpersönlich. Zum anderen dürften sie dann nicht so lange getrennt leben. Sie sahen sich viel zu selten: Vietnam und Aix lagen doch sehr weit auseinander.

„... meine Frau", entschied er sich impulsiv, um seinem Wunsch einen Namen zu geben.

„Ich wusste gar nicht, dass du verheiratet bist?" Seine Cousine blickte ihn überrascht an.

„Nein! Noch nicht", gestand er zögernd. „Aber ich hoffe ... Trotzdem fürchte ich, es wird nichts draus. Sie arbeitet an einer Universität in Vietnam, als Professorin. Wir können uns immer nur im Urlaub sehen. Trotzdem … weißt du, wir haben so viel zusammen erlebt."

Isabelle spürte, hier befand sich ihr Cousin auf unsicherem Terrain. Vermutlich war er sich nicht im Klaren, ob diese Chau – welch seltsamer Name – genauso fühlte wie er.

„Also deine … Frau … kommt heute. Vermutlich in Rennes am Flughafen."

„…aus Vietnam. Von hier aus wollen wir in unseren Spanienurlaub starten. Wenn das mit den Anrufen geklärt ist."

„Ja und? Wo ist das Problem?" Isabelle schaute ihren Cousin fragend an.

„Wir wollen euch nicht zur Last fallen. Wir gehen ins Hotel. Gleich nebenan ins Kyriad."

„Unsinn! Ihr wohnt natürlich bei uns hier."

„Aber…"

„Kein Aber! Ihr wohnt oben. Die zweite Etage ist für euch."

„Aber dein Mann? Ob ihm das Recht ist?"

„*Bien sûr!* Selbstverständlich ist er damit einverstanden."

***

Pünktlich um 17.50 Uhr landete die Air-France-Maschine AF 3753 aus Paris am *Aéroport Saint Jaques* in Rennes. Jean-Luc Papperin stand mit einem Blumenstrauß in der Hand im Ankunftsbereich und wartete ungeduldig. Da es sich um einen Inlandsflug handelte, wurden die Passagiere nicht durch Pass- und Zollkontrollen aufgehalten. Papperin musterte die zahlreichen Fluggäste, die aus der sich immer wieder automatisch öffnenden Milchglastür in die Halle strömten. Chau war nicht dabei. Langsam ebbte der Strom der Ankommenden ab. Endlich, als eine der letzten, schob eine schlanke, großgewachsene Frau zwei hoch beladene Gepäcktrolleys durch die Ankunftstür. Sie stoppte und blickte sich suchend um. Papperin winkte. Jetzt hatte auch sie ihn entdeckt. Er sah ihr Gesicht, ihre vor Freude strahlenden, schwarzen Augen, die seidig glänzenden blonden Haare, die ihren Kopf umwehten, als sie auf ihn zu eilte. Dann endlich lagen sie sich in den Armen.

„Wie ich dich vermisst habe, Jean-Luc!"

„Und ich dich erst!"

***

Auf dem Weg nach Saint Malo hielt Jean-Lucs Rechte die Hand von Chau fest umklammert und ließ sie nur los, wenn er schalten musste. Die spätnachmittägliche Sonne, die die Landschaft zwischen der Hauptstadt der Bretagne und dem früheren Piratennest Saint Malo vergoldete, nahmen die beiden nicht wahr. So sehr waren sie mit sich beschäftigt, berichteten jeweils, was sie in der langen Zeit der Trennung seit ihrem letzten Beisammensein erlebt hatten. Erst als sie sich dem Stadtkern von Saint Malo näherten und die imposante und wuchtige Stadtmauer vor ihnen lag, die Intra Muros von der Außenwelt abschirmte, entfuhr Chau ein bewunderndes „Wow!"

Papperin fuhr auf den Parkplatz am Hafen direkt gegenüber der Festungsmauer. Er deutete auf die mächtige Stadtbefestigung aus grauen Granitblöcken.

„Man kann oben auf dem Festungswall entlang um die ganze Stadt gehen. Möchtest du?"

„Nein, jetzt nicht. Aber es sieht toll aus."

„Und hinter uns ist der Hafen." Papperin und Chau wandten sich um. „Dort hinten der Handelshafen und hier vorne der *port de plaisance*, der Yachthafen."

Hunderte von weißen Motor- und Segelyachten lagen in geordneten Reihen an Stegen, die weit ins Hafenbecken hinein reichten. Es gab Motorboote in allen Größenklassen und unzählige Segelboote, von kleineren Jollen mit und ohne Kajüte über Katamarane bis hin zu großen, eleganten Yachten. Als Blickfang lag ganz vorne am Kai eine riesige

Dreimastbark mit gerefften, grünen Segeln. Sie war mindestens fünfzig Meter lang, schätzte Papperin Viele Junge Leute in grünem Dress arbeiteten in der Takelage des Seglers.

„Vermutlich ein Schulschiff", meinte er. „Oh! Schau da hinten, der Arbeiter auf dem Motorkutter. Das ist Servan, der Mann meiner Cousine."

Ein blitzsauber geputztes Motorschiff mit einer Heck- und einer Bugkajüte und einem höher aufragenden Ruderhaus im mittleren Schiffsteil lag an einem der Stege. Ein Mann in blauem Overall kniete auf dem Ruderhaus und arbeitete an einer Antenne oder am Radar. So genau konnte man das auf die Entfernung nicht erkennen.

Papperin winkte ihm zu, aber Servan blickte nicht in ihre Richtung.

„Komm! Gehen wir zu ihm!"

Papperin nahm Chau an der Hand und steuerte auf den Steg zu.

„Allô Servan!", rief er, als sie das Boot erreichten. „Darf ich dir meine Freundin vorstellen? Chau Iris LeTrans aus Saigon."

Der Hüne kletterte vom Ruderhaus und wischte sich die öligen Hände am Overall ab, ehe er Chau die Rechte reichte.

„Enchanté!", murmelte er, und zu Papperin gewandt: „Ich wusste gar nicht, dass du Besuch bekommst."

„Doch! Isabelle sagt, dass wir beide bei euch wohnen können. Eigentlich wollten wir heute in den Urlaub starten – nach Spanien. Aber jetzt haben wir es verschoben, bis das mit den Anrufen geklärt ist."

„Herzlich willkommen!", entgegnete der Skipper. „Aber meinetwegen könnt ihr sofort starten. Das mit den Anrufen … also ich nehme das nicht sehr ernst, wie du weißt. Ich halte das für Phantasiegespinste. So wie du auch, wenn ich dich richtig verstanden habe."

Papperin nickte etwas zweifelnd.

„Ich fürchte auch, du hast Recht. Trotzdem", er schaute Chau an, die dem Dialog interessiert zugehört hatte.

„Trotzdem werden wir erst einmal hierblieben und ich versuche, hinter das Geheimnis der Anrufe zu kommen. Meiner Cousine zu Liebe. Aber vielleicht solltest du ..." Papperin zögerte, seinen Gedanken laut auszusprechen.

„Ich weiß, was du sagen willst. Aber ich bemühe mich schon seit einiger Zeit vergebens, sie zu überreden, einmal zu einem Psychologen zu gehen."

Er schaute zum Dach des Ruderhauses.

„Du, ich muss weiterarbeiten. Gleich kommt der Mann mit dem Ersatzteil. Und bis dahin muss ich das da oben abmontiert haben. Ich zeig euch mein Schiff ein andermal, wenn das hier fertig ist. Wir sehen uns beim *dîner!* Ich bin sicher, Isa hat was Gutes zum Empfang für dich gekocht ... Ich darf doch du sagen?", fragte er zu Papperins Freundin.

„Bien sûr ! Salut et à tout à l'heure!"

„Bis dann! Tschüss!", antwortete Papperin und Chau hob die Hand zum Abschied.

***

Zum *dîner* hatte Isabelle einen klassischen *plateau de fruits de mer* vorbereitet. Auf einer Edelstahlplatte von gut einem halben Meter Durchmesser waren die verschiedensten Meeresfrüchte auf dunkelgrünen Algenzweigen und -blättern angeordnet. Alles was das Meer an Muscheln, Krustentieren und Schnecken zu bieten hatte, befand sich darauf. Den äußeren Rand der Platte nahmen die Austern ein.

„Huîtres creuses No. 2", erläuterte Isabelle und deutete auf etwa 30 Austern, die sie im Kreis angeordnet hatte. „Aus Cancale, direkt von Simon ... einem Freund von Servan und mir", erklärte sie. „Er betreibt eine Austernzucht in Cancale."

Den nächstinneren Kreis auf dem *plateau* bildeten rosa-orangefarbige, knackige Crevetten. Weiter nach innen folgten *des crustacés cuits*, Scheren von Hummern und Langustinen, eine ganze *arraignée de mer*, eine Seespinne. Und in der Mitte der Platte lagen die Muscheln und Schnecken:

bigornaux, bulots, amandes de mer, kleine schwarze Uferschnecken, große, gedrechselte Wellhornschnecken und glatte, bräunliche Samtmuscheln. Ein Körbchen mit getoastetem *pain de seigle*, Roggenbrotscheiben, ein Schälchen mit hausgemachter Mayonnaise, eines mit fein gehäckselten Schalotten in Rotweinessig und ein Tellerchen mit Salzbutter vervollständigten das exquisite Arrangement. Begleitet wurde das alles von einer Flasche Sauvignon blanc eines bekannten Weinguts aus der Touraine.

Zunächst verlief das Essen in genießerischem Schweigen. Nur das Knacken von Chitinpanzern beim Aufbrechen der Hummer- und Langustinenscheren, das leise Geräusch, das beim Loskratzen der Auster von ihrer harten Schale entsteht und das Gluckern beim Nachschenken des Weines waren zu hören.

„Großartig!", seufzte Papperin wohlig, als er eine leere Austernschale in die Schüssel für den Tischabfall legte.

„An die hiesigen Austern kommen unsere Mittelmeeraustern aus Sète nicht heran. Wahrscheinlich weil dort das Meer viel wärmer ist als hier", vermutete er. Servan nickte bestätigend. „Hinzu kommt", sagte er, „dass ihr im Mittelmeer so gut wie keine *marnage*, keine großen Gezeitenunterschiede habt. Hier spült die Flut zweimal am Tag Unmengen von frischem Seewasser mit viel neuen Nährstoffen für die Muscheln über die Austernbänke. Das macht sich bemerkbar. Sowohl in der Größe als auch im Geschmack."

Er schob seinen Stuhl zurück und stand auf. „Auf das *dessert* kann ich leider nicht warten. Ich muss noch was vorbereiten, und dann muss ich aufs Schiff. Morgen laufen wir vor Tag und Tau aus. Die großen Ferien sind zwar vorbei, aber die *retraités*, die Rentner und Pensionäre, die nicht an Ferienzeiten gebunden sind lassen unser Geschäft auch im September brummen. Also dann – wir sehen uns übermorgen wieder. Ich hoffe, wir sind bis zum *dîner* zurück." Er wandte sich an seine Frau: „Isa, koch bitte was herzhaftes. Ich bring Gael mit, und der isst für zwei, wie du weißt."

„Na, du bist auch nicht gerade ein Kostverächter", entgegnete sie liebevoll lächelnd. „Ich werde eine große Casserole mit *bœuf bourgignon* machen mit extra viel Rindfleisch und viel Gemüse. Da werdet ihr schon satt werden."

„Wo geht es morgen hin?", wollte Papperin wissen, der sich durchaus selbst für solch einen Bootstrip im Ärmelkanal interessierte.

„Erst steuern wir Guernsey an. Dort wollen die Rentner Sehenswürdigkeiten aus dem zweiten Weltkrieg besichtigen und noch so einige Sachen. In Saint Peter Port übernachten sie im Hotel. Auf dem Schiff ist es ihnen nicht luxuriös genug – verwöhnte Rentner eben!", murmelte er abschätzig. „Gael und ich bleiben an Bord. Am nächsten Tag geht es zur Insel Sark. Da wollen sie wandern und eine Pferdekutschenfahrt machen. Autos gibt es dort ja nicht. Nach dem Mittagessen in Maseline Harbour kommen sie wieder an Bord und wir fahren zurück nach Saint Malo. So, jetzt muss ich aber gehen. *Salut! À après demain soir!*"

Mit schweren Schritten durchquerte er den *séjour* und stapfte die Treppe empor zu seinem kleinen Büro in der ersten Etage. Isabelle hatte inzwischen den Tisch abgedeckt und Dessertteller und -gabeln aufgelegt. Dann brachte sie den Nachtisch. „*Tarte de citron méringuée*", erklärte sie, während sie jedem ein Stück des flachen Mürbeteigkuchens auftat, der von einer milden Zitronencreme bedeckt und von flambierten Baiserhütchen bekrönt war.

„Sag mal Jean-Luc – warum genau starten wir unseren Spanienurlaub von hier und nicht von Aix aus? Von hier ist es doch viel weiter? Du hast mir gemailt, dass du deiner Cousine helfen musst. Irgendetwas mit Anrufen", fragte Chau. Dann wandte sie sich an Isabelle:

„Verstehe mich bitte nicht falsch, das soll keine Kritik sein! Ich finde es hier wunderschön. Ich war noch nie in der Bretagne. Aber trotzdem ist mir nicht klar, was genau Jean-Luc hier machen will."

Papperin setzte zur Antwort an. Doch Isabelle kam ihm zuvor.

„Irgendjemand bedroht uns mit anonymen Telefonanrufen. Weder Servan noch die Gendarmerie nehmen das ernst. Und auch Jean-Luc, glaube ich, nimmt das eher auf die leichte Schulter. Aber ich habe wirklich Angst. Da kommt etwas Unheimliches auf uns zu!"

Und nun berichtete sie von den Anrufen, die oft auch mitten in der Nacht kamen, von der unheimlichen Stimme und davon, dass das immer passierte, wenn ihr Mann nicht da war. Sie habe jeden dieser Anrufe notiert. Mit Datum und Uhrzeit. Was sie besonders beunruhige sei, dass auch *Orange/France-Télécom* die Existenz dieser Anrufe leugne.

„Angeblich hat es die nicht gegeben, weil sie nicht in ihrem EDV-System erfasst sind."

Chau hörte mit wachsendem Entsetzen zu. Dann schaute sie ihren Freund tadelnd an.

„Und wieso nimmst du das nicht ernst?"

„Natürlich tue ich das! Sonst wäre ich ja gar nicht hergekommen", verteidigte sich Papperin. Er verschwieg dabei, dass er nur dem Drängen seiner Mutter nachgegeben hatte, aber selbst nicht so recht an die Existenz dieser Anrufe glaubte.

„Bevor ich hier irgendetwas unternehmen kann, muss ich mich selbst davon überzeugt haben. Ich will dabei sein, wenn wieder so ein Anruf kommt. Wir haben vereinbart", dabei nickte er seiner Cousine zu, „dass sie mich dazu holt, wenn bei einem Anruf auf dem Display keine ihr bekannte Nummer angezeigt wird."

„Unsinn! Natürlich musst du etwas unternehmen – und zwar sofort! Schließlich geht es um deine Familie. Deine Cousine wird von einem Unbekannten bedroht. Also tu was!", ermahnte ihn Chau.

„Offiziell bin ich als Privatperson hier, als Urlauber", wehrte sich Papperin. „Ich habe in der Bretagne keinerlei polizeiliche Befugnisse. Mit dem Chef der Gendarmerie hier habe ich schon gesprochen. Der ist auch skeptisch. Er glaubt nicht, dass von diesen Anrufen eine Bedrohung ausgeht und will deshalb nichts unternehmen."

„Aber deine Abteilung in Aix, die *brigade criminelle*, die kann was machen. Da hast du das Sagen, bist du der Chef. Du schwärmst doch immer davon, was du für fähige Mitarbeiter hast. Richtig angeben tust du, was dein Informatikfreak alles kann. Dieser Guy-deux, wie ihr ihn nennt. Lass ihn doch das Telefonsystem von Orange hacken."

„Aber das ist verboten!", wandte Papperin ein.

„Verboten! Verboten! Wenn es stimmt, was du alles erzählt hast, dann ist ihm das völlig egal. Und dir auch, weil du so stolz auf eure oft illegal erzielten Ermittlungserfolge bist. Also tu etwas! Es wird doch, verdammt noch mal, heraus zu kriegen sein, woher diese Anrufe kommen!"

Chau hatte sich in Rage geredet. Empört und mit wütend blitzenden Augen fixierte sie ihren Freund – den Mann, den sie heiraten wollte. So zögerlich kannte sie ihren Jean-Luc nicht.

„Okay", gab Papperin nach, beeindruckt von ihrem Zorn und ihrer Parteinahme für seine Cousine. Er schaute auf seine Armbanduhr. „Es ist spät. Im Kommissariat erreiche ich Guy-deux heute nicht mehr. Ich kann ihn auf seinem Handy anrufen." Papperin suchte in seinen Hosentaschen nach seinem Smartphone. „Ich habe es wohl oben gelassen. Isabelle, gib mir die Liste mit deinen Telefonnotizen, damit ich ihm die Daten durchgeben kann." Seine Cousine nahm einen Schreibblock aus der Tischschublade, riss die oberste Seite ab und reichte sie Papperin. Er nahm das Blatt, stand vom Tisch auf und ging mit einem gemurmelten „Ich bin gleich wieder da" zur Treppe, die in die oberen Stockwerke führte. Wie er zugesagt hatte, würde er Guy-deux anrufen. Allerdings würde er seinem Mitarbeiter auch sagen, dass er, Papperin, es für wahrscheinlich hielt, dass das alles Hirngespinste seien, und dass Guy-deux sich hier nicht allzu weit aus dem Fenster lehnen solle.

Kurz vor Mitternacht

„Und? Hast du es durchgegeben?"

„Ja ... nein."

„Was jetzt?"

„Er geht nicht an sein Handy. Drum hab ich auf den Fest-netzanschluss angerufen."

„Und? Hast du es da gesagt?"

„Schon, aber da war eine Frau dran."

„Dann versuche es nochmal. Vielleicht ist er nur auf dem Klo oder so etwas."

„Und wenn er wieder nicht ran geht? Soll ich eine SMS auf sein Handy schicken?"

„Bloß nicht! Das ist zu gefährlich. Diese Short Messages wer-den sicher irgendwo gespeichert und bleiben dann dauerhaft les-bar, für jemanden der sich im Internet auskennt. Nein, keine SMS! Versuch es später nochmal mit einem Anruf auf dem Handy. Es eilt ja noch nicht so. Aber er braucht genügend zeitlichen Vorlauf um den neuen Termin einzuplanen."

„Aye, aye captain!"

Kapitel 6

Mittwoch, 3. September, kurz nach Mitternacht

Lautes Poltern weckte Papperin. Erst wusste er nicht, wo er war, wollte sich aufrichten, doch es ging nicht. Auf seinem linken Arm lag etwas Schweres, das ihn daran hin-derte. Er machte die Augen auf. Es war stockdunkel. Jetzt roch er etwas – einen zartherben Duft nach Zitrone und ei-nem Hauch von Eukalyptus. Jetzt erkannte er ihn. Chaus Parfum. Es war ihr Kopf, der auf seinem Arm lag. Was ihn an der Nase kitzelte war ihr seidiges Haar. Wieder polterte es, dumpfe Schläge.

„Jean-Luc, wach auf! Bitte! Er ist es wieder."

Das war Isas Stimme. Schlagartig wurde ihm klar: Der anonyme Anrufer! Behutsam zog er seinen Arm unter Chaus Kopf hervor. Dann sprang aus dem Bett.

„Jean-Luc, was ist los?", verfolgte ihn ihre verschlafene Stimme, als er schon durch die Tür war und Isabelle das Schnurlostelefon aus der Hand riss. Es läutete, aber das Display zeigte keine Nummer an. *Correspondant inconnu*, unbekannter Anrufer, war dort zu lesen. Gespannt drückte Papperin die grüne Taste und meldete sich mit einem gemurmelten *„Oui?"*

Er schaltete den Lautsprecher ein. Stille! Papperin vernahm ein leises Räuspern. Dann wieder Pause. Schließlich eine Männerstimme.

„49 59 37 01 42 50 09 11 01 30"

Fast flüsternd leierte sie die lange Ziffernfolge herunter.

„Wer sind Sie?", rief Papperin in den Hörer, doch sein Gegenüber hatte bereits aufgelegt.

„Hast du dir die Zahlen merken können?", fragte Papperin seine Cousine. Sie schüttelte bedauernd den Kopf.

„Aber erfahrungsgemäß ruft er in etwa einer halben Stunde nochmal an. Dann schreibe ich mit."

Papperin und Isabelle stiegen die Treppe ins Erdgeschoß hinunter – er sehr nachdenklich und sie innerlich triumphierend. Jetzt musste Jean-Luc ihr glauben, hatte er den Anruf doch selbst erlebt. Während Papperin am großen Esstisch im Wohnzimmer Platz nahm und seinen Kopf grübelnd in die linke Hand stützte, machte sich Isabelle an der Espressomaschine in der Küchenecke zu schaffen.

„Glaubst du mir jetzt?", fragte sie, nicht ohne Genugtuung in der Stimme.

„Ouiiii!" Man merkte ihm an, wie sehr ihn diese Entwicklung überrascht hatte.

„Ich überlege, was wir jetzt machen können. Zur Gendarmerie gehen und sie erneut auffordern, endlich tätig zu werden? Oder...?"

„Jetzt trinken wir erst einmal einen kräftigen Espresso. *Salut Chau!*", rief Isabelle der gerade eintretenden Freundin Papperins zu. Mit noch wirren, blonden Haaren und in einen bunt bestickten Seidenkimono gehüllt kam diese an den Tisch.

„Was ist denn los? Warum seid ihr schon wach? Es ist ja noch dunkel", murmelte sie schlaftrunken.

„Er hat tatsächlich angerufen!"

„Dann weißt du jetzt, dass es keine Hirngespinste sind und dass deine Cousine Recht hat", stellte Chau fest, die plötzlich hellwach war. Sie nahm eine kleine, rote Espressotasse, die Isabelle ihr hinhielt. Auch Papperin hatte solch eine rote Tasse in der Hand und schlürfte den starken, heißen Kaffee. Über den Rand des Tässchens schaute er die beiden Frauen nachdenklich an: Die schlanke, mondän wirkende Chau und die etwas bäuerlich-rustikale Isabelle. Aber er nahm weder die sinnliche Schönheit seiner Freundin, noch das hausfraulich-bodenständige Wesen seiner Cousine wahr. Seine Gedanken drehten sich im Kreise. Was sollte das? Was wollte der fremde Unbekannte mit diesen Zahlenkolonnen erreichen? Wie ein Jux, ein Scherz hatte sich das nicht angehört. Aber was steckte dahinter?

Schließlich fasste er einen Entschluss.

„Jetzt muss die Gendarmerie aktiv werden und den Fall übernehmen!", sagte er zu den beiden Frauen. Schließlich war er ein höherer Beamter im Dienst der *République Française* und damit ein ernst zu nehmender Zeuge, dachte er bei sich. Plötzlich läutete das Telefon.

„Wie ich gesagt habe, das wird er wieder sein!" Isabelle nahm den Kugelschreiber, den sie sich bereitgelegt hatte, während Papperin zum Telefon ging, den grünen Button drückte und den Lautsprecher einschaltete.

„49 59 37 01 42 50 09 11 01 30", flüsterte die Männerstimme.

„Hast du es?", fragte Papperin seine Cousine. Sie nickte und hielt ihm den Notizzettel mit der Ziffernfolge hin. Papperin war plötzlich voller Tatendrang.

„Gleich heute früh werde ich *colonel* Rambalec aufsuchen – den Chef der hiesigen Gendarmeriestation. Jetzt muss er uns glauben und etwas unternehmen!"

***

„*Cher collègue!* Das haben wir doch alles am Telefon bereits besprochen." Der Leiter der Gendarmerie Saint Malo schaute sein Gegenüber nachsichtig an. Hier der Vertreter der lokalen Ordnungsmacht in voller Uniform mit Rang- und Ehrenabzeichen auf Schulterklappen und Revers – dort der Tourist Papperin in salopper, aber eleganter Casualwear.

„Ja, aber..."

„Auch wenn Sie das jetzt selbst gehört haben – und natürlich sind Sie als *commissaire* ein objektiver und vertrauenswürdiger Zeuge – ändert das doch nichts an der Tatsache, dass es sich höchstwahrscheinlich um ein EDV-technisches Problem, wahrscheinlich um einen Programmierfehler, handelt." Mit einer gewissen herablassenden Überheblichkeit fuhr der Militärkommandant fort:

„Aber selbst wenn das nicht der Fall ist und tatsächlich jemand angerufen hat: Bislang liegt kein kriminelles Delikt vor – keine ausgesprochene Drohung, keine Beleidigung, keine Ankündigung eines Verbrechens. Nichts dergleichen! Erst wenn wir konkrete Hinweise auf ein Verbrechen haben, könnten wir tätig werden. Aber Ihr Fall hier ist doch völlig anders gelagert. Glauben Sie mir: Da steckt etwas Harmloses, wahrscheinlich ein technisches Versagen, aber nichts Kriminelles dahinter."

***

Frustriert marschierte Papperin auf dem Rückweg vom Gendarmeriehauptquartier an der Hafenmole entlang. Er ärgerte sich, dass ihn der *colonel* nicht ernst genommen hatte. Andererseits musste er sich eingestehen, er hätte auch nicht anders gehandelt, wenn ihm in Aix in seinem Kommissariat ein wildfremder Urlauber mit solch einer Geschichte gekommen wäre. Vielleicht hätte er ihn etwas zuvorkommender behandelt, vor allem, wenn es sich um einen höheren Beamten und Kollegen gehandelt hätte. Aber trotzdem, auch er, Papperin, hätte keine große Aktion gestartet: Keinen Antrag auf Telefonüberwachung und auf Aufhebung des Fernmeldegeheimnisses und Offenlegung der Verbindungsdaten des Angerufenen an das Gericht gestellt. Nein, das hätte er sicher auch nicht gemacht. Insofern konnte er seinen Militärkollegen verstehen. Andererseits: Dubios waren diese Anrufe schon, und jetzt konnte er auch die Angst nachvollziehen, die seine Cousine wegen dieser Anrufe überfiel.

Als er am Château de la Duchesse Anne und dem darin befindlichen Hôtel de Ville, dem Rathaus von Saint Malo, vorbeikam und einen Blick durch das Stadttor Port Saint Vincent warf, überkam ihn die Lust auf einen *petit café crème* und ein *pain au chocolat*. Kurzentschlossen steuerte er eines der Cafés an der Place Chateaubriand an und setzte sich an einen der vielen Tische, die einen Großteil des Platzes vereinnahmten. Offensichtlich hatte der vorherige Besucher ein Exemplar der *Ouest-France* auf dem Tisch liegen lassen. Die Titelseite der Regionalzeitung wurde von einer dicken Überschrift beherrscht.

„Wer kennt diesen Mann?"

Darunter prangte ein Foto, das den Kopf eines Afrikaners zeigte. Papperin las den zugehörigen Text:

„Die Identität des Mannes, dessen Leiche am vergangenen Sonntag an der Grande Plage du Sillon angespült wurde, konnte bislang nicht ermittelt werden. Die Gendarmerie bittet die Bevölkerung um

Mithilfe. Bei dem unbekannten Toten handelt es sich nach Polizeiangaben um einen circa 35 Jahre alten Mann, der laut DNA-Analyse aus der Region Niger-Nigeria-Burkina Faso in Nordwest-Afrika stammt. Er ist 186 cm groß, von gepflegtem Äußeren und trug eine blaue Jeans, ein blaues Jeanshemd mit zwei Brusttaschen und eine rote Fleecejacke. Laut Obduktion ist Ertrinken die direkte Todesursache. Allerdings wies der Oberkörper des Mannes eine Stichwunde auf, die nach Meinung des Gerichtsmediziners Dr. Bourrer ebenfalls zum Tod geführt hätte. Die Staatsanwaltschaft Saint Malo nimmt als Tatverlauf an, dass dem Mann zuerst die Stichwunde zugefügt wurde und er anschließend ins Wasser gefallen ist oder geworfen wurde. Der *Procureur de la République* geht deshalb davon aus, dass der verletzte und durch die Stichwunde stark geschwächte Mann den Kampf gegen das Ertrinken aufgegeben hat und in den Wogen des Atlantiks versunken ist. Aufgrund der vermuteten Todeszeit und der Strömungsverhältnisse im Ärmelkanal muss der Tod in größerer Entfernung vom Strand auf hoher See eingetreten sein.

Nach Ansicht von *colonel* Rambalec, Chef der Gendarmerie von Saint Malo, könnte es sich bei dem Toten um einen Urlauber handeln, der sich ein Boot gemietet und mit Freunden oder Bekannten einen Bootsausflug, möglicherweise zum Hochseeangeln, gemacht hat. Die Gendarmerie bittet insbesondere Yachtclubs, Vermieter von Segel- oder Motorschiffen sowie Vermieter von Ferienwohnungen und Hotelzimmern zu prüfen, ob der Unbekannte zu ihren Kunden gehört.

Sachdienliche Hinweise zur Identifizierung des Toten nehmen die Gendarmerie Saint Malo sowie jede Station der *gendarmerie nationale* oder der *police nationale* entgegen.

„Interessant!", murmelte Papperin. Aber er bezweifelte, ob man die näheren Umstände aufklären konnte, die zum Tod des Mannes geführt haben. Wenn das auf hoher See passiert war, dann musste er von einem seetüchtigen, das heißt größeren Schiff gefallen oder gestoßen worden sein. Papperin glaubte nicht, dass die Küstenwachen der Anliegerstaaten Aufzeichnungen dazu machten, welche Schiffe sich jenseits der nationalen Hoheitsgewässer, der sogenannten 12-Meilen-Zonen, zu welchem Zeitpunkt in welcher Position befunden hatten. Außerdem war nach dem

Zeitungsbericht völlig unklar, wann und wo genau der Tod eingetreten war.

Das wird wieder so ein Fall, den man unerledigt zu den Akten nehmen muss, dachte Papperin. Er legte die Zeitung weg und widmete sich seinem Café und dem *pain au chocolat*, das die Kellnerin in der Zwischenzeit vor ihm auf den Tisch gestellt hatte. Langsam befiel ihn Unruhe, jetzt war sein Ehrgeiz geweckt. Er wollte seine demütigende Niederlage bei der *gendarmerie nationale* nicht tatenlos hinnehmen. Diesen unwilligen Gendarmen würde er es zeigen! Er klemmte einen kleinen Geldschein unter die geleerte Kaffeetasse und verließ die Terrasse des Cafés. Auf dem Weg durch das wuchtige Stadttor kam er zu dem sich über mehrere Kilometer erstreckenden Sandstrand der Grande Plage du Sillon. Da die Flut erst langsam im Anrollen war, lag noch ein gut hundert Meter breiter Sandstreifen trocken zwischen der Kaimauer und der Wasserfront. Papperin zog seine Schuhe aus und genoss das mit bloßen Füßen durch den warmen Sand Schlurfen. Als nächstes würde er in seinem Kommissariat in Aix anrufen und den Fall mit Guy-deux besprechen. Vermutlich dürfte sich sein *brigadier* über den Sinneswandel seines Chefs wundern. Hatte Papperin ihm doch erst gestern Abend gesagt, er solle das nicht so ernst nehmen mit den Anrufen und keine Aktionen starten und schon gar keine illegalen Internetrecherchen durchführen. Doch jetzt hatte Papperin seine Ansicht geändert. Und er ging davon aus, dass Guy-deux seinen Anordnungen widerspruchslos folgen werde.

***

„Und? Hast du ihn erreicht?", fragte Isabelle ihren Cousin, als Papperin vom Telefonat mit seinem Kommissariat kommend in den Wohnraum des Dumeau'schen Hauses trat.

„Ja, ich habe mit Guy-deux gesprochen, ihm ein Foto von deinen Telefonnotizen gemailt", dabei nickte er seiner

Cousine zu, „und ihm eure Verbindungsdaten genannt: Telefonnummern, Festnetz- und Internetprovider. Er wird sich darum kümmern. Jetzt bleibt uns nichts anderes übrig, als auf das Ergebnis seiner Recherchen zu warten."

„Danke, Jean-Luc! Du bist großartig!" Isabelle umarmte ihren Cousin. „Ich hoffe ganz, ganz fest, dass dein Guy-deux rausfindet, wer das ist, der immer bei uns anruft. Und was es mit den Zahlen auf sich hat."

Dann ließ sie von Papperin ab und wandte sich an Chau: „Die Wartezeit solltet ihr ausnutzen, um Saint Malo und die Bretagne kennen zu lernen. Ich habe eine Idee: Auf den *remparts*, der Stadtmauer, gibt es eine Crêperie. Die machen dort nicht nur die besten *crêpes* und *galettes* weit und breit. Man hat von der Terrasse dort oben auch einen herrlichen Blick auf das Meer, auf die beiden Inseln Grand Bé und Petit Bé, und auf die jenseits der breiten Mündung der Rance gelegene Stadt Dinard. Das ist traumhaft schön. Und es ist bald Mittag. Wollen wir dort hingehen?" Ich habe jetzt keine Lust, in der Küche zu stehen. Außerdem ist das Wetter viel zu schön dafür. Und heute Abend muss ich sowieso groß kochen, wenn Servan und Gael von ihrer Tour zurückkommen."

Sie blickte Papperin und seine Freundin erwartungsvoll an:

„Was ist? Habt ihr auch Lust auf *galettes*, *crêpes* und *cidre?*"

Kapitel 7

Freitag, 5. September

Grafschaft Buckinghamshire / United Kingdom
Auf der A40 bei Beaconsfield – 6:37 Uhr

In den frühen Morgenstunden des 5. Septembers fiel den Beamten der grafschaftlichen Verkehrspolizei ein mit stark überhöhter Geschwindigkeit fahrender PKW der Marke Mini Cooper auf. Der Versuch, dem Fahrzeug zu folgen und es zum Anhalten zu bringen, schlug fehl, da sein Fahrer die deutlichen Stoppsignale ignorierte und stattdessen seine Geschwindigkeit noch weiter erhöhte. Auch mit den über Funk zu Hilfe gerufenen weiteren Streifenwagen gelang es nicht, den Raser zu stoppen. Erst als er an einem Kreisverkehr bei Beaconsfield die Vorfahrt erzwingen, aber ein großer Truck nicht darauf verzichten wollte, kam die Verfolgungsjagd jäh zum Ende. Der Mini-Cooper krachte gegen den linken Vorderreifen des Lasters, Blechteile flogen durch die Luft, der Mini drehte sich mehrmals um seine eigene Achse und blieb im Straßengraben liegen. Mit großer Vorsicht näherten sich die Streifenbeamten dem Unfallfahrzeug. Erst als sie sahen, dass der Körper des Fahrers leblos über dem Lenkrad mit dem inzwischen wieder erschlafften Airbag hing, gingen sie zum Auto und versuchten, die Fahrertür zu öffnen. Nach größeren Anstrengungen gelang dies. Dann erst konnten sie den bewusstlosen Fahrer aus dem Auto befreien. Er wurde von Sanitätern des zwischenzeitlich eingetroffenen Krankenwagens des British Red Cross übernommen und ins nächstgelegene Krankenhaus verbracht. Ein Polizist begleitete den Transport des Verletzten.

Das Erstaunen der Streifenbeamten war groß, als sie die auf dem Rücksitz des Mini liegende Sporttasche öffneten.

Darin befanden sich mehrere Bündel amerikanischer Banknoten, eine Pistole der Marke SIG-Sauer P320 sowie zwei Reisepässe von zwei verschiedenen Staaten – Ghana und Burkina Faso, ausgestellt auf unterschiedliche Namen, aber jeweils mit demselben Passfoto. Es zeigte einen jungen Mann, vermutlich aus einem der beiden afrikanischen Ausstellerstaaten. Aufgrund dieses Fundes und der hohen Wahrscheinlichkeit, dass der Flucht des Fahrers ein kriminelles Delikt zugrunde lag, wurde die London Metroplitan police verständigt.

***

Thames Valley Hospital / Buckinghamshire
10:37 Uhr

Inspector McLoughly vom Metropolitan Police Service und sein Kollege *constable* John Miller standen vor Zimmer 302 des Thames Valley Hospitals, in das man den verletzten Fahrer des Mini Coopers gebracht hatte. Gerade als der Polizeiinspektor die Geduld zu verlieren begann und er in das Krankenzimmer eintreten wollte, öffnete sich die Tür und ein Arzt und eine Krankenschwester kamen heraus.

„Und wie steht es? Können wir ...", bedrängte ihn der Polizeibeamte.

„Kommen Sie bitte mit", forderte sie der Arzt auf und steuerte auf das Stationszimmer in der Mitte des langen Korridors zu. *Inspector* McLoughly bedeutete dem ihm untergebenen *constable* vor der Tür weiter Wache zu halten. Dann folgte er dem Arzt.

„Also", begann dieser, nachdem sich die beiden Männer gesetzt hatten. „Es hat ihn nicht besonders schlimm erwischt. Nach dem, was mir die Sanitäter vom Unfallort berichtet hatten, hätte ich wesentlich schwerwiegendere Verletzungen erwartet. Zwei Rippenbrüche, ein etwas komplizierter Bruch im Bereich des rechten Knies, ein Schleudertrauma und eine Gehirnerschütterung. Das ist alles."

„Können wir mit ihm sprechen? Oder besser noch: Kann er in die Gefängniskrankenabteilung zu uns nach London verlegt werden?"

„Grundsätzlich ja. Er hat das Bewusstsein wieder erlangt, ist allerdings noch etwas verwirrt und beklagt sich über Schmerzen." Der Arzt dachte eine Weile nach.

„Da Scotland Yard eingeschaltet wurde, vermute ich, dass es sich um eine größere Sache handelt. Ist der Mann ein gesuchter Verbrecher?"

„Das wissen wir noch nicht. Aber er hat sich mit den Kollegen der Verkehrspolizei eine wilde Verfolgungsjagd geliefert und in seinem Auto haben wir eine nicht registrierte Schusswaffe, einen sehr hohen Geldbetrag und zwei offensichtlich gefälschte Pässe mit dem Foto des Mannes gefunden."

„Ich würde ihn lieber noch einen Tag hier behalten um die Knieverletzung zu behandeln. Morgen, spätestens übermorgen könnte er zu Ihnen nach London transferiert werden. Einverstanden?"

Man beschloss, bis zur Überstellung nach London einen *constable* als Wache vor dem Krankenzimmer zu postieren. Außerdem sollten dem mutmaßlichen Verbrecher Fingerabdrücke und ein Mundabstrich zur DNA-Bestimmung abgenommen werden. Der Inspektor von Scotland Yard wollte sich in der Zwischenzeit um die Identität des Unfallfahrers kümmern und Kontakt mit den Polizeibehörden in den Ausstellerstaaten der mutmaßlich gefälschten Pässe aufnehmen.

***

Chau und Jean-Luc hatten die beiden letzten Tage als unbeschwerte Bretagneurlauber verbracht. Sie waren kreuz und quer durch die nördliche Bretagne gefahren. Hatten Austern in Cancale gegessen, lange Küstenwanderungen unternommen über bizarre Klippen, hoch über dem windgepeitschten Meer, und durch weite, einsame Buchten mit Stränden aus feinem, fast weißem Sand. Sie hatten das

Schlösschen in Combourg besichtigt, in dem der Staatsmann und Schriftsteller François René de Chateaubriand vor über zweihundert Jahren seine Kindheit verbracht hatte. Von einem Ausflug an den Mont Saint Michel in der Normandie hatten sie mehrere Flaschen Calvados mitgebracht, die sie nach einer *dégustation* in einer ländlichen Calvados-Destillerie gekauft hatten.

***

Jetzt, am Freitagvormittag, saßen sie mit Papperins Cousine Isabelle und deren Mann Servan beim Frühstück im Hause des Ehepaares Dumeau. Die Unterhaltung drehte sich zuerst um das großartige *dîner* vom Vorabend.

„Toll, dein *bœuf bourgignon* gestern", lobte Papperin die Kochkünste seiner Cousine.

„Dein Kumpel ist sehr sympathisch", sagte Chau zu Servan. „So eine Bootstour mit euch beiden würde mir auch Spaß machen."

„Dann sollten wir das mal ins Auge fassen. Isa, du hast doch unseren Buchungsplan: Wann ist da mal eine Lücke von einem oder zwei Tagen?", fragte er seine Frau, um sich sofort wieder Chau zu zuwenden. „Mit dir und Jean-Luc wird das sicher lustig. Viel angenehmer als die Tour mit den Typen gestern und heute." Die hatte ihm gar nicht gefallen, so wie er sich über die Pedanterie und die Sparsamkeit der Rentnerfahrgäste mokierte.

„Die haben alles exakt unter sich aufgeteilt und immer auf den Cent genau ausgerechnet, wer wieviel bezahlen muss. Außerdem haben sie nie Trinkgeld gegeben. Wenn die sich so eine Tour nicht leisten können, dann sollen sie es doch lassen!", ereiferte er sich. „Bei jedem Kaffee, Snack oder Aperitif, die sie sich an Bord bestellt haben, wollten sie über den Preis verhandeln. Also, da sind mir die Unternehmen lieber, die unser Boot für eine Come-Together-Tour für ihre Manager und Kunden bei uns buchen. Die beschweren sich nie über die Preise und sie geben zudem noch reichlich Trinkgeld."

Mitten während der angeregten Unterhaltung erklang die Melodie von Jo Dassins Evergreen aus Papperins Hosentasche: *Aux Champs Élysées, aux Champs Élysées.*

„Excusez moi! Mon portable!", entschuldigte er sich, stand vom Tisch auf, zog sein Handy aus der Tasche und ging aus dem Raum. Auf dem Display sah er, dass sein *brigadier* Guydeux der Anrufer war.

„Bonjour Guy-deux!", meldete er sich. „Haben Sie schon etwas herausgefunden?"

Während er den Worten seines IT-Spezialisten lauschte, durchquerte er die kleine Diele und lehnte sich im Windfang vor der Haustür an die salzverkrustete Glasscheibe.

„Sehr schwierig, sagen Sie?" ... „Das ist ja toll!" ... „Nein, dann müssen wir ..." ... „Gut, dann machen Sie da weiter und ich versuche einstweilen hier ..." ... *„Merci et salut!"*

Das sind überraschende Neuigkeiten, dachte er, während er wieder ins Wohnzimmer ging. Mit fragenden Blicken wurde er dort empfangen.

„War das dein Computerfachmann?", fragte Chau voller Neugierde. Papperin nickte.

„Und? Hat er was rausbekommen?"

„Ja, etwas sehr Verblüffendes."

„Jetzt sag schon: woher kommen die Anrufe?"

Papperin nahm wieder Platz und hielt Isabelle seine leere Kaffeeschale zum Nachfüllen hin.

„Jetzt haltet euch fest: Die kommen alle aus Saint Malo."

„Hat dein Guy-deux auch rausgekriegt vom wem in Malo?"

„Ja! Von einem Festnetzanschluss hier." Papperin nannte die Telefonnummer."

„Aber das ist ja..."

„Der Anschluss eines Gael Kaodenn", fuhr Papperin fort. „Das ist doch dein Angestellter oder Partner?"

Er blickte Servan fragend an.

„Das kann nicht sein! Wieso sollte Gael sowas machen?" Servan war sichtlich überrascht. Mit großen Augen starrte er Papperin an.

Längere Zeit herrschte verblüfftes Schweigen. Schließlich murmelte Servan vor sich hin und schüttelte ratlos den Kopf: „Gael … das kann ich nicht glauben." Auch Isabelle hielt das nicht für möglich. „Ich bin sicher, dass Gael sowas nicht macht! Mich so in Angst und Schrecken zu versetzen. Nein, ganz sicher nicht! Da täuscht sich dein Guy-deux!"

Wieder herrschte eine Zeit lang Stille. Jeder dachte über das soeben Gehörte nach.

„Doch, das kann schon sein", wurde das Schweigen von Servan unterbrochen. „Das muss nicht von Gael kommen. Wir haben doch eine Rufumleitung eingerichtet. Anrufe, die auf seinen Festnetzanschluss kommen, werden zu uns umgeleitet, wenn er nicht rangeht."

„Und wenn er da ist, dann nimmt er diese Telefonate entgegen?", fragte Papperin. „Aber wenn er nicht rangeht, dann kriegt ihr alle seine privaten Anrufe zu euch weitergeleitet?" Papperin schüttelte ungläubig den Kopf. „Und wenn seine Freundin anruft und intime Sachen sagt? Das und vieles andere geht euch doch überhaupt nichts an. Macht ihm das nichts aus?"

„Erstens würde sie sofort merken, wenn er nicht dran ist, und zweitens: Über sein Festnetz laufen nur geschäftliche Anrufe. Alle seine Bekannten und Freunde wissen, dass sie ihn auf dem Handy anrufen sollen."

„Aber wieso eine Rufumleitung?", wunderte sich Papperin. „Eine *messagerie électronique*, eine Mailbox, das ist doch viel praktischer. Da kann er die Anrufe jederzeit in Ruhe abhören, wenn er Lust und Zeit hat. Warum macht er nicht so etwas?"

„Soweit ich weiß, will er nach einem anstrengenden Einsatz bei der *securité civile* oder nach einer Tour auf meinem Schiff seine Ruhe haben und nicht seinen Anrufbeantworter abhören müssen. Aber das musst du ihn selber fragen", erklärte Servan.

„Auf alle Fälle hat sich das bewährt", meinte Isabelle. „Auf seinem Festnetz kommen in der Regel nur Buchungsanfragen für einen Bootstrip an, oder Nachfragen zu Rechnungen oder Terminen. Wenn die Leute nicht sowieso direkt bei uns hier anrufen. Für so was bin ich nämlich zuständig. Auf unserer Geschäftshomepage und unseren Visitenkarten stehen alle drei Nummern: Servans Handy, und unsere und Gaels Festnetznummern."

Papperin musste diese Neuigkeiten erst verdauen. Geschäftliche Anrufe kamen also entweder direkt zu Servan aufs Handy beziehungsweise an den Dumeau'schen Festnetzanschluss. Oder aber sie wurden vom Apparat dieses Gael auf das Festnetz hier umgeleitet. Aber eines verstand er nicht: Warum konnten die Leute von *Orange/France Télécom* nicht herausfinden, dass diese weitergeleiteten Anrufe von Gael Kaodenn kamen? Und wieso konnte das sein Mitarbeiter? Er stellte diese Frage den drei anderen am Tisch. Keiner wusste eine Erklärung.

„Da muss ein kompetenter Fachmann am Werk gewesen sein, ein hochkarätiger Experte – um so tief in das DV-System von Orange einzudringen, dass er diese Daten löschen konnte", fasste Papperin seine Überlegungen zusammen.

„Glaubt ihr, dieser Gael ist dazu in der Lage?", fragte er die beiden Dumeaus.

„Niemals!", erwiderte Servan. „Er ist ein großartiger Bootsführer, kennt sich in den Küstengewässern hier aus wie kaum ein Zweiter. Außerdem ist er Experte für Rettungseinsätze der *sécurité civile*, zu Wasser und auf dem Land. Aber mit Elektronik, Programmieren, Datenverarbeitung, Internet und so Zeug hat er absolut nichts am Hut." Nach einer kurzen Pause fügte er hinzu:

„Genauso wie ich. Wenn jemand von uns davon eine Ahnung hat, dann ist das Isa. Sie macht meine Buchhaltung. Das läuft alles über gekaufte EDV-Programme."

Papperin war allerdings überzeugt, dass seine Cousine nicht für diese Softwaremanipulationen in Betracht kam und dass sie nicht hinter den ominösen Anrufen steckte. Das war technisch viel zu komplex und anspruchsvoll. Er sagte dies den anderen und resümierte:

„Das heißt dann aber, dass derjenige, der bei eurem Gael anruft und dessen Telefonate zu euch umgeleitet werden, dass der dieser geheimnisvolle IT-Experte sein muss."

Vordringlich galt es jetzt, diesen Mann zu finden. Es handelte sich um einen Mann und nicht um eine Frau. Das war Papperin klar, seit er die Stimme am Telefon gehört hatte.

„Jetzt stecken wir in einer Sackgasse", meinte Chau. „Solange wir nicht wissen wer das ist, kommen wir nicht weiter." Papperin schaute seine Freundin erstaunt an. Er wunderte sich über das „wir", freute sich über ihr Engagement. Bislang hieß es immer: *„Du* musst deiner Cousine helfen! *Du* musst etwas unternehmen! Tu was!" Doch plötzlich fühlte sie sich mitverantwortlich, war nicht nur seine Freundin und Geliebte, sondern identifizierte sich mit ihm und seinen polizeilichen Aufgaben, fühlte sich als seine Partnerin auch in beruflichen Dingen. Ein warmes, glückliches Gefühl durchströmte ihn.

„Du hast Recht", strahlte er sie an und seine erfreute Miene passte so gar nicht zum frustrierenden Stand seiner Ermittlungen. „Jetzt sind wir an einem toten Punkt angelangt. Lasst uns überlegen, wie wir weiter vorgehen können."

Trotz intensiven Nachdenkens war man sich bald einig, dass man im Moment nichts tun konnte.

„Warten wir ab, ob Guy-deux noch etwas herausfindet. Und in der Zwischenzeit spielen wir beide wieder Urlauber", schlug Papperin vor und schaute seine Freundin an.

„Weißt du schon, was wir heute Abend essen werden?",
wandte er sich an Isabelle. Als diese den Kopf schüttelte,
schlug er vor:

„Oder dürfen Chau und ich euch in ein Restaurant einladen?"

Doch man einigte sich, dass man lieber zuhause essen
wollte.

„Wenn ihr Lust darauf habt, koche ich eine provenzalische Fischsuppe. Die ist völlig anders als die *soupe de poisson*
hier in der Bretagne. Mit vielen Stücken von den Filets der
verschiedensten Fische, mit *gambas*, mit *coquilles Saint Jacques*
und *moules*. Und die *rouille*, selbstgerührte Mayonnaise mit
Safran, Spigol und Knoblauch gewürzt. Dazu gibt es getoas-
tete Baguettescheiben, die man mit frischen Knoblauchze-
hen einreibt, mit *rouille* bestreicht, mit einem Häubchen von
geriebenem Käse bedeckt und auf der Suppe schwimmen
lässt. Wenn ihr einverstanden seid, dann mach ich das." Alle
stimmten zu.

„Chau, dann gehen wir nachher in die Stadt und kaufen
die Zutaten."

„Fisch und Meeresfrüchte kauft man am besten im Laden der Fischereigenossenschaft am Hafen. Dort ist er am
frischesten und wesentlich billiger als in den Delikatessen-
geschäften in der Altstadt", riet Isabelle.

***

Sie schlenderten in Richtung Stadt. Chau LeTrans be-
wunderte die hübschen, spitzgiebeligen Häuser, die eng aneinander gequetscht die linke Seite des Deiches säumten,
während rechts hohe Wellen gegen die Granitblöcke der
Deichmauer anrollten, dort aufprallten und als schäumende
Gischtfontänen in die Höhe schossen. Die Flut hatte inzwischen ihren Höhepunkt erreicht. Gelegentlich, wenn eine besonders gewaltige Woge kam, stob ihre Gischt über die gesamte Deichbreite und prasselte auf die Mauern und Fenster
der dahinter aufgereihten Häuser. Papperin ging neben

Chau, schwenkte die Einkaufstasche, einen großen weißen Plastikbeutel, auf dem plakativ ein rot-blauer Schriftzug verkündete, in welchen *supermarché* ihr Träger zuletzt eingekauft hatte. Die beiden gingen schweigend nebeneinander her. Sie hätten sich auch nur schreiend verständigen können angesichts des tosenden Lärms, den der starke Wind und die an die Mole prallenden und sich brechenden Wellen verursachten.

Papperin, dessen Gedanken sich um das Telefonat mit Guy-deux und das anschließende Gespräch am Frühstückstisch drehten, hatte plötzlich einen Geistesblitz. Auf einmal kannte er die Antwort auf eine der vielen offenen Fragen: Nämlich, weshalb Servan nie daheim gewesen war, wenn diese Anrufe kamen. Er musste mit seinem Partner Gael auf Bootstour gewesen sein. Da in diesen Fällen auch Gael nicht bei sich zuhause war, wurde ein dort ankommender Anruf automatisch auf den Dumeau'schen Festnetzanschluss umgeleitet, den Isabelle entgegennahm und der sie so in Schrecken versetzte. Unbeantwortet blieb allerdings die Frage, warum der Unbekannte immer bei Gael anrief und nie direkt bei Servan und Isabelle.

Ein Verdacht keimte in Papperin auf: Und wenn dieser Gael doch hinter all dem steckte? Wenn er diese Anrufe durch einen Dritten, einen Komplizen tätigen ließ? Aber was wollte er damit bezwecken. Das waren doch sinnlose Abfolgen von Zahlen. Gut, vielleicht wusste er von Isabelles Phobien, von ihrer psychischen Instabilität. Er hätte damit immerhin erreicht, dass sich zwischen ihr und Servan eine Kluft auftat. Denn Servan nahm seine Frau und ihre Ängste nicht ernst, und sie verübelte ihm das. Vielleicht wollte Gael einen Keil zwischen die beiden treiben? Aber warum? Hatte er ein Auge auf Isabelle geworfen und wollte sie Servan entfremden, um dann selbst …?

Nach einer Weile verließen Chau und Papperin den Deich und gingen durch einen schmalen Fußweg zwischen der Häuserfront hindurch über die Fahrstraße zum dahinter gelegenen großen Hafenbecken. Hier, fernab vom tobenden Meer, herrschte relative Ruhe. Papperin erläuterte Chau seine Überlegungen, fragte sie um ihre Meinung dazu.

Sie sah, genauso wie er, keinen Sinn, kein vernünftiges Ziel, das Gael mit solch einem Vorgehen anstreben könnte. „Das ist zu weit hergeholt. Ich glaube, das kannst du vergessen. Erstens sehe ich keinen Grund, was er mit diesen Anrufen bezwecken sollte. Und zweitens: Wir haben ihn doch kennengelernt, gestern beim Abendessen. Er hat uns sehr gut gefallen. Ein ehrlicher und geradliniger Typ, direkt liebenswert, würde ich sagen. Zugegeben mit etwas rauen Sitten – aber das ist für einen Seemann wohl normal. Der hat nichts Geheimnisvolles oder Hinterhältiges an sich. Ich meine, du musst dir einen anderen suchen. Warten wir ab, was dein Guy-deux noch zu Tage fördert."

***

Interpol – National Central Bureau/Paris:
Ein Mitarbeiter der überstaatlichen Polizeiorganisation nahm ein Blatt aus dem Drucker, überflog kurz den Inhalt und brachte es zu seinem Vorgesetzten.

„Chef, gerade ist dies als Antwort auf unsere Suchanfrage vom Bureau in Abouja in Nigeria gekommen. Wir hatten eine *notice noire* an die Zentrale gestellt", erklärte er, als er den fragenden Blick seines Chefs sah. „Wegen der Leiche, die bei Saint Malo aufgefunden wurde." Der Bürochef schob den *Figaro* zur Seite, in dem er gerade gelesen hatte.

„So, so! Eine *notice noire* aus Nigeria. Gib mal her!"

Die nationalen polizeilichen Suchanfragen wurden bei Interpol verschiedenen Typen von *notices* zugeordnet – von *notices rouges* (Ersuchen um Festnahmen) über ein weites Farbspektrum bis zu den *notices mauves* (allgemeine Mitteilungen) – die dann von der Interpolzentrale in Lyon an die Büros in den 193 Mitgliedsstaaten weitergeleitet wurden. In der Kategorie der *notices noires* wurden Informationen zu nicht identifizierten Leichenfunden zwischen den nationalen Büros der Mitgliedstaaten von Interpol ausgetauscht.

Der Vorgesetzte legte das Papier vor sich auf den Schreibtisch, rückte die Lesebrille auf seiner Nase zurecht und begann zu lesen. Die aufgefundene Leiche hatte man anhand der Fingerprints identifizieren können. Es handelte sich um Jack Lumumba, Alter 37 Jahre, Nationalität: Staatsbürger der Republik Nigeria/Westafrika, Beruf: Journalist bei der Tageszeitung Nigerian Herald und Buchautor. Letztbekannte Adresse: Abuja, Aduma Fika St. 1047. Der Interpolbeamte las weiter, dass die Identifizierung möglich war, weil die Person vor einiger Zeit von der Polizei in Lagos/Nigeria erkennungsdienstlich behandelt worden war. Sie hatte an einer Demonstration gegen die Korruption in staatlichen und kommunalen Behörden des Landes teilgenommen. Da der Protestzug weder bei der Polizei angemeldet noch behördlich genehmigt war, waren die Teilnehmer vorübergehend inhaftiert worden.

„Leiten Sie das an die zuständige Dienststelle in Saint Malo weiter", befahl der Bürochef und widmete sich wieder seiner Zeitungslektüre.

***

Der Laden der Fischereigenossenschaft von Saint Malo war überwältigend. Solch eine große Auswahl an unterschiedlichsten Fischen, Krebsen, Crevetten, Muscheln und Schnecken hatte Papperin noch selten gesehen, obwohl er oft auf die Fischmärkte sowohl in Marseille als auch in Toulon fuhr und sich deshalb für einen Experten auf dem Gebiet des Fischeinkaufs hielt. Es gab ganze Fische, lebend in Wasserbecken oder bereits ausgenommen in Holzsteigen auf dicken Lagen von zerstoßenem Eis, Berge von verschiedensten Fischfilets, bereits von Schuppen und Gräten befreit, Muscheln in allen Größen und Farben, von den riesigen Sankt Jakobsmuscheln bis zu den kleinen Venusmuscheln und den stabförmigen braunen Messermuscheln.

Begeistert kaufte Papperin die Zutaten für seine Fischsuppe ein.

„Stopp! Jetzt reicht es!", bremste ihn Chau. „So viel können wir doch gar nicht essen. Wir sind doch nur zu viert!"

Etwas überrascht war Papperin dann doch, als er den hohen Betrag bezahlte, den die Verkäuferin für seinen Einkauf verlangte. Auf dem Rückweg zu ihrem Zuhause gingen sie nicht auf dem sturm- und gischtgepeitschten Deich. Sie benutzten lieber die ruhigen und windstillen Sträßchen, die sich zwischen den Häusern durchwanden. Vor einem Restaurant machten sie Halt und studierten die Speisekarte, die auf einem Stehpult neben der Eingangstür lag.

„*Aile de raie aux câpres*", las Papperin laut vor. „Der Rochen ist ein Knorpelfisch, völlig ohne Gräten. Mit Kapern, viel zerlassener Butter und gekochten Kartoffeln zubereitet ist das etwas ganz Feines! Das mache ich demnächst auch mal."

Mitten im Studium der Appetit anregenden Menüs meldete sich Papperins Telefon.

„*Salut Guy-deux!* Gibt es was Neues? Oder warum rufen Sie an?"

„Eine Kleinigkeit. Aber vielleicht hilft Ihnen das weiter."

„Lassen Sie hören!"

„Also, ich habe herausbekommen, dass die Anrufe, die von diesem Festnetz in Saint Malo umgeleitet ..."

„Dem von Gael Kaodenn", unterbrach Papperin seinen Mitarbeiter.

„Genau, von dem. Also diese Telefonate sind alle von einem Iridium-Satellitentelefon geführt worden."

„Von wo genau? Wissen Sie wo sich der Anrufer befand, während er telefoniert hat?"

„Chef, das lässt sich nicht feststellen. Ich kann bestenfalls rausbekommen, an welcher Stelle, das heißt wo auf der Erde, die vom Satelliten kommenden Signale ins terrestrische Telefonnetz eingespeist wurden. Möglicherweise gelingt es mir auch, den Satelliten zu bestimmen. Aber wo auf der Erdkugel sich der Anrufer befand, also der Sender, von dem aus die Signale gesendet wurden, das wird mit Sicherheit nicht möglich sein."

„Lässt es sich geografisch wenigstens grob eingrenzen von welchem Land aus die Gespräche geführt worden sind?"

„Ich glaube nicht. Das hier verwendete Iridium-System ist weltumspannend. Das dürfte nicht gehen. Ich zumindest sehe keinen Weg, das herauszubekommen."

„Wenn Sie es nicht können, dann kann das auch kein anderer!", seufzte Papperin resignierend, trotzdem dankbar für diese Informationen, an die er ohne das Know-how und der virtuosen Beherrschung der Informationstechnologie durch seinen Mitarbeiter niemals gekommen wäre.

„*Merci!* Das haben Sie super gemacht! *Merci beaucoup et au revoir!* Bitte grüßen Sie alle im Kommissariat von mir!"

„*Monsieur Papperin, stop!* Es gibt noch etwas. Jeannine … also, sie … sie ist …" Plötzlich begann Guy-deux zu stottern.

„Was ist mit Jeannine?"

„Sie ist sauer. Um genau zu sein: sie ist plötzlich so verschlossen! Niemand weiß wieso. Sie sagt nichts. Man kommt nicht an sie heran, nicht einmal Monique."

„Was ist passiert?", fragte Papperin betroffen. Solch ein Verhalten passte so gar nicht zu seiner Mitarbeiterin. Er kannte sie als weltoffene, fröhliche Person. Wenn ihr etwas nicht passte, dann sagte sie es klar und schonungslos. Trotzdem war sie kollegial, einfühlsam und liebenswürdig. Genau das war es, was ihm an ihr so gefallen hatte, dass er sich Hals über Kopf in sie verliebt und sie beide in eine aussichtslose Lage gebracht hatte. Aber das hatten sie zum Glück in den Griff bekommen.

„Niemand weiß es", seufzte Guy-deux. „Sie ist depressiv. Ich glaube, sie ist todunglücklich."

„Ist sie im Kommissariat, dann verbinden Sie mich bitte mit ihr!"

„Nein! Sie ist heute nicht zum Dienst erschienen."

„Dann rufe ich sie zuhause an. *Salut Guy-deux!*"

***

Zuhause wurden sie von Isabelle mit selbstgemachter Eislimonade und einem noch ofenwarmen Apfelkuchen empfangen. Papperin entschuldigte sich:

„Ich muss dringend telefonieren. Ich komme etwas später zu euch."

Noch während er die knarzende Holztreppe in den zweiten Stock hinaufstieg, tippte er die Nummer von Jeannine in sein Handy.

„Salut Jeannine!", meldete er sich, als sie nach endlos langem Läuten das Gespräch endlich annahm.

„Jeannine, was ist los? Guy-deux hat ..."

„Du bist der letzte, mit dem ich reden will. Nach dem, was du gemacht hast!" Es knackte und dann war die Leitung tot. Ratlos starrte Papperin auf sein Smartphone. Was sollte er gemacht haben, dass sie so auf ihn reagierte? Dass er mit Chau in Urlaub fahren wollte, das konnte es doch nicht sein. Oder sollte sie plötzlich eifersüchtig sein? Aber sie waren sich doch einig gewesen: beruflich gut und in freundschaftlicher Atmosphäre zusammen zu arbeiten, aber keinerlei private Beziehung mehr zu pflegen, und schon gar keine Liebesbeziehung. Das war in gegenseitigem Einvernehmen ad acta gelegt und es hatte auch bestens funktioniert – bisher!

Verwirrt drückte er auf die Wahlwiederholung. Jetzt ging sie sofort dran.

„Ich habe dir doch gesagt, dass ich mit dir nicht reden will! Also ruf mich bitte nicht an – nie mehr!"

„Jeannine, was ist los? Sag es mir, bitte? Was habe ich gemacht? Ich habe doch keine Ahnung!"

„Natürlich hast du das! Du willst mich weg haben. So einfach ist das."

„Wieso weg haben? Das kapier' ich nicht."

„Jetzt tu doch nicht so! Von alleine kommen die in Paris doch nicht auf die Idee."

„Was für eine Idee? Und wieso Paris?"

„Dein Chef, der *inspecteur général* hat mich nach Limoges versetzt. Ab dem ersten Oktober."

„Und du glaubst, dass ich das veranlasst habe? Jeannine, niemals! So gut solltest du mich doch kennen, nach allem was mit uns war."

„Eben deswegen. Ich bin dir im Weg. Aber ich habe doch überhaupt nichts dagegen. Heirate deine Chau, mach mit ihr, was du willst. Aber schicke mich nicht weg. Ich liebe die Provence und Aix und ich liebe unser Kommissariat. Wir … wir haben doch so wunderbar zusammengearbeitet. Warum, Jean-Luc? Warum?"

Bestürzt stammelte Papperin: „Aber Jeannine … das … das … habe ich nicht gemacht. Das war ich nicht. Ich schwöre es!"

Eine lange Pause entstand, in der leises Weinen durch den Hörer an Papperins Ohr drang.

„Wer war es dann?", fragte eine unsichere Stimme.

„Ich weiß es wirklich nicht. Jeannine, schicke mir bitte den Versetzungsbefehl. Am besten per E-Mail, dann habe ich ihn gleich. Ich rufe sofort in Paris an. Ich verspreche es dir."

„Jean-Luc, ist das wirklich wahr? Das warst nicht du?"

„Nochmal: Ich schwöre es! Ich rufe den *inspecteur Ggnéral* sofort an und versuche, die Versetzung rückgängig zu machen."

„Aber es ist *week-end*. Du wirst ihn nicht erreichen. Erst am Montag wieder."

„Ich erreiche ihn! Und wenn ich ihn im Bett oder in der Sauna oder wo auch immer erwische. Schick mir schnell den Wisch!"

„Danke, Jean-Luc!"

„*Salut Jeannine.* Das kriegen wir hin! *Bon courage!*"

Es dauerte nicht lange bis sein Handy einen Posteingang in seinem E-Mail-Account meldete. Mit nervösen Fingern öffnete Papperin die pdf-Datei. Tatsächlich: In dem Schreiben wurde die Versetzung von *brigadier* Jeannine Dalmasso zur *police judiciaire* in Limoges/Département Haute Vienne verfügt. Voller Zorn rief Papperin in der Zentrale in Paris an und verlangte mit dem *Inspecteur Général* verbunden zu werden, gelangte aber nur bis zu dessen Vorzimmer. Es erforderte einige Überredungskraft, die Chefsekretärin zu bewegen, ihn zu ihrem Chef durchzustellen. Endlich knackte es in der Leitung und er hörte die Stimme seines obersten Chefs:

„*Monsieur le commissaire*, was gibt es so Dringendes, dass Sie mich in einer wichtigen Besprechung stören?"

Jetzt machte Papperin seinem Unmut Luft: Weshalb man seine beste Mitarbeiterin an einen anderen Dienstort versetzt habe, ohne ihn, ihren direkten Vorgesetzten zu informieren und seine Zustimmung einzuholen? Das sei eine krasse Abweichung vom üblichen Procedere und er, Papperin, bezweifele die rechtliche Zulässigkeit dieses Vorgehens.

„Ich protestiere aufs Schärfste gegen diesen meines Erachtens regel- und rechtswidrigen Dienstbefehl!"

„*Mon cher commissaire*, ich verstehe Ihren Unmut. Aber wir mussten das so entscheiden, damit die Affäre, die Sie mit der Brigadierin Dalmasso haben, endlich beendet wird. Es geht nicht an, dass durch persönliche, amouröse Beziehungen zwischen Vorgesetzten und Untergebenen die Effizienz und das Arbeitsklima in unserer Polizei beeinträchtigt, um nicht zu sagen: zerstört werden. Haben wir uns verstanden? Nur in Anbetracht Ihrer Verdienste haben wir davon abgesehen, auch Sie disziplinarrechtlich zu belangen."

„Aber, *monsieur l'inspecteur*, es gibt keine Affäre mehr, keine amouröse Beziehung, wie Sie es bezeichnen. Das ist seit fast zwei Jahren vorbei. Unsere Zusammenarbeit ist effektiv und höchst erfolgreich – wie Sie wissen."

„Unser Informant berichtet etwas anderes."

„Dann lügt er. Wer ist dieser Informant?"

„Sie wissen, dass ich Ihnen das nicht sagen kann."

Wer in seinem Kommissariat konnte eine derartige Lüge verbreiten? Wer war der Denunziant? Papperin wollte es nicht wahrhaben, dass einer aus seinem Team zu so einer Hinterhältigkeit fähig war.

„*Mon cher* Papperin! Ich weiß das alles und ich kann Sie ja verstehen", klang die Stimme seines Vorgesetzten jetzt auf einmal versöhnlich aus dem Hörer. „Aber glauben Sie mir, ich konnte nicht anders entscheiden. Die Angelegenheit ist von ganz oben an mich herangetragen worden, vom Minister persönlich."

Typisch, dachte Papperin. Wie alle karrieregeilen höheren Beamten und Staatsfunktionäre buckelte auch sein Chef, hatte nicht den Mumm in den Knochen, sich seinem Dienstherrn zu widersetzen – auch wenn dieser noch so falsch lag.

„Aber ich konnte bewirken", kam wieder die Stimme des *inspecteur général* aus dem Hörer, „dass die Versetzung mit einer Beförderung verbunden wird ... einer beispiellosen Beförderung", setzte er nach einer kurzen Pause hinzu.

„Ihre Mitarbeiterin wird dort den Rang eines *commandant de police* bekleiden. Eine Rangstufe unter dem *commissaire de police*. Ich gehe davon aus, Sie wissen, was das bedeutet."

Das war natürlich eine enorme Beförderung – unter Überspringung gleich mehrerer Rangstufen – *brigadier major – lieutenant – capitaine de police - commandant de police*. Sie würde damit in den Offiziersrang aufrücken. Das konnte sie nicht ablehnen. Papperin war sprachlos.

„*Mon cher Papperin*, ich gehe davon aus, dass Sie ihre Mitarbeiterin von der Vorteilhaftigkeit dieser Regelung überzeugen können. *Au revoir et bon week end!*"

***

„Was ist plötzlich mit dir los, Jean-Luc?" Chau LeTrans schaute ihren Freund besorgt an. „So nervös habe ich dich noch nie erlebt. Er hat", wandte sie sich an Isabelle und Servan, „beim Kochen vorhin tatsächlich Safran- und Chilipulver verwechselt. Wenn ich das nicht zufällig bemerkt hätte, dann wäre unsere Fischsuppe jetzt ungenießbar – so viel Safran wie er reingetan hat, nachdem ich ihn auf seinen Fehler aufmerksam gemacht habe. Wenn das Chili gewesen wäre – nicht auszudenken! Jetzt sag schon, war es das Telefongespräch vorhin, das dich so in Aufregung versetzt hat? Gibt es Neues zu unserem anonymen Anrufer?"

„Ja, es ist der Anruf. Aber es hat nichts mit unserem Fall hier zu tun. Es gibt Probleme in Aix – in meinem Kommissariat. Aber", jetzt blickte er die kleine Tischrunde entschlossen an, „das soll uns das *dîner* heute Abend nicht verderben. Zum Glück hast du bei der Zubereitung vorhin das Kommando übernommen und die *bouillabaisse* gerettet", lächelte er seine Freundin an.

Ab sofort war die Stimmung deutlich entspannt und die Vier genossen die provenzalische Fischsuppe.

„Die *rouille* ist super!", lobte Isabelle. Hier in der Bretagne machen wir keine *rouille* sondern wir nehmen stattdessen meistens *crème fraîche*. Und auch die Brühe scheint mir etwas anders als bei uns. Da unten verwendet ihr wohl sehr viel Knoblauch, oder?"

„Ja, und auch die Gewürze dürften anders sein", meinte Papperin. „Wir hatten größere Probleme ein paar Briefchen Spigol zu bekommen. Paprika, Kurkuma und eine Menge anderer Gewürze sind da drin."

Es trat eine längere Gesprächspause ein, da man sich mit Genuss der Suppe widmete.

„Du hast noch gar nicht gesagt, was Guy-deux wollte. Nach seinem Anruf hattest du so grimmig geschaut und es auf einmal so eilig gehabt, nachhause zu kommen, dass ich nicht gewagt habe, dich zu fragen."

„Nun, er hat recherchiert und herausbekommen, woher diese Anrufe kamen. Aber das bringt uns leider keinen Deut weiter."

„Wieso soll uns das nicht weiterhelfen? Das ist doch super!"

„Weil es ein Satellitentelefon ist. Der Anrufer kann sich weiß der Teufel wo befinden. Er braucht nicht einmal ein Mobilfunknetz. Er benutzt ein Iridium-Gerät, sagt Guydeux. Man muss nur im Freien sein, dann kann man von überall telefonieren - weltweit."

„Dann muss es sich aber um etwas sehr Wichtiges handeln. Nur so zum Spaß macht das doch niemand. Es ist doch aufwändig und kostet sicher einiges, so ein Iridiumding."

Das und die Tatsache, dass der Unbekannte die Gesprächsprotokolle bei *France-Télécom/Orange* löschen konnte, überzeugten Papperin endgültig, diese anonymen Anrufe ernst zu nehmen. Die restliche Essenszeit wurde von der Diskussion, besser vom Rätselraten, beherrscht, von wo aus diese Anrufe gekommen sein könnten.

„Also, ich glaube, der hat von irgendwo angerufen, wo es kein Mobilfunknetz gibt. Sonst hätte er es mit einem normalen Handy ja viel einfacher gehabt", schlussfolgerte Isabelle. „Zum Beispiel in einem Gebirge. Sogar auf dem Gipfel des Mount Everest soll so ein Satellitentelefon funktionieren. Oder in der Sahara? Oder in der Arktis oder der Antarktis?"

„Quatsch!", unterbrach Servan. „Wer soll uns denn aus der Antarktis anrufen? Wir kennen doch niemanden, der dort war. Dasselbe gilt für den Everest und die Sahara. Nein, ich glaub das alles nicht. Ihr bauscht das viel zu sehr auf."

„Aber dass es diese Anrufe gibt, das ist eine Tatsache. Ich habe es ja selbst gehört", bekräftigte Papperin. „Deshalb müssen wir sie schon ernst nehmen!"

„Und sie machen Isabelle wirklich Angst, diese Anrufe. Ich setze darauf, dass du dahinterkommst, Jean-Luc, und diesen Spuk beendest", nahm Chau Partei für Papperins Cousine. „Überlegen wir doch mal", fuhr sie nachdenklich fort, „wo es überall sonst noch kein Mobilfunknetz gibt, so dass man auf Satellitentelefone angewiesen ist." Sie schaute die drei anderen erwartungsvoll an, um dann sofort ihre Frage selbst zu beantworten.

„Auf hoher See! Das ist doch nahe liegend hier an der Küste. Unser Unbekannter ruft von einem Schiff aus an, das sich außerhalb der Reichweite von Handynetzen befindet. Habt ihr oder hat Gael Feinde", fragte sie Isabelle und Servan, „die viel auf dem Meer unterwegs sind und sich mit euch einen Spaß machen, euch einen Schrecken einjagen oder euch etwas Böses zufügen wollen?"

Servan schaute Isabelle an. Beide schüttelten ratlos den Kopf.

„Also für uns beide fällt mir niemand ein", meinte Isabelle. „Servan, hältst du es für möglich, dass jemand Gael so etwas antun möchte? Eher nicht, oder? Eure Kunden sind doch immer voll zufrieden mit euren Touren."

„Total! Das läuft immer alles perfekt und harmonisch ab", bestätigte ihr Mann.

„Bis auf die Rentner", wandte Papperin ein.

„Das war doch nichts Ernstes!", wiegelte Servan ab.

„Außerdem waren die Anrufe schon lange vor eurer Tour mit den Rentnern. Aber könnte es sein, dass Gaels Kunden, die er mit seinem Boot mitnimmt, nicht mit ihm zufrieden sind? Was meinst Du?", fragte Isabelle Ihren Mann.

„Hat Gael ein eigenes Boot und macht er auch solche Trips mit Kunden? Das heißt, er macht dir Konkurrenz?" Papperin war von dieser Neuigkeit überrascht. Dadurch ergaben sich völlig neue Aspekte.

„Ja, schon. Aber das macht er nicht sehr oft. Sein Boot ist kleiner und weniger komfortabel als meines. Meistens fährt er damit allein zum Hochseeangeln raus. Du meinst, dass diese ominösen Anrufe gar nicht uns, sondern ihm gelten?"

„Jaaa ... doch ... das ist möglich", stellte Papperin etwas geistesabwesend fest. In Gedanken war er inzwischen bei etwas anderem. Wer von seinen Mitarbeitern war dieser Denunziant? Wer hatte der Zentrale der *police nationale* in Paris diese falsche Information, diese Lüge über Jeannine und ihn gesteckt? Er traute das keinem aus seinem Team zu. Oder hatte er das Arbeitsklima in seinem Kommissariat die ganze Zeit falsch eingeschätzt, sich einem Trugbild hingegeben? War er einer Wunschvorstellung von einem harmonischen, kollegial-freundschaftlichen Arbeitsklima erlegen und hatte er die Wirklichkeit nicht zur Kenntnis genommen? Nein, eigentlich glaubte er das nicht. Sie waren ein tolles Team in dem jeder jeden mochte und man sich aufeinander hundertprozentig verlassen konnte. Aber trotzdem: Irgendwoher mussten die in Paris doch informiert worden sein. „Ich muss mit Jeannine darüber reden", nahm er sich vor. „Und mit Monique." Wenn überhaupt jemandem so eine Schandtat zuzutrauen war, dann wusste seine Sekretärin Bescheid. Sie kannte jeden seiner Mitarbeiter besonders gut. Oder war sie selbst diese falsche Informantin? Papperin fühlte mit innerem Unbehagen, wie der Zweifel an der Loyalität seiner Mitarbeiter sich in ihm breitzumachen begann. Er schob diese Gedanken entschieden beiseite. Nein, von seinen Leuten kam keiner für diesen schändlichen Verrat in Frage. Das musste von außen kommen. Aber wer? Seine Kollegen in den anderen Abteilungen des Polizeipräsidiums in Aix? War Neid auf die Erfolge seines Kommissariats die Ursache? Dumm, dass er gerade jetzt so weit weg war. Von hier aus konnte er nichts unternehmen, waren ihm die Hände gebunden. Und dann fuhren sie gleich weiter in den Spanienurlaub. Es dauerte also mindestens drei Wochen, ehe er wieder zurück in seinem Kommissariat war. Vielleicht konnte Jeannine sich inzwischen umhören? Auf alle Fälle wollte er noch heute einen geharnischten Protestbrief gegen ihre nicht mit ihm abgesprochene Versetzung nach Paris schicken.

Kapitel 8

Samstag, 6. September

Tiefblau lag das Meer unter einem wolkenlosen Himmel. Die spiegelglatte Wasserfläche wurde von keiner Welle oder Schaumkrone gebrochen. Nichts erinnerte an die Wucht, mit der der orkanartige Sturm am Vortag über die Küste gefegt und das Meer zu wilden Wogen aufgepeitscht hatte.

„Was haltet ihr von einer Küstenwanderung?", fragte Papperin am Frühstückstisch. „Zwei oder drei Stunden auf dem *sentier littoral* entlang der Küste wandern. Irgendwo in einem kleinen Hafen zu Mittag essen und dann wieder zurück laufen?"

Er blickte Zustimmung heischend in die Runde. „Das Wetter schreit doch geradezu danach, dass man sowas unternimmt. Was meint ihr?"

Doch seine Gastgeber winkten ab. Es gebe so viel zu tun. Isabelle sei mit der Buchhaltung erheblich im Rückstand und Servan müsse sein Schiff für die nächste Tour auf Vordermann bringen. Aber Jean-Luc und Chau könnten doch alleine losziehen. Es gebe einen wunderschönen Weg von Rotheneuf zum Leuchtturm an der Pointe du Grouin. Dort sei auch ein Hotel-Restaurant, wo man entweder in der rustikalen Brasserie einfache Gerichte bekomme, oder im vornehmen Restaurant de la Pointe du Grouin ein vorzügliches *menu du déjeuner* genießen könne. Papperin, dem dieser Vorschlag gefiel, schaute seine Freundin fragend an und klatschte erfreut in die Hände, als sie zustimmend nickte.

„Ihr fahrt mit dem Auto bis Rotheneuf, bis an die Spitze der Halbinsel und lasst es am Ende des *chemin du vieux moulin* stehen. Bei Flut kämt ihr jetzt nicht weiter, weil der Havre de Rotheneuf überflutet ist. Das ist eine riesige Bucht, fast ein Fjord, der weit ins Land reicht. Aber bei Ebbe ist alles Wasser raus und ihr könnt die paar hundert Meter trockenen Fußes auf die gegenüberliegende Landzunge gelangen. Von da geht es wildromantisch über den *sentier littoral* weiter bis zur Pointe du Grouin. Ihr dürftet gut zwei bis drei Stunden unterwegs sein. Ruft mich an, wenn ihr dort seid und zurück wollt, dann hole ich euch mit dem Auto ab."

Isabelle schaute auf die alte Standuhr. „Aber ihr solltet euch beeilen. In gut einer Stunde kommt die Flut wieder, und dann ist die Bucht von Rotheneuf bald wieder voll Wasser und unpassierbar."

„Dann starten wir doch gleich!"

Schnell waren eine Flasche Perrier, eine Flasche Medoc, eine *baguette* und ein großes Stück Cantal als Wanderproviant in den Rucksack gepackt und der Ausflug konnte beginnen.

***

Die Querung der großen Bucht war nicht ganz so trocken, wie Isabelle vorhergesagt hatte. Dennoch erreichten die beiden mit schlammverschmierten Wanderschuhen die gegenüberliegende Landzunge, die sie zügig durchquerten. Dahinter kamen sie an einen langen Sandstrand. Das Meer zu ihrer Linken war wegen der erst langsam anrollenden Flut noch hunderte Meter entfernt. Rechts hinter der Düne konnte man die Giebel von mehreren Häusern sehen. Am anderen Ende des weißen Strands führte der Küstenpfad steil nach oben auf die Klippe. Dieses Szenario wiederholte sich immer wieder: Sie stiegen von einer Klippe hinunter zu einem Sandstrand, wanderten den Strand entlang, erklommen am Ende der Bucht wieder die nächste Klippe, wanderten ein Stück in der Höhe am Randes des Abgrunds hoch über dem Meer, das tief unten die bizarr geformten, rotbraunen Felsen umspülte. Der Pfad wand sich durch knie- bis mannshohes, stacheliges Gebüsch, Ginster, Heide, Farne und Brombeergestrüpp, bis er sich wieder zur nächsten

Bucht mit ihrem weiten, weißen Sandstrand senkte. Einmal an einem besonders schönen und einsamen Strand ließen sie ihre Kleider fallen und schwammen im Meer, dessen Fluten langsam näher heranrückten. Wieder auf der Höhe einer Klippe angekommen, rief Chau voller Begeisterung:

„Jean-Luc, sieh mal! Das kleine Haus da vorne, mit den spitzen Giebeln und den weißen Fensterläden. Es muss herrlich sein, hier zu wohnen. Nachts hört man die Brandung tief unten gegen die Felsen donnern. Und tagsüber hat man einen weiten Blick über das Meer bis zu den Inselchen ganz weit draußen, und über das Land mit seinen sanften, mit dichtem dornigem Gestrüpp überzogenen Hügeln. Und die Farborgien – dort das tiefblaue Meer, drüber der azurblaue Himmel mit ein paar weißen Schäfchenwolken und das grün-rot-braun-gelbe Hügelland. Hübsch, nicht?" Chau kam richtig ins Schwärmen.

„Ja, aber einsam!", erwiderte Papperin.

Ein großer Hund kam laut bellend auf die beiden Wanderer zu gerannt, die erschreckt stehen blieben. Wenige Meter vor ihnen stoppte das Ungetüm. Mit tief gesenktem Kopf und wilden Augen knurrte es drohend um sofort wieder in furchterregendes Bellen überzugehen.

„Braver Hund, *calme toi!*", versuchte Papperin die Bestie zu beruhigen, während er sich schützend vor Chau schob. Aber der Hund ließ sich nicht besänftigen. Kräftig Laut gebend blockierte er den Wanderpfad und wich keinen Zentimeter zurück. Jean-Luc und Chau begannen langsam, Schritt für Schritt rückwärts zu gehen. Doch das Tier rückte nach.

Ein lauter Pfiff gellte vom Haus herüber.

„*Castor! Viens ici!*", rief eine Stimme.

Unwillig, so schien es Papperin, verstummte das braune Ungetüm und wandte seinen Kopf. Dann blickte es wieder auf die beiden Wanderer, drehte sich um und trabte zu seinem Herrchen.

„Hallo, Sie!", rief die Stimme und der Mann kam, den Hund am Halsband haltend, auf die beiden Wanderer zu.

„Entschuldigen Sie! Der tut nichts. Er ist nur ein guter Wachhund."

Papperin, dessen Schreck sich gelegt hatte, meinte: „Das braucht man wohl, hier in der Einsamkeit."

„Hallo!" Erkennen blitzte in den Augen des Hundehalters auf. „Sie sind doch...?" Er kam näher. „...Servans und Isabells Gäste."

„*Monsieur* Kaodenn", staunte Papperin. „*Bonjour!*"

„Sagen Sie doch bitte Gael. Wir hier an der Küste nennen uns alle nur mit den Vornamen. Und als Verwandte von Isa gehören Sie doch dazu."

„*Monsieur* Kaodenn - Gael", stammelte Chau. „Ihr Hund hat uns aber einen Schrecken eingejagt."

„Tut mir leid! Aber er ist nicht bösartig. Bitte glauben Sie mir!" Er ließ das Halsband los und gab dem Hund einen Klaps: „*Allez, Castor!* Lauf nachhause!", befahl er und der Hund drehte sich um und galoppierte zum Haus zurück.

„Sagen Sie, darf ich Sie auf ein Gläschen einladen? Ich kann Ihnen meine Sammlung von Strandgut zeigen, von der wir neulich gesprochen haben."

Chau und Papperin nahmen die Einladung gerne an. Angeregt plaudernd gingen sie auf Gaels Haus zu.

***

Ihr Gastgeber entkorkte eine Flasche Sauvignon blanc, dann holte er aus einer Speisekammer einen kleinen Spankorb mit Austern und erzählte, während er Gläser, Teller und kleine Gabeln auf den Tisch stellte: „Die sind ganz frisch. Ich habe sie heute früh in Cancale bei einem *ostréiculteur* gekauft. Sie mögen doch Austern?"

Da Chau und Papperin zustimmend nickten, begann er ein paar der Muscheln zu öffnen. Mit dem kurzen, spitzen Austernmesser stach er an der spitzen Seite der Auster zwischen Boden und Deckel, durchtrennte durch hin- und her-

Bewegen der Klinge den Muskel und klappte den Austerndeckel auf.

„Schenken Sie doch schon mal den Wein ein", bat er Papperin.

Es war ein wunderbares zweites Frühstück, das Papperin und Chau auf der Terrasse von Gaels Anwesen serviert bekamen. Wenn er das gewusst hätte, dann hätte er die Picknicksachen zuhause gelassen, dachte Papperin. Nachdem jeder andächtig und schweigend vier Austern geschlürft und dazu von dem fruchtig-trockenen Wein getrunken hatte, kam langsam ein Gespräch in Gang.

„Es ist wunderschön hier", sagte Chau indem sie ihren Blick über das adrette, kleine Haus, die gepflasterte Terrasse und den etwas verwilderten Garten schweifen ließ, der nahtlos und ohne Zaun in die karge Vegetation der Klippenlandschaft überging.

„Aber es ist sehr einsam! Leben Sie ganz alleine hier draußen, weitab vom nächsten Ort?"

„Sie wundern sich, wieso ich keine Frau habe?", erriet Gael Chaus unausgesprochene Frage. „Die Antwort ist ganz einfach: Ich liebe meine Freiheit, das Meer und mein Schiff. Ich bin viel unterwegs. Eine Frau würde das nicht lange mitmachen, so ein Vagabundenleben. Das würde nicht gut gehen."

Chau glaubte in Gaels Miene so etwas wie Bedauern, vielleicht sogar Trauer zu erkennen. Möglicherweise war schon einmal eine Beziehung genau deswegen in die Brüche gegangen.

„Aber haben Sie keine Angst so alleine?"

„Sie haben doch Castor erlebt. Er vertreibt jeden Einbrecher. Er gibt Laut, lange bevor jemand das Grundstück betritt. Nein, ich lebe hier sehr sicher."

„Und wenn Sie mit Ihrem Schiff auf Tour sind? Das dauert doch oft mehrere Tage?"

„Also erstens kann Castor ruhig ein paar Tage allein bleiben. Er findet hier genug Kaninchen, die er jagen kann.

Außerdem kommt Isabelle gelegentlich vorbei und sieht nach dem Rechten. Nein, seien Sie unbesorgt. Wir haben hier ein wunderbares Leben – Castor und ich."

Eine Weile saßen die vier schweigend auf der sonnigen Terrasse, schauten auf das Meer, lauschten der fernen Brandung und hörten dem Gekreische der Möwen zu, die um das Haus flogen oder auf dem Dach saßen in der Hoffnung, von den Speisen etwas ergattern zu können.

„Servan sagt, dass auch außerhalb der Ferien jede Menge Nachfrage nach Ihren Bootsausflügen besteht", nahm Papperin die Unterhaltung wieder auf.

„Ja, *Dieu merci!* Gott sei Dank! Wir haben gut zu tun. Auch im Herbst buchen die Leute Touren. Meistens nur entlang der Côte d'Émeraude, der Smaragdküste, aber auch auf die Kanalinseln oder nach England."

„Und Sie fahren immer zusammen mit Servan?"

„Ja und nein. Oft fährt auch jeder von uns alleine. Wenn mehrere Gruppen einen Ausflug mit uns buchen wollen, dann fahren wir schon mal getrennt – jeder mit einer anderen Gruppe auf seinem Schiff."

„Das scheint sich zu rentieren", stellte Papperin interessiert fest.

„Ja, schon. Das geht aber nur bis Ende Oktober so. Später im Jahr, ab November, ist so gut wie nichts mehr los. Bis dahin müssen wir genug verdient haben, um über den Winter zu kommen."

„Und im Winter? Was machen Sie da?"

„Da leben wir hier, Castor und ich. Wir gehen Strandgut sammeln, das von den Winterstürmen und der Brandung an Land gespült wird. Außerdem fahre ich zum Fischen raus. Und ganz selten gibt es auch im Winter eine Buchung – meistens nach Jersey."

Da sie noch ein gutes Stück Weg vor sich hatten, mussten sie zu Papperins großem Bedauern sich langsam daran machen, ihre Küstenwanderung fortzusetzen. Gael und Castor begleiteten sie noch ein paar Minuten – Gael sich lebhaft mit Chau unterhaltend, während Papperin dem Hund zusah, der umher rannte, immer wieder abrupt stehen blieb und wild mit den Pfoten Löcher in den Boden grub.

„Hat er wieder einen Kaninchenbau entdeckt und versucht ihn aufzugraben! Er ist ganz wild auf die Karnickel", erklärte Gael. „Aber solange sie in ihrem Bau bleiben, kommt er nicht an sie ran. Er ist viel zu groß, um rein zu kriechen."

***

London, Untersuchungshaftanstalt von Scotland Yard

Nachdem die Ärzte des Thames-Valley-Hospitals in Beaconsfield den Zustand des verletzten Unfallfahrers soweit hatten stabilisieren können, dass er transportfähig war, wurde er zu Scotland Yard nach London in die Krankenabteilung des Untersuchungsgefängnisses überstellt. Während vor dem Krankenzimmer zwei uniformierte Polizisten Wache hielten, saßen im Zimmer zwei Kriminalbeamte dem im Bett liegenden Mann gegenüber. Es herrschte feindseliges Schweigen. Vergebens hatten die Ermittler versucht, den grimmig dreiblickenden Mann zu bewegen, Angaben zu seiner Person zu machen.

„Welcher der beiden Namen ist Ihr richtiger?" Hierbei hielt der Beamte dem Mann die beiden Pässe vor Augen, die die Verkehrspolizisten im Unfallfahrzeug in Beaconsfield gefunden hatten.

Keine Reaktion.

„Nach den Pässen sind Sie aus Afrika – entweder aus Ghana oder aus Burkina Faso. Welcher der beiden Pässe ist Ihr richtiger?"

Keine Antwort.

„Kennen Sie einen Anwalt, oder sollen wir Ihnen einen Pflichtanwalt bestellen – auf Kosten der Krone?"

Keine Antwort.

„Na gut! Wenn Sie nichts sagen wollen, dann bleiben Sie solange in Untersuchungshaft, bis Ihre Personalie geklärt ist und der Prozess gegen Sie eröffnet werden kann."

Der leitende Beamte rief die beiden Wachposten ins Zimmer:

„Der Mann bleibt unter strenger Bewachung. Rund um die Uhr. Keine Besucher! Kein Kontakt nach draußen, das heißt kein Telefon, kein Handy! Haben Sie verstanden?"

Die beiden Bobbies nickten und begaben sich wieder auf ihren Wachposten vor der Tür. Die Scotland-Yard-Ermittler verließen das Krankenhaus und machten sich auf den Weg zurück zu ihrer Dienststelle.

„*Inspector* Jones!", rief sie der Diensthabende an der Pforte zurück, als die beiden das Polizeigebäude betraten.

„Sie sollen zum Chefinspektor. Er hat nach Ihnen beiden verlangt."

Im Vorzimmer ihres Vorgesetzten begrüßte die Chefsekretärin die Beamten mit den Worten: „Der *Chief* will Sie dringend sprechen. Da ist eine Amtsmitteilung aus einem unserer Common-Wealth-Länder gekommen, die Sie beide angeht, hat er gesagt. Gehen Sie rein, er erwartet Sie."

***

Mit den Worten „Da sind Sie ja!" empfing *Chiefinspector* O'Brian seine beiden Ermittler und schob einen schlanken Schnellhefter über die Schreibtischplatte. „Das kam vorhin per Mail auf dem Dienstweg aus Burkina Faso! Lesen Sie!"

Der Hefter enthielt nur zwei eng beschriebene Blätter.

Das Ersuchen auf Personenidentifizierung anhand der beiden Reisepässe habe folgendes ergeben, stand dort. Aufgrund des Passfotos habe man den Inhaber der Dokumente identifizieren können als: Dan Lee Obuto, 39 Jahre alt, Staatsangehöriger der Republik Burkina Faso, seit längerem zur Fahndung ausgeschriebenes Mitglied einer Untergrundorganisation, die in Burkina Faso wegen mehrerer Terroranschläge, wegen Mordes, Entführungen, Folterung,

Lösegelderpressung und Rauschgifthandels polizeilich gesucht werde. Es bestehe der begründete Verdacht, dass die betroffene Person für mehrere der oben genannten Straftaten direkt verantwortlich sei. Nach unbestätigten Informationen aus der Szene habe sich die Person kurz vor ihrer Verhaftung abgesetzt und das Land mit unbekanntem Ziel verlassen, einerseits um der polizeilichen Verfolgung zu entgehen. Insbesondere aber, weil sie angeblich auf der Todesliste der Terrorgruppe stehe. Die Staatspolizei Burkina Faso ersuche im Falle der Ergreifung der gesuchten Person um schnellstmögliche Auslieferung und sei im Übrigen für jeden Hinweis zum Aufenthaltsort des Gesuchten dankbar.

„Dann fahren wir doch gleich wieder zurück ins Gefängniskrankenhaus", meine der Inspektor. „Mal sehen, was er dazu sagt!"

Krankenabteilung der Untersuchungshaftanstalt

„Und? Haben Sie sich dazu durchringen können, uns endlich zu sagen, wer Sie sind?" fragte *Inspector* McLoughly mit grimmiger Miene den aufrecht in seinem Krankenhausbett Sitzenden. Doch der Mann antwortete nicht, sondern stierte starr vor sich hin.

„Oder soll ich es Ihnen sagen?"

Der Afrikaner wandte seinen Kopf dem *Inspector* zu. Aus seien Augen sprach Verachtung. Er schwieg weiter.

„Sie glauben, wenn wir nicht wissen, woher Sie kommen, dann können wir Sie nicht abschieben?"

Dem höhnischen Gesichtsausdruck des Mannes konnte man ansehen, dass er genau dies dachte.

„Wenn Sie sich da mal nicht irren! Uns liegt ein Auslieferungsersuchen der Republik Burkina Faso vor, betreffend einen gewissen Dan Lee Obuto, Staatsangehöriger von Burkina Faso, 39 Jahre alt, der dort wegen verschiedener schwerster Straftaten gesucht wird. Unter anderem: Zugehörigkeit zu einer Terrororganisation, Mord in mehreren

Fällen, Erpressung, Entführung, Drogenhandel und noch vieles mehr."

Befriedigt sah der *inspector* das Erschrecken, das in den Augen des Mannes aufblitzte, der aber weiterhin reglos in seinem Bett saß und vor sich hin starrte.

„Sie wurden eindeutig als dieser gesuchte Dan Lee Obuto identifiziert. Nachdem wir wussten, wer Sie sind, konnten wir auch schon einen Haftbefehl der englischen Staatsanwaltschaft, des *Crown Prosecution Services*, erwirken. Da Sie nicht Staatsbürger des United Kingdom, sondern der Republik Burkina Faso sind, steht einer Abschiebung in Ihren afrikanischen Heimatstaat nichts im Wege. Die Kollegen in Ouagadougou werden sich freuen."

„Ich will einen Anwalt!"

Na endlich, dachte der Beamte. Endlich hatte der Mann reagiert und erstmals sein Schweigen gebrochen.

„Haben Sie einen Anwalt Ihres Vertrauens?"

„Wie soll ich hier in England einen Anwalt kennen. Sie müssen mir einen besorgen!"

Es dauerte einige Stunden, bis die Anwaltskammer einen *solicitor* bestimmt hatte. Nachdem dieser sich mit dem Delinquenten ausführlich beraten hatte, bat er die beiden Scotland-Yard-Beamten wieder ins Krankenzimmer.

„Mein Mandant möchte eine Aussage machen."

Inspector McLoughly schob einen der beiden Besucherstühle näher ans Krankenbett, setzte sich und wandte sich an seinen *constable*: „Können Sie das aufnehmen?"

Constable Miller tippte auf seinem Smartphone und aktivierte den Voicerecorder. *„One – two – three"*, flüsterte er ins Mikro, um das reibungslose Funktionieren des Geräts zu testen. Dann nickte er seinem Chef zu. Dieser begann das Verhör mit den üblichen Regularien: Ort des Gesprächs, Datum und Uhrzeit, anwesende Personen. Dann eröffnete er das Verhör mit den Worten:

„Ihr Anwalt sagt, sie haben es sich überlegt und möchten eine Aussage machen. Ich höre!"

Der Verhaftete räusperte sich und begann mit einem anmaßenden, herablassenden Tonfall. „Was wollen Sie wissen?"

„Nun, weshalb haben Sie sich der Verkehrskontrolle durch Flucht entzogen? Wieso befinden sich zwei Reisepässe in Ihrem Besitz? Woher stammen das viele Geld und die Pistole, die wir in Ihrer Reisetasche gefunden haben?"

Der Mann dachte eine Weile nach, dann gestand er:

„Ich musste aus Ouagadougou abhauen, weil man mich dort verfolgt."

„Wer?"

„Die Polizei und die Leute von Millazuma."

„Wer ist das!"

„Der Führer der Organisation."

Wieder herrschte Schweigen.

„Deswegen habe ich mich nach England abgesetzt."

„Es wurde weder ein Visum für Sie ausgestellt noch ist Ihre Einreise bei der Immigration Authority registriert. Wir haben das überprüft. Also sind Sie illegal eingereist?"

Keine Antwort.

„Ja oder nein?"

„*Yeah*", kam es zögernd.

„Und weil es im United Kingdom keine Ausweispflicht gibt, glaubten Sie, hier unerkannt leben zu können?"

Der Mann nickte und murmelte etwas Unverständliches.

„Antworten Sie mit deutlicher Stimme – für den Voicerecorder!"

„*Yeah!*"

„Das Geld, die beiden Pässe und die Waffe?"

„Die habe ich mitgebracht."

„Aus Afrika?"

„*Yeah.*"

„Woher stammt das Geld und wer hat die Pässe gefälscht?"

Schweigen.

„Auf welchem Weg sind Sie eingereist?"

Schweigen.

Der Verhörbeamte lehnte sich frustriert zurück und atmete tief durch. So kam er nicht weiter.

„Jetzt hören Sie mal genau zu: Nachdem Sie illegal, mit gefälschten Ausweisen, einer nicht registrierten Waffe und mit vermutlich aus einem Verbrechen stammenden Geldbetrag hier aufgegriffen wurden, werden wir Sie auf schnellstem Weg in Abschiebehaft überstellen und in Ihre Heimat abschieben."

„Aber ich habe doch …", versuchte der Mann zu widersprechen. „Ich habe mich doch der Polizeikontrolle widersetzt, bin mit meinem Auto geflohen und habe einen Unfall verursacht. Sie können mich doch nicht einfach …"

„Sie meinen, wir müssten erst Anklage erheben und den Ausgang des Gerichtsverfahrens abwarten, ehe Sie abgeschoben werden können? Womöglich erst, nachdem Sie Ihre Strafe abgesessen haben. Nein, so funktioniert das nicht. Die Verkehrssache ist ein Bagatelldelikt, das Ihre Abschiebung nicht verhindert."

„*Fucking asshole, you …!*", brüllte der Verhaftete plötzlich und wollte sich auf den Polizisten stürzen, doch der Schmerz seiner noch nicht verheilten Wunden stoppte ihn und ließ ihn in die Kissen zurückfallen. Mit verzerrtem Gesicht winkte er den Anwalt zu sich. Die beiden flüsterten kurz, dann wandte sich der *solicitor* an den Polizeibeamten:

„Ich muss mich mit meinem Mandanten kurz besprechen. Unbeobachtet, unter vier Augen!"

***

Nach wenigen Minuten kam der Anwalt vor die Tür und bat die beiden Beamten wieder ins Krankenzimmer. Nachdem alle Platz genommen hatten und das Aufnahmegerät wieder eingeschaltet war, begann der Anwalt:

„Mein Mandant hat panische Angst vor einer Abschiebung. Er sagt, man würde ihn sofort töten, wenn er den

Boden von Burkina Faso wieder beträte. Er ist deshalb zu einer weiteren Aussage bereit, die ihn einerseits schwer belasten und ihm hier in England eine längere Haftstrafe einbringen würde. Andererseits – und das konnte ich ihm vom juristischen Standpunkt aus bestätigen – würde ihn die Verhaftung und Verurteilung wegen eines im Vereinigten Königreich verübten Kapitalverbrechens sicher vor einer Auslieferung bewahren. In diesem Sinne ist er zu einem Geständnis bereit. Mister Obuto, sie haben das Wort!"

Von Zwischenfragen unterbrochen, berichtete der Verhaftete eine die beiden Scotland-Yard-Beamten erstaunende Geschichte. Weil er sowohl von der dortigen Polizei verfolgt als auch bei der Terrororganisation des Millazuma in Ungnade gefallen war – die würden jeden sofort exekutieren, der ihnen in die Quere komme – habe er sich mit dem bei Millazuma veruntreuten Geld nach England abgesetzt. In London habe er schnell Anschluss gefunden und gelegentlich bei kleineren, erfolgreichen Coups mitgemacht. Zuletzt, beim Überfall auf einen Geldtransporter, sei einiges schiefgelaufen. Zwei seiner Kumpels seien von einem der Wachleute erschossen worden. Im Schusswechsel habe er den Wachmann wohl getroffen. Allerdings habe ihn der zweite Wachmann unter Feuer genommen. Zum Glück sei es ihm gelungen, unverletzt und mit einem Teil der Beute zu entkommen.

„So! Jetzt wissen Sie alles." Erschöpft sank der Mann in die Kissen seines Krankenbettes zurück und schloss die Augen.

***

Die auf dieses Geständnis hin einsetzende hektische Überprüfung bestätigte die Aussage des Verbrechers. Der Wachmann war mit einem Projektil aus der Waffe des Afrikaners angeschossen worden. Zum Glück war der Schuss nicht tödlich gewesen. Ob das in der Reisetasche entdeckte Geld aus diesem Überfall stammte, konnte nicht bestätigt werden, da die Scheinnummern nicht registriert waren. Während die Staatsanwaltschaft den Strafgerichtsprozess gegen Dan Lee Obuto vorbereitete, wurde dieser von Beamten der *Immigration Authority* dazu befragt, auf welchem Weg er unbemerkt von Einwanderungsbehörde, Polizei und Zoll ins Land gelangt sei. Da er hierzu jegliche Aussage verweigerte, ergriff man ein Lockmittel, um ihn zur Mitarbeit zu veranlassen.

„Wir könnten, wenn Sie mit uns gut zusammenarbeiten, die Kollegen vom *Crown Prosecution Service* dazu bewegen, sich beim Gericht für ein milderes Strafmaß einzusetzen. Das setzt allerdings voraus, dass Sie uns schonungslos den Weg aufzeigen, auf dem Sie ins Land gelangt sind und uns die Personen und Organisationen nennen, die Ihnen hierbei geholfen haben."

Nach längerem Überlegen und nach Beratung mit seinem Anwalt, gab Mr. Obuto folgendes zu Protokoll:

In der einschlägigen Szene sei bekannt, dass es eine Organisation gebe, die nicht registrierte Einreisen von Personen nach England anbiete. Mittelsmann sei eine Person in Liberia, im Hafen von Monrovia, die diese Passagen organisiere. Nach Übergabe des geforderten Geldbetrags – in Mr. Obutos Fall waren das einhunderttausend US-Dollars – werde einem zum gegebenen Zeitpunkt eine Nachricht zugespielt, wann und wo man sich einzufinden habe. Dort werde man nachts von einem Schlauchboot aufgenommen, zu einem Frachtschiff gebracht, und dem Kapitän übergeben. Für die Dauer der Passage dürfe man seine Kajüte nicht verlassen. Irgendwann müsse man auf hoher See in ein kleineres Schiff umsteigen, das einen nach wenigen Stunden an der Küste Südenglands absetze. Dort warte ein Auto, das einen in ein Hotel bringe.

Auf Nachfragen gab Mr. Obuto an, weder den Namen des Verbindungsmannes in Monrovia, noch den Namen des Frachtschiffes oder dessen Reederei zu kennen, noch wisse er, wo genau er englischen Boden betreten habe. Lediglich das Hotel in Exeter könne er nennen.

„Aber wie konnten Sie den Kontakt zu dem Organisator in Monrovia aufnehmen, wenn sie seinen Namen nicht kennen?"

„Man bekommt eine Telefonnummer genannt, über die man ihn erreichen kann."

„Von wem und wo?"

„Das erfährt man in einschlägigen Kneipen."

„Wo?"

„Im Hafen von Monrovia."

„Geben Sie uns die Nummer!"

Wie sich herausstellte, handelte es sich um eine nicht mehr existierende Mobiltelefonnummer.

Nachdem man Mr. Obuto wieder in seine Zelle gebracht hatte, meinte der Leiter des Teams, das den Afrikaner befragt hatte:

„Da haben wir wohl einen Weg entdeckt, den reiche Ganoven dort unten benutzen, um abzuhauen, wenn ihnen das Pflaster zu heiß geworden ist. Offiziell einreisen können sie nicht, wenn sie international zur Fahndung ausgeschrieben sind. Und weil es bei uns keine Ausweis- und Meldepflicht gibt, können sie hier unbehelligt mit ihrem ergaunerten Vermögen leben. Wir müssen unbedingt Kontakt mit der Polizei und den Hafenbehörden in Monrovia aufnehmen. Ich geh nachher sofort zum Chef, er soll das in die Wege leiten."

***

„Na, wie war eure Wanderung?" Isabelle betrat die Terrasse der Brasserie der Pointe du Grouin und setzte sich an den Tisch zu Jean-Luc und Chau. Ihr Cousin hatte sie wie vereinbart angerufen, als er mit seiner Freundin am Ziel ihrer Wanderung angekommen war. Erst hatten die beiden den malerischen Leuchtturm bewundert und waren um die schmale Landzunge geschlendert. Von hier hatten sie den *sentier littoral* mit Blicken zurückverfolgen können, auf dem sie hierher gewandert waren. Sie sahen, wie er malerisch über die Höhenzüge der Klippen führte, teilweise gefährlich nahe an den jähen Felswänden entlang, die steil zum tiefblauen Meer hinabstürzten. Eine wildromantische Kulisse! Dann hatten sie sich nicht für das noble Restaurant, sondern für die kleine Brasserie entschieden, dort im Schatten eines Sonnensegels Platz genommen und bei der Bedienung zwei Crêpes mit Apfelkompott, flambiert mit Calvados, und eine Flasche Cidre *brût* bestellt.

Isabelle setzte sich zu ihnen und orderte einen Espresso. „Ist das nicht herrlich hier?", schwärmte sie und deutete auf das im mittäglichen Sonnenlicht glitzernde Meer.

„Dort, ganz hinten, das ist der Mont Saint Michel."

Tatsächlich, in der Ferne erhob sich ein grauer, dreieckiger Schatten aus der flimmernden Wasserfläche.

„Da waren wir schon. Das ist furchtbar! Das hat uns nicht gefallen. Oder Chau?", fragte Papperin seine Freundin. „Lauter Touristen, abertausende", nickte Chau bestätigend. „Man muss weit vor der Klosterinsel parken und mit einem Bus über die Brücke hinfahren. Oder hin wandern, wie wir das gemacht haben. Die Lage ist toll! Aber dann dort – *Affreux!* Schrecklich! Man drängt sich durch die schmale Gasse den Berg hinauf, wird geschoben und geschubst. Und lauter Kitschboutiquen und Touristenneppgrestaurants. Nie mehr, haben wir uns geschworen!"

„Aber die Landschaft vor der Insel mit dem Klosterberg. Die Salzwiesen mit ihren Schafherden. Das ist doch einmalig. Habt ihr schon mal *agneau de présalé* gegessen?"

Da Papperin und Chau synchron den Kopf schüttelten, erklärte Isabelle.

„Dort wächst ein ganz besonderes Gras. Die Wiesen werden bei Flut vom Meer überspült. Bei Ebbe treiben die Schäfer ihre Herden darauf. Die Schafe fressen das vom Salzwasser gewürzte Gras. Und das schmeckt man, wenn man das Lammfleisch isst. Das müsst ihr kennenlernen. Das gibt es nur hier. In Cancale kenne ich einen Metzger, der das hat. Das mache ich euch mal – *gigot d'agneau de présalé* – Lammschlegel vom Salzwiesenlamm, dazu Rosmarinkartoffeln, grüne Bohnen und überbackene Tomaten."

Kapitel 9

Sonntag, 7. September

Zum Mittagessen war Servans und Isabelles Freund Gael gekommen. Es gab *couscous à la sahélienne*, das Isa nach einem original nordafrikanischen Rezept zubereitet hatte. Ein zarter, angenehmer Duft nach Knoblauch, Safran und Kreuzkümmel schwebte im Raum. Man saß um den ovalen Esstisch, in dessen Mitte sich eine große, dampfende *casserole* befand. In der orientalisch gewürzten Soße lagen Lamm-, Rind- und Hühnerfleischstücke, scharfe Merguezwürste und eine Vielzahl unterschiedlichster Gemüsearten, Kartoffeln, Karotten, Zucchini, Auberginen, Paprika, Zwiebeln und Knoblauch. Daneben stand eine Schüssel mit dem eigentlichen *couscous*, dem über Dampf gegarten Hartweizengries. Abgerundet wurde das Ensemble von kleinen Schälchen mit scharfem Harissa, hellen Rosinen, gekochten Kichererbsen und gehackter Petersilie. Begleitet von frischem, eiskaltem Sauvignon blanc geriet das Mahl zu einer Schlemmerorgie. Erst spät am Nachmittag löste sich die vergnügte und leicht angeheiterte Tischrunde nach einem *Expresso* und einem abschließenden Gläschen Calvados auf. Während Isabelle und Chau in der Küche wieder Ordnung schafften, begleiteten Servan und Papperin den Skipper Gael zu seinem Auto. Ob der wirklich noch fahren konnte, fragte sich Papperin. Sollte man ihn nicht besser daran hindern. Sicher hatten Isa und Servan einen Platz, wo Gael über Nacht schlafen konnte, um am nächsten Morgen ohne

Alkohol im Blut nachhause zu fahren. Er schlug das den beiden vor, doch Servan und Gael wiesen das weit von sich.

„Der ist noch voll nüchtern", sagte Servan mit schwerer Zunge. „Wir Bretonen sind das gewohnt. Wir vertragen viel!"

Sie blickten beide dem sich rasant entfernenden Auto nach.

„Servan!", klang Isabelles Stimme vom Küchenfenster in den Hof hinunter. „Ist Gael schon weg? Er hat seine Jacke vergessen." Als sie sah, dass Gaels Auto nicht mehr da stand, fragte sie: „Fährst du ihm nach und bringst sie ihm?" Doch Papperin konnte Servan überreden, jetzt nicht ins Auto zu steigen und loszufahren. „Das Risiko, dass dein Führerschein weg ist, wenn du in eine Verkehrskontrolle der Gendarmerie gerätst, ist zu groß. Reicht es nicht, wenn wir ihm die Jacke morgen vorbeibringen?"

„Du hast Recht. Das mache ich morgen."

***

Gendarme Pierre Talboudet langweilte sich im Gendarmeriekommando in Saint Malo. Es war Sonntagnachmittag und schönes Wetter. Aber er durfte nicht mit seiner Freundin an den Strand gehen, er musste Wache schieben, denn er hatte Bereitschaftsdienst. Frustriert legte er den Playboy beiseite, ging hinüber zur Kaffeemaschine und holte sich einen weiteren Espresso – er konnte nicht sagen, der wievielte das an diesem Nachmittag schon war. Nachdem er reichlich Zucker hineingerührt hatte, schlenderte er zurück an seinen Schreibtisch. Das altmodische Fax- und Druckgerät begann zu blinken und gab knarrende Laute von sich. Interessiert schaute *gendarme* Talboudet in den Papierauswurf des Apparats. Er erkannte das Logo des *Bureau Central d'Interpol à Paris*. Neugierig nahm er die beiden Blätter aus dem Drucker und überflog den Inhalt.

„Ist es ihnen endlich gelungen, die Wasserleiche zu identifizieren!", murmelte er. Interessiert nahm er zur

Kenntnis, dass es sich um einen Journalisten aus Nigeria handelte. „Jack Lumumba. Der hat beim *Nigerian Herald* gearbeitet. Das wird den Chef interessieren."

Er legte die die beiden Blätter auf den Schreibtisch von *colonel* Rambalec und widmete sich dann wieder seinem Espresso und dem Playboy.

Kapitel 10

Montag, 8. September

„Ich würde gerne das *agneau de présalé* versuchen, von dem du gestern so geschwärmt hast, Isabelle", verkündete Chau beim Frühstück. „Sagst du mit bitte, wie die Metzgerei heißt, die dieses spezielle Lammfleisch verkauft, und wo genau ich sie in Cancale finde? Ich will nachher hinfahren und einen Schlegel kaufen. Kommst du mit, Jean-Luc? Wir könnten uns dabei auch den Austernpark in der Bucht anschauen."

„Dann müsst ihr an einem der Verkaufsstände am Pier ein paar Austern essen. So frisch und direkt vom Züchter schmecken sie am besten", riet Isabelle.

„Was ist? Kommst du mit, Jean-Luc?"

Papperin zögerte. Einerseits interessierte ihn alles, was mit Lebensmitteln und gutem Essen zu tun hatte: Das Salzwiesenlamm, der *boucher*, der so etwas Exklusives verkaufte, und natürlich auch die Austernzucht vor Cancale in der *Baie du Mont Saint Michel*. Andererseits wollte er nochmal ausführlich mit Guy-deux telefonieren und gemeinsam mit seinem Computerfreak versuchen, hinter das Geheimnis des Zifferncodes zu kommen. Denn inzwischen war er überzeugt, dass es sich dabei um verschlüsselte Nachrichten handelte. Nur zum Spaß nahm niemand den Aufwand und die

Kosten auf sich, jemanden mit einem Iridium-Satellitentelefon anzurufen und sinn- und bedeutungslose Zahlenreihen durchzugeben.

„Nein!", rang er sich zu einem Entschluss durch. „Ich bleibe hier und arbeite oben in unserem Zimmer. Diese Telefonate lassen mir keine Ruhe. Es muss etwas dahinterstecken, ich bin nur noch nicht draufgekommen. Fahr du nur alleine und bring was Gutes mit."

„Dann kommst du fast bei Gael vorbei. Bringst du ihm seine Jacke zurück? Es ist so gut wie kein Umweg." Servan holte den Überzieher vom Garderobehaken in der Diele und gab ihn Chau.

„Dann muss ich nicht fahren und kann gleich zu meinem Schiff. Dort gibt es noch viel Arbeit. *Merci* Chau!"

***

Vergnügt fuhr Chau LeTrans auf der schmalen Küstenstraße in Richtung Cancale. Wegen Gaels Jacke hatte sie nicht die schnellere und direkte *route départementale D 355* genommen, sondern die kurven- und aussichtsreiche kleinere *D 201*, die auf der Bretagnekarte von Michelin durchgängig mit einer grünen Linie als *parcous pittoresque* gekennzeichnet war. Erst war sie an der Abzweigung vorbeigefahren, die zu Gaels Haus führte. Sie hatte den schmalen, nicht asphaltierten Feldweg schlichtweg übersehen. Kurz vor Cancale, als sie dies endlich bemerkt hatte, war sie umgekehrt und langsam zurückgefahren. Sie nahm jede Abzweigung, fuhr in jeden auch noch so kleinen Weg, der von der D 201 in Richtung zur Küste abging. Meist endeten sie irgendwo im Nichts, im dichten Brombeer- und Ginstergestrüpp.

Doch schließlich hatte sie Glück. Längere Zeit ging es holprig im Schritttempo über den unebenen Schotterweg. Große Schlaglöcher, vom Regenwasser gegrabene, tiefe Furchen und zahllose Steinbrocken, die auf der Fahrbahn lagen, erschwerten das Vorwärtskommen. Doch dann lag es vor ihr, das kleine, adrette Haus aus grauen Granitsteinen mit weißen Türen und Fensterrahmen und -läden. Sie parkte vor der Garage. Sie stieg aus dem Auto, nahm Gaels Jacke vom Rücksitz und beugte sich hinüber zum Beifahrersitz nach ihrer Handtasche. Dabei glitt die Jacke aus ihrer Hand und fiel auf den Schotterweg. Sie hob sie auf. Eine Brieftasche fiel heraus und rutschte unter das Auto. Chau bückte sich, griff nach dem Lederetui und sah, dass zwei Geldscheine und ein Plastikkärtchen daneben lagen. Offensichtlich waren sie aus dem Portemonnaie gerutscht. Sie steckte alles wieder in die Brieftasche zurück, nicht ohne einen Blick darauf zu werfen. Es waren zwei Fünfzigeuroscheine. Das Plastikkärtchen war ein Presseausweis eines *Nigerian Herald* und lautete auf den Namen Jack Lumumba.

„*Allô* Gael! Ich bring dir deine Jacke. Die hast du gestern bei uns vergessen."

Sie klopfte an die Haustür.

„Komm rein! Es ist nicht abgesperrt."

Sie drückte die Klinke hinunter, betrat das Haus und befand sich in einer kleinen Diele. Wie im Haus von Isabelle führte eine Holztreppe steil hinauf ins Obergeschoß. Die drei Türen, die von der Diele abgingen, waren alle zu.

„Ich bin in der Küche. Die linke Tür!", rief Gael.

Dort stand er vor dem Doppelspülbecken aus Edelstahl und war dabei, einen Fisch auszunehmen. Eine gigantisch große Lotte, wie Chau feststellte.

„Danke dass du mir die Jacke bringst. Ich habe sie noch gar nicht vermisst. Hab gestern wahrscheinlich ein bisschen zu viel vom Sauvignon blanc und danach vom Calva getrunken. Aber jetzt ist sie ja wieder da. *Merci*, Chau. Darf ich dir etwas anbieten?"

„Nein danke, ich muss weiter. Nach Cancale zur *Boucherie Cancalaise* und dort einen *gigot d'agneau de présalé* abholen. Den hat Isa vorbestellt. Weißt du, sie will uns einen Braten von diesem berühmten Salzwiesenlamm machen."

„So? Also ich finde, das schmeckt nicht viel anders als normales Lammfleisch. Erwarte dir nicht zu viel davon. Aber schade, dass du nicht eine Weile hierbleiben kannst."

„Leider, ich bin nur kurz gekommen, um dir deine Jacke zu bringen. Da ist beim Aussteigen vorhin deine Brieftasche rausgefallen mit dem ganzen Geld und dem Ausweis. Aber sag, wer ist dieser Lumumba? Ist das ein Freund von dir? Ein Nigerianer? Ist der bei dir zu Besuch. Dann hättest du ihn doch gestern mitbringen können. Isa und Servan hätten sicher nichts dagegen gehabt."

Chau merkte nicht, wie Gael plötzlich mitten in der Bewegung erstarrte. Den halb präparierten Fisch in der linken und das lange, scharfe Messer in der rechten Hand, wandte er den Kopf ruckartig zu Chau.

„Was für ein Lumumba? Ich kenne keinen Lumumba! Was soll mit dem sein?" Seine Gedanken überschlugen sich. Woher hatte sie diesen Namen? Wusste sie jetzt, wer der Tote am Strand war? Brachte sie ihn mit dem Mord in Verbindung? Wusste womöglich die Polizei schon Bescheid?

„Na in deiner Brieftasche! Die ist aus deiner Jacke gefallen. Und da war sein Presseausweis drin", erklärte Chau in völliger Arglosigkeit.

Sie blickte ihn an. Sah sein Gesicht, seine Augen, die sie kalt fixierten. Alle Freundlichkeit war aus ihnen gewichen. Sie sah sein kantiges Kinn, das er entschlossen nach vorne schob. Dann sah sie das Messer, bluttriefend vom Ausnehmen des Fisches. Sie sah, wie er langsam einen Schritt auf sie zu machte.

„Dann bist du also dahintergekommen! Die Leiche, die die verdammte Flut angeschwemmt hat. Wer noch außer dir weiß, dass ich den erstochen habe?"

„Du?" Mit einem Schlag war ihr alles klar.

„Du hast den Mann umgebracht? Den Schwarzen am Strand? Auf deinem Schiff! Du Mörder!"

Mit vor Angst geweiteten Pupillen starrte sie auf den ihr immer näher kommenden Mann. So schnell, wie der Schreck sie gelähmt hatte, so schnell schoss plötzlich das Adrenalin in ihre Adern. Ruckartig wandte sie sich ab, packte einen Stuhl stieß ihn vor die Füße des Mörders. Dann rannte sie aus dem Raum, warf erst die Küchentür und dann die Haustür hinter sich zu und stürzte ins Freie.

„Verdammt, wo ist mein Autoschlüssel? Scheiße, im Haus in meiner Handtasche! Weg, nichts wie weg von hier!" Ihre Gedanken rasten. Sie hastete den Feldweg entlang. „Scheiße, hier sieht er mich. Runter vom Weg!" Ohne auf die Stacheln und Dornen zu achten, stürzte sie sich ins Gestrüpp am Wegrand. Schwer atmend arbeitete sie sich durch das dichte Buschwerk. Sie hoffte, dass die Ginster- und Heidebüsche hoch genug waren, um sie vor den Blicken ihres Verfolgers zu verbergen. Besser sie bewegte sich kriechend vorwärts. Nach einer gefühlten Ewigkeit hielt sie inne und lauschte. Wo war Gael, der Mörder? Sie hörte das Blut in ihren Ohren rauschen und ihren Herzschlag, der in ihrem Hals laut pochte. In der Ferne war die Brandung zu vernehmen. Sonst war nichts! Stille!

„Wieso verfolgt er mich nicht?" Hastig zog sie ihr Handy aus der Tasche ihrer Jeanshose. Drückte auf Jean-Lucs Rufnummer. „Jean-Luc, Hilfe!", flüsterte sie. „Ich brauche dich!" Nichts, kein Rufton. „Scheiße, hier ist kein Netz." Noch ein Versuch! Immer noch kein Netz. Oder doch? Ein klitzekleiner Balken erschien auf dem Display. Jetzt war er wieder weg. Eine SMS, vielleicht funktionierte das wenigstens, hoffte sie. „Ich muss ihm eine SMS schicken." Hastig tippte sie: „Hilfe! Gael will mich umbringen! Er ist der Mörder!" Wieder sah sie den kleinen Balken und daneben die Buchstaben SFR. „Die Polizei, ich ruf die Polizei. Wie ist der Notruf? 16 oder 17? Oder 112? *Le chien! Merde le chien!*" Lautes Hundegebell drang durch das Gebüsch. „Er hetzt Castor auf mich!" Vor Schreck glitt ihr das Handy aus der Hand und verschwand im undurchdringlichen Pflanzengeflecht, das den Boden bedeckte.

Vor Angst zitternd kauerte sie sich auf den Boden, machte sich so klein wie irgend möglich. „Hoffentlich findet er mich nicht!"

Das Bellen wurde lauter, kam immer näher. Schon hörte sie die Blätter rascheln und die Zweige knacken, als sich der große, schwere Hund ins Gebüsch stürzte. Voller Panik blickte sie um sich. Sie brauchte eine Waffe, um die Bestie abzuwehren. Nichts, nur dorniges Gestrüpp. Doch da, direkt vor ihr? Was war das? Ein braunes Fell. Sie zog es zu sich. Es stank widerlich. Ein totes Kaninchen. Vermutlich hatte es ein Raubvogel verloren und es war hier in die Dornen gefallen. Sie konnte den Hund noch nicht sehen, dazu war das hartlaubige Buschwerk zu dicht. Aber das bösartige Knurren und das gellende Bellen waren ganz nahe. In ihrer Verzweiflung packte sie den Kadaver und warf ihn mit aller Kraft hoch über das Gestrüpp hinweg in Richtung des Untiers. Ängstlich kauerte sie sich wieder nieder. Jetzt musste das Vieh gleich ... Doch auf einmal hörte das Bellen und Knurren auf. Hatte ihn das Kaninchen abgelenkt? Sie wagte es kaum zu hoffen. Doch! Das Knacken der Zweige und das Rascheln der Blätter entfernten sich. Brachte er seine Beute zu seinem Herrn?

Dann war es ruhig, totenstill! Nur das Rauschen der Brandung in der Ferne war leise zu hören. Was sollte sie machen? Weiter durch das stachelige Gestrüpp kriechen? Weiter weg vom Haus, von Gael und seinem Bluthund? Sie schaute sich um, nach einer Stelle, wo das Dornengewirr nicht so undurchdringlich war. Wenn überhaupt würde sie nur ganz langsam, Meter um Meter vorankommen. Besser sie blieb wo sie war, verhielt sich ruhig und wartete. Irgendwann würde Gael die Suche nach ihr aufgeben und ins Haus gehen. Dann würde sie zurück zum Weg kriechen, zur Autostraße laufen, ein Auto anhalten, das sie zur Polizei bringen würde.

Sie konnte nicht sagen, wie lange sie dort gekauert hatte, zitternd und schwitzend vor Angst. Gefühlt waren es

Stunden. Aber in Wirklichkeit? Sie hatte nicht auf ihre Armbanduhr geschaut. Es herrschte immer noch Stille. Kein Hundegebell. Vielleicht war er mit seinem Hund zurück ins Haus gegangen, oder er suchte sie woanders. Sollte sie es wagen, jetzt zurück zum Feldweg zu kriechen? Ja! Sie wollte so schnell wie möglich weg von hier. Zur Polizei, Anzeige erstatten. Und zu Jean-Luc. Sie sehnte sich nach dem gemütlichen Salon in Isabelles und Servans Haus.

Gleich hatte sie es geschafft! Durch das Gestrüpp konnte sie schon den hellen Kies des Weges sehen. Sie richtete sich auf, trat auf den Feldweg und wollte losrennen, hin zur befahrenen *route départementale*.

„Wir wussten, dass du hier wieder rauskommst", vernahm sie eine tiefe Stimme. Als sie die Schrecksekunde überwunden hatte und losrennen wollte, ließ sie das wütende Knurren des Hundes abrupt stoppen.

„Renn ruhig los! Mein Castor hat dich sofort eingeholt und wird dich zerfleischen. Wenn ich es ihm befehle."

Langsam drehte sie sich um. Wenige Meter neben der Stelle, an der sie aus dem Gestrüpp gekrochen war, stand Gael, seinen Hund am Halsband haltend. Die Bestie drängte nach vorne, stemmte sich mit den Hinterbeinen gegen den Zug der straff gespannten Leine.

„Kommst du freiwillig mit ins Haus, oder soll ich Castor von der Leine lassen?"

***

„*Gendarme* Talboudet", wann ist das Fax hier gekommen?" Der Leiter der Gendarmeriestation Saint Malo hielt seinem Untergebenen die beiden bedruckten A-4-Blätter unter die Nase, die er auf seinem Schreitisch vorgefunden hatte.

„Gestern gegen Abend *mon colonel!*"

„Warum haben Sie mich nicht sofort angerufen?"

„Ich dachte, es ist Sonntag und Sie …"

„Mann! Sehen Sie nicht, was das heißt? Das ist verdammt wichtig!"

„Das heißt doch nur, dass wir jetzt wissen, wie die Leiche heißt, mehr nicht!", wagte *gendarme* Talboudet zu widersprechen, um sein Verhalten zu rechtfertigen.

"*Mince alors!* Wir haben endlich einen Hinweis, eine Spur. Wir kennen den Toten, können in seinem Umfeld recherchieren. Dadurch kommen wir auf seine Feinde und letztlich zu seinem Mörder." *Colonel* Rambalec sah den Ermittlungserfolg zum Greifen nahe und sich selbst schon zum *Général de Brigade* befördert, mit neuer Uniform und zwei Sternen auf Armstulpen und Schulterklappen.

„Wie wollen Sie in Afrika recherchieren?", führte ihn sein *gendarme* nüchtern auf den Boden der Realität zurück.

„Das werden Sie schon sehen! Stellen Sie eine Telefonverbindung zu dieser Zeitung her. Suchen Sie die Nummer raus! Nigerian Times. Aber schnell!"

„Nigerian Herald", korrigierte *gendarme* Talboudet.

Schließlich kam das Telefonat mit dem Chefredakteur der nigerianischen Tageszeitung zustande. Lumumba sei einer seiner wichtigsten Redakteure gewesen, sagte dieser. Die Nachricht von dessen Tod, die ihm die Polizei von Lagos vor kurzem überbracht hatte, habe ihn zutiefst bestürzt. Jack – er nenne alle seine Leute beim Vornamen – habe in einer höchst brisanten Sache recherchiert. Er sei hinter eine Schleuserorganisation gekommen, die reiche Ganoven, die sich ins Ausland absetzen wollten – vor allem nach England wegen der dort herrschenden laschen Meldevorschriften – illegal in deren Wunschland verbringe. Wenn diese Typen mit internationalem Haftbefehl gesucht werden, würden die Behörden des Gastlandes die Ausstellung von Visa verweigern. Damit sei eine legale Einreise nicht möglich. Jack habe sich inkognito als angeblicher Söldner einer zentralafrikanischen Terrormiliz von diesem Schleusernetzwerk nach UK bringen lassen wollen. Die Organisation habe ihm eine Passage auf einem Frachtschiff als blinder Passagier für viel

Geld vermittelt, welches seine, des Chefredakteurs Zeitung zur Verfügung gestellt habe.

„Seine Erlebnisse auf diesem Trip wollten wir in unserem Blatt groß herausbringen, als investigativen Recherchebericht. Außerdem war geplant, dass er ein Buch darüber schreiben sollte. Seit Tagen ist der Kontakt zu ihm abgebrochen. Wir hatten schon das Schlimmste befürchtet. Das hat sich leider bewahrheitet."

Trotzdem, meinte der Chefredakteur, werde man jetzt seine Ermordung publizistisch verwerten. Auch das werde die Auflage steigern und den Bekanntheitsgrad seiner Zeitung positiv beeinflussen.

Nach Beendigung des Telefonats setzt *colonel* Rambalec seinen Untergeben vom Inhalt des Gesprächs in Kenntnis.

„Wenn wir das der Presse hier melden, dann gibt das einen Medienhype. Wir werden berühmt!", schwärmte *gendarme* Talboudet. „Aber", bremste er seine Begeisterung gleich wieder ein. „Der Fall wird wohl der *PJ* übertragen. Mord, organisiertes Schleusernetznetzwerk. Das ist zu groß für uns. Das wird die *police judiciaire* haben wollen."

Nach kurzem Überlegen entschied sich sein Chef:

„*Non! Non!* Soll etwa die *PJ* den Ruhm einheimsen, und wir gehen leer aus? Vorläufig bleibt der Fall bei uns. Keine Veröffentlichung! Nichts wird an die Medien gegeben. Wir recherchieren erst mal alleine." Er werde alle Mitarbeiter seines Gendarmeriekommandos per Dienstbefehl zur absoluten Verschwiegenheit verpflichten, nahm er sich vor. Schließlich waren sie eine militärische Organisation mit strenger Hierarchie und absoluter Befehlsgewalt der Vorgesetzten.

Deshalb blieben diese Informationen sowohl der Presse, als auch der an sich zuständigen *police nationale* und der Fremden- und Grenzpolizei vorenthalten.

***

Auf einem Stuhl mitten im gemütlichen Salon von Gaels Haus saß Chau LeTrans. Ihre Beine waren mit einem faserigen Hanfstrick fest an die hölzernen Stuhlbeine gebunden. Ihre Hände lagen auf ihrem Schoß – ebenfalls gefesselt.

„Erzähl mir alles was du weißt!"

Chau schwieg. Dann, nachdem sie ihn eine Weile angestarrt hatte, wie er, an die Tischplatte gelehnt, den Rest des Strickes, den er nicht mehr zum Fixieren ihrer Arme und Beine benötigt hatte, im Kreise schlenkerte, stieß sie atemlos hervor:

„Du hast keine Chance! Jean-Luc wird dich verhaften und ins Gefängnis bringen. Lass mich frei, dann bekommst du vielleicht mildernde Umstände zugebilligt – vor Gericht."

„Was weiß dein Lover? Was wissen die Bullen?"

„Alles! Dass der Tote Jack Lumumba heißt und dass in *deiner* Jacke seine Brieftasche mit seinem Ausweis steckt. Dass du ein Mörder bist."

Ein Schreck fuhr ihr in die Glieder. Was hatte sie da gesagt? Hoffentlich merkte er das nicht.

„Du lügst! Die Brieftasche ist erst vorhin, vor meinem Haus aus der Jacke gefallen, das hast du selbst gesagt. Also kann es außer dir niemand wissen."

„Bist du dir ganz sicher?"

Gael Kaodenn, der Mörder von Jack Lumumba, durchbohrte sie mit seinen Blicken, während er scharf nachdachte. Wie wahrscheinlich war es, dass ihr Lover und die Bullen nichts von diesem Lumumba und der Brieftasche wussten? Auf keinen Fall konnte er sie einfach gehen lassen. Nein, er musste sie …

„Egal! Es ist dir schon klar, dass du hier nicht lebend rauskommst."

„Das hilft dir auch nichts. Jean-Luc wird dich kriegen. Und dann bist du wegen Doppelmordes dran!"

Nach einer kurzen Pause fuhr sie fort:

„Und wie denkst du dir das? Mich hier umzubringen? Jean-Luc weiß, dass ich hier bin. Ich habe ihn angerufen, vorhin im Gebüsch. Er wird kommen. Und dann findet er mich hier – als Leiche", ein Schauder fuhr über ihren Rücken. „Und selbst wenn du mich verschwinden lässt. Er wird mich finden."

„Er wäre längst hier, wenn das stimmen würde. Folglich hast du ihn nicht angerufen. Außerdem weiß ich, dass da draußen in der Pampa kein Netz ist. Du kannst gar nicht mit ihm telefoniert haben. Also: wir haben Zeit! Ich will jetzt wissen, was dein Lover weiß. Ist er schon hinter den Zahlencode gekommen?"

Könnte ihm das gefährlich werden? Ließen sich daraus Rückschlüsse ziehen, die auf ihn hinwiesen? Nein, wohl nicht, stellte er nach kurzem Überlegen fest.

„Welchen Zahlencode?" Chau war irritiert. Meinte er die anonymen Anrufe bei Isabelle? Was hatte das mit ihrer Lage hier und mit der Tatsache zu tun, dass Gael diesen Lumumba umgebracht hatte?

„Das werde ich dir ganz bestimmt nicht sagen", erwiderte sie. Auch wenn sie sich dazu zwang, ihre Stimme fest und furchtlos klingen zu lassen, hatte sie doch entsetzliche Angst. Er wusste, dass sie Jean-Luc am Telefon nicht erreicht hatte. Tatsächlich hatte er alle Zeit, sie hier ... sie konnte das grausame Wort nicht einmal denken. Trotzdem, sie musste ihn hinhalten, Zeit schinden, solange wie irgend möglich. Vielleicht geschah ein Wunder und Jean-Luc suchte nach ihr, vielleicht, weil er sie telefonisch nicht erreichen konnte? Oder jemand anderes kam hierher – der Briefträger oder ein Paketzusteller.

„Wenn du mich hier ... ermordest, die kriegen dich früher oder später. Sie werden meine Leiche finden, feststellen, dass du mich ermordest hast. Und Jean-Luc weiß, dass ich zu dir gefahren bin. Er wird dich jagen. Überleg doch mal vernünftig: Für dich ist es in jedem Fall besser, wenn du dich stellst. Ich werde sagen, dass du sofort alles zugegeben hast,

als ich dich mit dem Ausweis von diesem Lumumba konfrontiert habe. Vielleicht kommst du mit Notwehr durch.
Der hat dich angegriffen und du hast dich gewehrt. Das
wäre doch die beste Lösung. Du kämst weitgehend ungeschoren aus der Sache raus."

Fast glaubte sie selber daran, dass auf diesem Weg alles
gut ausgehen würde. Doch am Gesichtsausdruck Gaels erkannte sie mit Schrecken, dass sie ihn nicht überzeugt hatte.
Schiere Mordlust sprach aus seinen Augen.

„Nein! Das hoffst du, aber so läuft das nicht. Und deine
Leiche? Natürlich wird er die finden. Das soll er sogar. Aber
er wird nie herausbekommen, dass es ein Mord ist. Es wird
wie ein Unfall aussehen. Du bist aus Unachtsamkeit zu
schnell in die Kurve gefahren und dann ist das Auto mit dir
von der Straße abgekommen und über die Klippen gestürzt.
Nichts wird auf mich hinweisen."

Auf einen Schlag verließen sie ihr Mut und ihre Zuversicht. Damit würde er durchkommen. Er musste sie hier nur
k.o. schlagen, sie bewusstlos in ihr Auto setzen und es über
die Klippen rollen lassen. Es gab genug gefährliche Kurven
auf der einsamen Küstenstraße. Ein todsicherer Plan.

***

Papperins Augen begannen langsam zu schmerzen, so
intensiv und lange hatte er auf die Zahlenkolonnen gestarrt,
die Isabelle nach den Anrufen notiert hatte. Immer wieder
schaute er auf das Blatt Papier, auf dem er die Ziffern notiert
hatte.

49493802160708301930
49395003120908170430
49493802160708021800
50052002325507152300
50015703182406230730
50160602013706021230
50300500510505281600

Kein System, keine Regelmäßigkeit schien in diesem Zahlenchaos enthalten zu sein. Er hatte alles Mögliche versucht um hinter den Sinn zu kommen. Die Quersumme jeder Zahlenreihe hatte ihn nicht weitergebracht. Ob die einzelnen Zahlen einen Buchstaben bezeichneten, entsprechend ihrer Stellung im Alphabet, hatte er überprüft. Die 4 stünde dann für den Buchstaben d, die 9 für i, die 3 für c und so weiter. Aber für was stand die Null? Und wie verhielt es sich mit mehrstelligen Zahlen? Das Alphabet hatte 26 Buchstaben. Was sollten dann eine 30 oder 50 oder 81? All das hatte nicht zu einem Ergebnis geführt.

Als nächstes versuchte er die Zahlenfolgen in Blöcke zu untergliedern. Zunächst in Ziffernpaaren, so wie die Telefonnummern im Telefonbuch, den *pages blanches* und den *pages jaunes,* verzeichnet waren.

49 49 38 02 16 07 08 30 19 30
49 39 50 03 12 09 08 17 04 30
49 49 38 02 16 07 08 02 18 00
50 05 20 02 32 55 07 15 23 00
50 01 57 03 18 24 06 23 07 30
50 16 06 02 01 37 06 02 12 30
50 30 05 00 51 05 05 28 16 00

Schon relativ bald war ihm aufgefallen, dass die ersten beiden Ziffern in jeder Reihe entweder 49 oder 50 lauteten und das letzte Zahlenpaar entweder 00 oder 30. Ähnlich war es mit dem vierten Double. Bis auf den Ausreißer 00 standen dort nur die 02 und die 03. Beim siebten Zahlenpaar war er nach einiger Zeit draufgekommen, dass die Zahlen eine absteigende Folge bildeten:

08-08-08-07-06-06-05

Aber was bedeutete das? Ein Rätsel, dessen Lösung ihm nach wie vor verborgen blieb. Oder sollte das Ganze tatsächlich nur ein Jux sein, ein Spaß, den sich der Anrufer mit Isabell, Servan und Gael machte? Hatte er ein zufällig zusammengewürfeltes Zahlenkonglomerat ohne Sinn und Zweck durchgegeben? Und das mit dem komplizierten und teuren Satellitentelefon? Das war Unsinn, das konnte sich Jean-Luc nicht vorstellen.

Frustriert lehnte er sich in seinem Stuhl zurück und schaute hinaus auf den sonnenbeschienenen Sandstrand, auf die in fröhlichen Sommerfarben gekleideten Spaziergänger und auf das tiefblaue Meer, dessen sanfte Wogen vereinzelt von kleinen weißen Schaumkronen geschmückt wurden. Er wollte gerade aufstehen, um hinunter zu gehen und sich einen Espresso machen, als sein Handy sich mit der Schlagermelodie *Aux Champs Élysées ... Aux Champs Élysées* meldete. Das Display zeigte seinen Informatikexperten als Anrufer an.

„*Salut Guy-deux!* Was gibt es Neues?"

„*Bonjour chef!* Ich habe mich mit Ihren Zahlenreihen befasst. Und ich meine, ich habe etwas herausbekommen."

„Da brüte ich auch gerade drüber, aber ich komme auf keinen grünen Zweig. Was haben Sie entdeckt? Schießen Sie los!"

„Also, ich habe ein kleines Programm geschrieben, das unsere Zahlen mit allen möglichen in der Realität vorkommenden Zahlen abgleicht. Postleitzahlen, Telefonnummern, IBAN-Ziffern, Autonummern usw. usw. Bei einem Teil der Zahlen hat sich etwas ergeben."

„Jetzt spannen Sie mich nicht so auf die Folter! Sagen Sie schon: Was kam raus?"

„Also: Wenn man die Zahlenfolgen in Zweierblöcke untergliedert, dann..."

„Das habe ich auch schon gemacht. Aber das bringt nicht viel Brauchbares. Außer einigen für mich nicht interpretierbaren Regelmäßigkeiten hat das nichts gebracht."

„Doch, Chef! Zumindest für die ersten zwölf Ziffern. Das sind Koordinaten, nördliche Breitengrade und westliche Längengrade. Prüfen Sie das mal nach! Die ersten beiden Ziffern geben die Grade an, die nächsten beiden die Minuten und die dritten die Sekunden."

Papperin schrieb die Ziffern in der geforderten Darstellungsweise auf.

```
49° 49′ 38″ Nord 02° 16′ 07″ West 08 30 19 30
49° 39′ 50″ Nord 03° 12′ 09″ West 08 17 04 30
49° 49′ 38″ Nord 02° 16′ 07″ West 08 02 18 00
50° 05′ 20″ Nord 02° 32′ 55″ West 07 15 23 00
50° 01′ 57″ Nord 03° 18′ 24″ West 06 23 07 30
50° 16′ 06″ Nord 02° 01′ 37″ West 06 02 12 30
50° 30′ 05″ Nord 00° 51′ 05″ West 05 28 16 00
```

„Genial!", lobte Papperin seinen Mitarbeiter.

„Ich habe es nachgeprüft. Die Koordinaten kennzeichnen jeweils einen Punkt im Ärmelkanal. Keine Insel, sondern eine Stelle mitten im Meer. In einem Bereich etwa auf der Höhe von Southampton bis Plymouth."

„Das ist ja direkt vor unserer Haustür", wunderte sich Papperin. „Im Meer gegenüber von Saint Malo!"

„Mit den restlichen acht Zahlen kann ich noch nichts anfangen. Aber da komme ich auch noch dahinter", meinte Guy-deux voller Zuversicht.

„Dank Ihrer Programmierkünste haben Sie den Code geknackt. Genial, Guy-deux!"

„Leider noch nicht ganz", wehrte dieser bescheiden ab. „Es bleibt immer noch das Rätsel mit den letzten acht Ziffern."

„Das lösen Sie auch noch! *Merci Guy-deux!*"

„Und Sie müssen herausfinden, was an den betreffenden Positionen mitten im Ozean stattgefunden hat. Viel Erfolg dabei Chef!

„*Salut Guy-deux!*", verabschiedete sich Papperin von seinem IT-Freak. Dann fiel ihm noch etwas ein:

„Wie geht es Jeannine?"

„Ich weiß nicht. Ich glaube nicht so gut. Sie will nicht nach Limoges. Der Verdacht, dass es einen Denunzianten geben muss, der die Zentrale in Paris informiert hat, macht sie ganz verrückt. Zum Glück verdächtigt sie keinen von uns hier im Kommissariat."

„Geben Sie sie mir mal oder holen Sie sie ans Telefon."

„Geht nicht, sie ist heute nicht da."

„Okay, dann rufe ich sie an ihrem Handy an. *Salut* Guydeux! Und grüßen Sie bitte alle von mir!"

Papperin drückte auf den roten ‚Beenden-Button' und wollte dann das Telefonverzeichnis mit Jeannines Handynummer aufrufen. Ein kleiner roter Punkt klebte am Widget für die Textnachrichten.

„Da ist eine SMS gekommen", murmelte Papperin. Er drückte auf das Widget am Touchscreen und die SMS-Liste öffnete sich. Die Nachricht kam von Chau. Vor vierzehn Minuten war sie gesendet worden, wie rechts neben dem Namen vermerkt war. Ein blauer Punkt zeigte an, dass die Nachricht noch nicht gelesen worden war. Sie wollte ihm wohl mitteilen, dass sie das Salzwiesenlamm erstanden hat und jetzt heimkommt, vermutete Papperin. Dann öffnete er die Nachricht.

„Hilfe! Gael will mich umbringen! Er ist der Mörder!"

Ihm stockte das Blut in den Adern. Chau in Lebensgefahr! Gael der Mörder? Wen soll er umgebracht haben? Er musste sofort hin! Aber wohin? Vermutlich zum Haus von Gael. Diese Gedanken überstürzten sich in Papperins Kopf. Er stürmte die Treppe hinunter, rannte über den Hof und riss die Tür seines alten Peugeots auf.

„Jean-Luc, was ist los?", ereilte ihn Isabelles Stimme vom Küchenfenster her.

„Ich muss zu Gael, er will Chau umbringen!"

„Wieso? ... Woher weißt du ...?"

Aber das hörte Papperin nicht mehr. Mit durchdrehenden Reifen schoss sein Auto aus der Hofeinfahrt.

„Hoffentlich komme ich noch rechtzeitig!", betete er.

„Die Polizei!", war sein nächster Gedanke. „Die Kollegen müssen hinkommen, so schnell wie möglich!" Er tippte die 17, den Polizeinotruf, in sein Handy, das er in der linken Hand hielt, während er mit der rechten das Auto durch die Kurven der kleinen Küstenstraße lenkte. Zum Glück war der den Notruf entgegennehmende Beamte schnell von Begriff, hatte die Lage sofort verstanden und versprach, die in der Nähe befindlichen Streifenwagen zu der Adresse zu schicken.

Als Papperin in den Feldweg abgebogen war, der zu Gaels Haus führte, fuhr er langsamer und beobachtete das Gebüsch rechts und links vom Weg. Es konnte ja sein, dass Chau geflohen war und der Mörder sie hier draußen gestellt und festgehalten hatte. Papperin sah niedergetretenes Gestrüpp am Wegrand. Ein hellblaues Seidentuch, das im dornigen Gebüsch hing, zog seine Aufmerksamkeit auf sich. Das war Chaus Halstuch, stellte er fest. Es hing etwa einen Meter abseits vom Weg an einem Strauch und bewegte sich leicht im sanften Wind, der vom Meer herauf wehte. Papperin stoppte und stieg aus. Vorsichtig folgte er der von niedergetrampelten Farnen und abgebrochenen Ginsterzweigen gekennzeichneten Spur, die Chau bei ihrer hastigen Flucht offensichtlich hinterlassen hatte. Doch der Pfad endete nach einigen Metern an einer undurchdringlichen Dornenwand. Von Chau weit und breit keine Spur!

„Dann hat er sie sich hier geschnappt", dachte Papperin. „Ob er sie in sein Haus geschleppt hat?" Seine Gedanken rasten. Er zwang sich dazu, ruhig zu überlegen. Wenn Chau in Gaels Haus in seiner Gewalt war, und er, Papperin, würde mit dem Auto vorfahren, wie würde Gael reagieren? Sie in einer Kurzschlusshandlung umbringen? Erstechen oder erschießen? Nein, das konnte Papperin nicht riskieren. Folglich beschloss er, sich zu Fuß unbemerkt an das Haus anzuschleichen und wenn irgend möglich Gael in einem Überraschungsangriff zu überwältigen.

„*Merde!* Meine Dienstpistole! Ich hätte sie nicht in Aix lassen sollen." Aber wie hätte er wissen können, dass er sie im Urlaub brauchen würde.

Vor dem Haus stand Isabelles Auto, mit dem Chau zum Einkaufen nach Cancale hatte fahren wollen. Schnell ging er hinter dem Fahrzeug in Deckung und beobachtete das Haus. Alles war ruhig, niemand war zu sehen, die Haustür war zu. Gebückt schlich er unter das große Wohnzimmerfenster. Er schob seinen Kopf langsam nach oben und spähte über das Fensterbrett vorsichtig hinein. Leer! Niemand befand sich im Raum. Sollten sie im Obergeschoß sein? Doch da, im Spalt der angelehnten Tür sah Papperin, dass sich in der Küche etwas bewegte. Nur ein Schatten, aber er war sich sicher:

„Dort sind sie also!" Folglich konnte er unbemerkt durch die Diele in den Salon gelangen und abwarten, bis sich eine günstige Gelegenheit ergab – vorausgesetzt die Haustür war nicht abgeschlossen. Dann würde er in die Küche stürmen und den Mörder unschädlich machen.

„Das ist doch ein guter Plan", sprach Papperin sich Mut zu. Zuerst musste er aber wissen, wie genau die Lage in der Küche war. Also schlich er ein Stück weiter und spähte durch das Küchenfenster. Dann sah er sie. Chau saß gefesselt auf einem Stuhl mitten im Raum. Gael konnte er nicht sehen. Er stand vermutlich neben dem Fenster, durch das Papperin in den Raum lugte.

Die Haustür war nicht abgeschlossen. So kam Papperin ungehindert in die Diele und von dort in den *séjour*. Durch den offenen Türspalt konnte er mithören, was in der Küche gesprochen wurde.

„Wenn du mich ...", hier stockte Chaus Stimme. Leise sprach sie dann weiter: „...ermordest, die kriegen dich früher oder später. Sie werden meine Leiche finden, feststellen, dass du mich ermordest hast." Jetzt wurde ihre Stimme hart und aggressiv. „Jean-Luc weiß, dass ich zu dir gefahren bin. Er wird dich jagen."

Ein Schauder lief über Papperins Rücken. Aufs Neue verfluchte er, dass er seine Dienstwaffe im Kommissariat gelassen hatte. Mit den Augen durchsuchte er den Raum nach einem Gegenstand, der ihm als Waffe dienen konnte. Da, neben dem offenen Kamin, das schwere eiserne Kaminbesteck! Leise schlich er sich hinüber. Der Dielenboden knarzte etwas unter seinem Gewicht.

„Hoffentlich hat er das nicht gehört!", flehte er innerlich, fasste die Ascheschaufel vorsichtig an ihrem langen, stählernen Stiel.

„...so läuft das nicht. Und deine Leiche?", hörte Papperin Gaels Stimme aus der Küche. Sie klang unerbittlich und grausam. „Natürlich wird er die finden. Das soll er sogar. Aber er wird nie herausbekommen, dass es ein Mord ist. Es wird wie ein Unfall aussehen. Du bist aus Unachtsamkeit zu schnell in die Kurve gefahren und dann ist das Auto mit dir von der Straße abgekommen und über die Klippen gestürzt. Nichts wird auf mich hinweisen."

Das plante er also. Aber er, Papperin, würde das verhindern. Das durfte nicht passieren. Er musste Chau retten, nicht noch einmal seine Liebste verlieren. Kurz dachte er an Nia, seine Verlobte, und wie er stundenlang in der Ankunftshalle des Flughafens auf sie gewartet hatte, bis die entsetzliche Durchsage durch den Lautsprecher gekommen war. Er spähte durch den Türspalt. Wo nur blieb die Polizei, die er vor einer gefühlten Ewigkeit angerufen hatte. Der Notrufbeamte hatte doch versprochen, dass er sofort Streifenwagen ... Egal! Wenn die nicht kamen, dann musste er es selber in die Hand nehmen. Mit dem Fuß stieß er die Verbindungstür auf und stürmte mit lautem Gebrüll in die Küche, die zum Zuschlagen bereite, schwere Schaufel hoch über seinem Kopf. Doch er stoppte jäh. Hinter Chau stand Gael und hielt die Mündung einer Doppelläufigen Schrotflinte an ihren Kopf.

„Komm nur rein! Ich hab dich schon gehört. Zum Glück knarzen die Bodendielen."

Der Gewehrlauf bewegte sich keinen Millimeter, als Gael den Kopf zu Papperin wandte.

„Das war dumm von dir, denn jetzt musst auch du dran glauben. Bleib stehen!", forderte er Papperin auf, „sonst hat deine Tussi eine Ladung Schrot im Kopf. Die im zweiten Lauf ist dann für dich!"

„Du hast doch keine Chance!", konterte Papperin, wagte aber nicht, sich zu bewegen. Aus Angst, der Mörder würde seine Drohung wahrmachen.

„Dein Plan mit dem Unfall und den Klippen funktioniert jetzt nicht mehr. Denn freiwillig setze ich mich nicht ins Auto. Und wenn du uns hier erschießt, dann wissen meine Kollegen, dass du der Mörder bist. Also leg die Waffe weg und gib auf! Dann werde ich dafür sorgen, dass du ein faires Verfahren bekommst."

„Du hast ja so Recht! Das mit dem Unfall geht nicht mehr. Aber macht nichts! Für den Fall, dass es schief geht habe ich vorgesorgt. Alles was ich brauche, ist auf meinem Schiff. Und das ist seetüchtig. Sollen die *flics* eure Leichen hier ruhig finden. Ich bin dann längst weg. Weit weg, wo deine beschissenen Bullenkollegen mich nicht kriegen können."

„Unterschätze uns nicht! Leg uns um, aber dann bist du dran! Das kann ich dir versichern."

Wo blieb die Polizei? Hatte der Beamte in der Notrufzentrale das verschlampt? Oder standen gerade keine Einsatzkräfte zur Verfügung? Nichts war zu hören, keine Autos, die vor dem Haus bremsten, kein Martinshorn, nicht einmal der leiseste, noch weit entfernte Sirenenton.

„Jetzt ist Schluss. Damit du mal siehst, wie man mit einer Ladung 12er Schrot im Kopf aussieht, kommt erst deine Geliebte dran und anschließend dann du."

Papperin sah, wie sich Gaels Finger am Abzug krümmte. Mit einem Riesensatz sprang er los, hoffend, dass er schneller war als der Finger. Dann brach das Inferno über ihn herein. Ein lauter Knall, dann noch einer. Ein heftiger

Schmerz schoss durch seine Brust. Auf einmal Stille. Papperin blickte suchend um sich. Er lag am Boden, unter ihm der Stuhl; an den Chau immer noch gefesselt war. Eines der Stuhlbeine hatte sich schmerzhaft in seine Rippen gebohrt. Sie bewegte sich nicht. Er suchte nach ihrem Kopf, ihrem lieben Gesicht, erwartete das Schlimmste. Doch er sah kein Blut, keine Knochensplitter, keine zerfetzte Hirnschale.

„Chau, *chérie*, bist du ...?"

„Jean-Luc, *dieu merci!*"

Auf einmal waren da fremde Stimmen.

„*Commissaire* Papperin, sind Sie okay?"

Papperin richtete sich auf. Im Fenster, dessen Glas zersplittert war, erblickte er eine Uniform.

„*Colonel* Rambalec!", stammelte er.

„Zum Glück war unser Scharfschütze einen Tick schneller."

Jetzt erst bemerkte Papperin den neben ihm am Boden liegenden Mann.

„Gael", murmelte er. Ein kleines Loch in der linken Schläfe und zwei rote Blutrinnsale, die, eines hinter dem Ohr und das andere über die Wange verliefen, so lag der Mann da, der Chau und ihn beinahe ins Jenseits befördert hätte.

***

Dienstag, 9. September, am späten Nachmittag

In der *gendarmerie nationale* von Saint Malo herrschte aufgeregte Betriebsamkeit. Nachdem *colonel* Rambalec die versammelten Offiziere des Gendarmeriehauptquartiers in einem kurzen Bericht über den Einsatz informiert hatte, verbreitete sich die Nachricht von der Schießerei in Windeseile unter den niedrigeren Dienstgraden. In jeder Etage des langgestreckten Gebäudes debattierten die Militärs über das Ereignis. Man war stolz auf den erfolgreichen Abschluss des Kommandos und den Scharfschützen, der mit seinem schnellen und präzisen finalen Todesschuss den Verbrecher außer Gefecht gesetzt hatte, bevor dieser seinerseits die Geisel hatte erschießen können. Zwar hatte dieser seine Schrotflinte noch abschießen können, aber der punktgenaue Treffer des Gendarmerieschützen hatte ihn dermaßen zur Seite gerissen, dass der Schuss des Verbrechers an der Geisel vorbei gegangen war, ohne diese zu schädigen.

Colonel Rambalec hatte sich mit *commissaire* Papperin und Chau LeTrans in den Besprechungsraum der Offiziersetage zurückgezogen. Sie wollten ihre Informationen und ihren Kenntnisstand austauschen, um sich ein Gesamtbild der kriminellen Aktivitäten von Gael Kaodenn zu verschaffen.

„Warum hat er dich als Geisel genommen und wieso wollte er dich erschießen? Er hatte doch überhaupt keinen Grund dazu. Oder wusstest du etwas, das für ihn gefährlich werden konnte?", fragte Papperin seine Freundin.

„Ja und nein. Eigentlich war ich völlig ahnungslos. Ich kannte nur den Namen Jack Lumumba, hatte aber keine Ahnung, dass der Ermordete am Strand so hieß. Das wusste doch niemand von uns."

„Doch, seit gestern Mittag war mir das bekannt", unterbrach sie *colonel* Rambalec. „Er war Journalist und Reporter einer Tageszeitung in Nigeria. Das haben wir recherchiert. Aber wir hatten keinerlei Anhaltspunkte, das mit dem Skipper Gael Kaodenn in Verbindung zu bringen."

„Weiter!", forderte Papperin seine Freundin auf. „Mir ist noch nicht klar, warum du wegen dieses Namens für Gael eine Gefahr dargestellt haben solltest. Und überhaupt: Woher kanntest du den Namen Lumumba?"

Jetzt berichtete Chau, wie aus Gaels Jacke, die sie ihrem Besitzer zurückbringen wollte, eine Brieftasche mit dem Ausweis dieses Lumumba gefallen war.

„Und da habe ich Gael ganz ahnungslos gefragt, ob dieser Lumumba ein Bekannter oder Freund von ihm ist und weshalb er ihn nicht zum Couscous Essen am Sonntag mitgebracht hat. Dann ist er ausgerastet. Er hat angenommen, ich wüsste, dass der Ermordete vom Strand dieser Lumumba ist. Und er hat zugegeben, Lumumba erstochen zu haben. Als ich die Mordlust in seinen Augen gesehen habe und er auf mich losgegangen ist, bin ich weggerannt, auf die Klippen zu, und habe mich in dem stacheligen Dornengestrüpp versteckt. Aber er hat mich trotzdem erwischt. Wie es weiterging, das weißt du." Sie schaute Papperin mit einem Blick an, aus dem immer noch Entsetzen und Angst sprachen. „Und ich habe auch dich in Lebensgefahr gebracht – mit meinem unbedachten Verhalten. Hätte ich die Brieftasche einfach in die Jacke zurückgesteckt und nichts gesagt, dann wäre das alles nicht passiert."

„*Ma chérie*, mach dir keine Vorwürfe. Es ist ja alles gut ausgegangen. Gael ist tot und kann niemandem mehr etwas antun." Er neigte sich zu ihr und strich zart und liebevoll über ihre langen, blonden Haare.

„Übrigens wissen wir jetzt, was es mit diesen anonymen Anrufen auf sich hat. Wenigstens teilweise", fügte er hinzu.

Als er die erstaunt fragenden Gesichter von Chau und Rambalec sah, sagte er mit Blick zu seiner Freundin:

„Das kannst du noch nicht wissen." Zu *colonel* Rambalec gewandt erklärte er:

„Einer meiner Mitarbeiter in Aix – Guy-deux, du kennst ihn ja Chau – und ich, wir haben lange gerätselt und getüftelt. Schließlich hat Guy-deux ein Programm geschrieben, mit dem er den Code teilweise knacken konnte, der hinter den Zahlenkolonnen steht."

Papperin wandte sich an den *colonel*:

„Sie haben das ja nicht ernst genommen, *mon colonel*, als ich Sie gebeten hatte, Ermittlungen zu den anonymen Anrufen und den Zahlenreihen aufzunehmen. Soweit mein Mitarbeiter herausgefunden hat, haben die Zahlen eine interpretierbare und konkrete Bedeutung."

Papperin stand auf und ging zu dem Flipchart, das in einer Ecke des Besprechungsraumes stand. Er nahm sich einen der Filzstifte und schrieb eine Zahlenkolonne auf das Papier.

49 49 38 02 16 07 08 30 19 30

„Das sind die Ziffern, die der Unbekannte bei einem seiner Anrufe durchgegeben hat. Des Rätsels Lösung sieht so aus." Er schrieb unter diese Zahlenfolge dieselben Zahlen, jedoch erweitert um seine neuen Erkenntnisse:

49° 49' 38" Nord 02° 16' 07" West 08 30 19 30

„Damit wird ein geografischer Punkt beschrieben:

49 Grad, 49 Minuten und 38 Sekunden nördlicher Breite und 2 Grad, 16 Minuten und 7 Sekunden westlicher Länge."

Nicht ohne einen gewissen Stolz schaute er seine beiden Zuhörer an.

„Dieser Punkt liegt mitten im Ärmelkanal, nördlich von Cap de la Hague, etwa in der Mitte zwischen der Insel Guernsey und der Stadt Bournemouth in England. Was wir allerdings nicht wissen, ist, was die vier letzten Ziffern in diesem Geheimcode bedeuten. Unklar bleibt auch, was an dem Punkt mitten im Meer stattfindet bzw. stattgefunden hat."

Papperin setzte sich und schaute seine beiden erstaunten Zuhörer mit stolzem und gleichzeitig ratlosem Blick an.

„Was sagen uns diese Koordinaten? Ich muss zugeben, ich habe keine Ahnung."

Jetzt meldete sich *colonel* Rambalec zu Wort.

„Vielleicht kann ich hier etwas weiterhelfen. Vielleicht hat das etwas mit der Route zu tun, die eine Schleuserorganisation für ihr Schiff gewählt hat."

Auf den erstaunten und fragenden Blick Papperins berichtete er, wie die Gendarmerie auf ihre Suchanfrage anhand des Fotos der Strandleiche von Interpol den Hinweis bekommen hatten, dass es sich bei dem Gesuchten um einen Jack Lumumba aus Nigeria handelte, der als Reporter beim Nigerian Herald, einer Tageszeitung in Lagos, gearbeitet habe. Dort sei er einer kriminellen Schleuserorganisation auf die Spur gekommen.

„Ich habe mit dem Chefredakteur telefoniert. Diese Organisation hat bestimmte Personen, in der Regel Gangster, die wegen internationaler Haftbefehle nicht legal einreisen können, illegal ins United Kingdom eingeschleust. Unser Lumumba hat sich als Söldner einer zentralafrikanischen Terrormiliz ausgegeben, der polizeilich gesucht und zudem auf der Todesliste einer konkurrierenden Miliz steht. Der angeblichen Gefahr, selbst ermordet zu werden, wollte er sich durch diese Flucht entziehen. Er hat sich inkognito von diesem Schleusernetzwerk nach UK bringen lassen. Auf einem Containerschiff. Vielleicht besteht hier der Zusammenhang mit Ihren Koordinaten auf hoher See?"

Er machte eine nachdenkliche Pause.

„Soweit die Auskunft vom Chefredakteur. Aber was könnte Gael Kaodenn mit dieser Schleuserorganisation zu tun gehabt haben?", fragte er. „Ich sehe keinen Zusammenhang." Er schenkte sich und den beiden anderen Mineralwasser in die vor ihnen stehenden Gläser ein. Dabei dachte er über die Frage nach, wie Gael und die Schleuserorganisation zusammen zu bringen waren. Oder gab es womöglich gar keinen Zusammenhang?

„Gael war doch dabei, als die Gendarmerie und die *sécurité civile* die Leiche am Strand geborgen haben", überlegte er laut. „Vielleicht hat er da die Brieftasche an sich genommen, weil er gehofft hat, dass viel Geld drin ist. Das würde aber bedeuten, es gibt gar keinen Zusammenhang zwischen der Organisation und Gael Kaodenn. Zumindest ich kann bei diesem Szenario keinen erkennen", schlussfolgerte *colonel* Rambalec.

„Nein, das halte ich für sehr unwahrscheinlich", widersprach Papperin. „Wenn er nur die Brieftasche geklaut hat, dann verstehe ich nicht, wieso er dermaßen überreagiert hat. Schließlich wollte er *madame* LeTrans umbringen – bloß weil sie ihm auf den Diebstahl gekommen ist. Nein, da steckt viel mehr dahinter. Und außerdem wären die Brieftasche und ihr Inhalt voll durchnässt gewesen, wenn sie mit der Leiche angeschwemmt worden wären. Selbst wenn Gael sie getrocknet hätte, das hättest du bemerkt", sagte er mit Blick zu seiner Freundin.

„Dann können wir folgendes festhalten", konstatierte *colonel* Rambalec. Zwischen Gael und dem Mord an dem Journalisten Jack Lumumba besteht ein Zusammenhang. Vermutlich hat er den Mann umgebracht und dann ins Meer geworfen."

„Nicht vermutlich", unterbrach Chau den *colonel.* „Er ist der Mörder, er hat doch wörtlich zu mir gesagt: ‚Wer noch außer dir weiß, dass ich ihn erstochen habe.' " Die schreckliche Szene in der Küche von Gaels Haus hatte sich so tief in Chaus Gedächtnis eingebrannt, dass sie sich noch lange an jedes einzelne Wort würde erinnern können, das der Mörder gesagt hatte.

Soweit konnte Papperin dem zustimmen. Allerdings sah er immer noch eine ungelöste Frage.

„Aber wieso in Frankreich? Der Lumumba war doch auf einem Frachtschiff mit Ziel England. Andererseits hat Gael dir gegenüber gestanden, dass er ihn erstochen hat. Soweit wir aber wissen, war Gael nicht Passagier auf so einem Containerschiff. Er war ja immer hier oder mit Isabelles Mann auf Tour. Wo also hat er den Reporter umgebracht?"

In diesem Moment meldete sich Papperins Handy. Unwirsch über die Störung wollte er den Anruf schon wegdrücken, aber als er den Namen auf dem Display sah, tippte er doch auf den grünen Button.

„*Bonjour* Guy-deux? Gibt es etwas Neues?"

„*Mais oui*, Chef. Ich weiß jetzt, was die Zahlen bedeuten. Das sind Datums- und Uhrzeitangaben. Ich habe es als pdf auf Ihren E-Mail-Account geschickt. Schauen Sie sich das bitte an. Ich hoffe, nein, eigentlich bin ich mir sicher, das ist sattelfest. Ich habe vieles ausprobiert, aber das ist die einzige sinnvolle Lösung. *Salut chef!*"

„Legen Sie noch nicht auf, Guy-deux. Warten Sie, ich schaue mir das schnell an. Dann reden wir weiter."

„Okay, chef!"

Papperin frage den *colonel*, ob er einen der PCs hier im Besprechungsraum benutzen dürfe und ob man hier Internet habe. Nachdem dieser beide Fragen bejaht hatte, fuhr er einen der Rechner hoch, stellte die Internetverbindung her und ließ dann Papperin an den Rechner. Der öffnete seinen E-Mail-Posteingang und lud den Anhang hoch, den Guy-deux seiner Mail angefügt hatte.

Auf dem Bildschirm erschien die Datei mit der vollständigen Entschlüsselung des Zahlenproblems. Dort stand:

„Soweit hatten wir das bereits entschlüsselt:

49° 49′ 38″ Nord 02° 16′ 07″ West 08 30 19 30
49° 39′ 50″ Nord 03° 12′ 09″ West 08 17 04 30
49° 49′ 38″ Nord 02° 16′ 07″ West 08 02 18 00
50° 05′ 20″ Nord 02° 32′ 55″ West 07 15 23 00
50° 01′ 57″ Nord 03° 18′ 24″ West 06 23 07 30
50° 16′ 06″ Nord 02° 01′ 37″ West 06 02 12 30
50° 30′ 05″ Nord 00° 51′ 05″ West 05 28 16 00

Die vier letzten Ziffern geben eine Uhrzeit an, und die vier davor ein Datum.

Das liest sich dann folgendermaßen:

In der ersten Zahlenreihe: am 30.8. um 19 Uhr 30,
In der zweiten Zahlenreihe: am 17.8. um 4 Uhr 30,
In der dritten Zahlenreihe: am 2.8. um 18 Uhr 00,
In der vierten Zahlenreihe: am 15.7. um 23 Uhr 00,
In der fünften Zahlenreihe: am 23.6. um 7 Uhr 30,
In der sechsten Zahlenreihe: am 2.6. um 12 Uhr 30,
In der siebten Zahlenreihe: am 28.5. um 16 Uhr 00."

Papperin nahm sein Handy wieder in die Hand. „Das ist es, Guy-deux, das ist die Lösung! Das haben Sie super gemacht."

„De rien, Chef. Wenn ich sonst noch irgendetwas für Sie tun kann, müssen Sie es nur sagen."

„Ja, ich wüsste noch etwas."

Jetzt berichtete Papperin seinem Mitarbeiter von den Ereignissen am gestrigen Tag.

„*Wow!* Da haben Sie aber Schwein gehabt, Sie und *professeur* LeTrans! Das hätte schief gehen können."

„Ja, aber zum Glück waren die Gendarmen rechtzeitig zur Stelle und hatten einen guten Scharfschützen dabei. Aber in dem Zusammenhang hätte ich noch eine Bitte an Sie. Könnten Sie mal recherchieren, was im Netz so alles über diesen Gael Kaodenn zu finden ist? Vor allem interessiert uns, ob es Verbindungen zwischen ihm und einer westafrikanischen Schleuserorganisation gibt."

„*Pas de problème, chef,* das mach ich gerne. *Salut chef!*"

Es knackte kurz im Hörer, dann war die Leitung unterbrochen.

Stolz schaute Papperin seinen Gendarmeriekollegen an.

„Großartig, wie Ihr *brigadier* Guy-deux das gemacht hat!", lobte dieser. „Die Zahlen kennzeichnen einen Ort und einen Zeitpunkt, an dem irgendetwas stattgefunden hat. Aber was?"

„Und zwar mitten im Ozean, im Ärmelkanal zwischen Frankreich und England", fügte Chau hinzu. „Und was hat das mit Gael und dem Mord an diesem Lumumba zu tun?", fragte sie, während sie langanhaltend gähnen musste.

„*Ma chérie!* Das war heute zu viel für dich. Ich hätte dich nicht mit hierher nehmen sollen."

Colonel Rambalec widersprach: „Nein, das war nötig. Wir müssen noch ein Protokoll zu dem Vorfall im Haus dieses Kaodenn aufnehmen. Ich rufe gleich den *gendarme en garde,* dass er die dafür benötigte Technik bringt."

„*Non, non, mon colonel!*", wandte Papperin ein. Das muss bis morgen warten. *Madame* LeTrans ist erschöpft. Außerdem ist es schon spät. Schauen Sie, es wird schon dunkel." Papperin warf einen Blick aus dem Fenster. Tatsächlich brannten auf der breiten Avenue Franklin Roosevelt bereits die Straßenlaternen und die Dämmerung war schon weit fortgeschritten.

„Also gut, dann sehen wir uns morgen. Wieder in diesem Raum. Um acht Uhr."

Papperin schaute den Offizier mit einem ablehnenden Blick an und schüttelte leicht den Kopf.

„Dann meinetwegen auch später. Ist zehn Uhr okay?"

Während Papperin zustimmend nickte, wandte Chau ein:

„Ach, Jean-Luc! Lass es uns doch lieber jetzt machen. Dann haben wir es hinter uns. Dauert das lange?", fragte sie den *colonel*.

„Eigentlich nicht. Das hängt von Ihnen ab. Sie diktieren, der Windows-Sprachrecorder wandelt es automatisch in eine Word-Datei um. Die müssen Sie nur noch korrigieren, dann drucken wir sie aus und Sie unterschreiben. Das war's dann schon!"

„Gut, das machen wir!", entschied Chau.

Kapitel 11

Dienstag, 9. September

An diesem Tag fand das Frühstück im Hause Dumeau sehr spät statt. Papperin hatte darauf bestanden. Chau sollte solange wie möglich ausschlafen, um über die Anspannung und den Schock besser hinweg zu kommen, die das furchtbare Erlebnis vom Vortag und die Todesangst bei ihr ausgelöst hatten.

So trafen sich die Bewohner des Hauses erst gegen elf Uhr zum gemeinsamen Frühstück. Helles Sonnenlicht flutete durch die großen Erkerfenster und beleuchtete den üppig gedeckten Tisch. Atemlos hörten Isabelle und ihr Mann zu, als Chau erzählte, wie plötzlich die Erkenntnis über sie gekommen war, dass Gael ein Mörder war, und wie er sie verfolgt, gefangen genommen, gefesselt und beinahe erschossen hatte.

„Dann bin ich vermutlich für einen kurzen Moment in Ohnmacht gefallen, denn ich habe nichts mitgekriegt von den beiden Schüssen."

„Und ich habe noch mit dir geredet, als du in mein Auto gestiegen bist. Ich hätte dich aufhalten sollen, dich nicht fahren lassen dürfen", stellte Isabelle schuldbewusst fest.

Servan tröstete sie: „Aber das konntest du doch nicht wissen, wir alle hatten ja keine Ahnung, dass Gael ein Verbrecher, ein Mörder ist ... war", korrigierte er sich.

Dann berichtete Papperin von den Schlussfolgerungen, zu denen sie am Vortag bei *colonel* Rambalec im Gendarmeriehauptquartier gekommen waren.

„Dann wissen wir jetzt also, dass sich dieser Reporter Jack Lumumba inkognito als angeblicher Schwerverbrecher auf einem Frachtschiff nach England befand, um dort illegal einreisen zu können. Und dass unser Freund, mein Kumpel Gael, nicht nur ein Mörder ist, sondern auch mit dieser Schleuserorganisation zu tun hatte", fasste Servan zusammen. Er war sichtlich betroffen von diesen Neuigkeiten.

„Immer noch nicht klar ist uns, wie die anonymen Anrufe da hineinpassen", gab Papperin zu bedenken.

„Vielleicht haben die gar nichts damit zu tun, mit dieser Schleuserorganisation und dem Mord an Lumumba, könnte das nicht sein?", fragte Servan.

„Nein, das glaube ich nicht!", widersprach Papperin. Er hatte in der schlaflosen Nacht lange darüber gegrübelt, ob und wie sich die bruchstückhaften Einzelerkenntnisse der letzten Tage sinnvoll zu einem logischen Ganzen zusammenfügen ließen. Und er war zu einem Ergebnis gekommen.

„Ich bin vielmehr überzeugt davon, dass das alles ein Paket ist. Seht doch mal: Diese Anrufe kamen alle bei Gael auf seinem Festnetzanschluss an. Dass sie manchmal zu euch weitergeleitet wurden, weil Gael nicht zuhause war, kann meine Theorie nicht widerlegen. Die Anrufe galten Gael. Wir können davon ausgehen, dass er wusste, was der

Zahlencode bedeutete. Wahrscheinlich bezeichnete der einen Treffpunkt, gab an, wann und wo sich Gael einfinden sollte. Und zwar mit seinem Schiff, denn die Stelle liegt immer mitten im Meer. Und wo kommen nochmal das Meer und ein Schiff ins Spiel?"

Papperin schaute die drei am Tisch Sitzenden erwartungsvoll an.

„Bei dem Fracht- oder Containerschiff", beantwortete er selbst seine Frage, „auf dem die Schleuserorganisation ihre illegalen Kunden, unter anderen auch den angeblichen Söldner und Terroristen Lumumba, nach England bringen sollte, den Lumumba, den Gael ermordet hat – wie er selbst, laut Chau, zugegeben hat."

Papperin schaute fragend in die Runde. „Ist das logisch, oder seht ihr irgendwo einen Fehler, der mir unterlaufen ist?"

„Nein", meinte Isabelle und setzte ihre Kaffeeschale ab, aus der sie gerade getrunken hatte. „Das sieht sehr konsequent und schlüssig aus."

„Aber wieso brauchten die auf dem großen Frachtdampfer Gael mit seinem relativ kleinen Boot?", fragte Chau. „Sollte der Proviant bringen, oder für was sonst benötigen die ihn?"

„Vielleicht musste er ihnen die neuen Ausweispapiere für die illegalen Passagiere bringen?", mutmaßte Isabelle.

„Das halte ich für unwahrscheinlich. Zumindest der Lumumba hatte die schon. Darum hatte sich seine Zeitung gekümmert. Sagt zumindest Rambalec, der hat mit der Zeitung in Nigeria telefoniert. Es muss etwas anderes sein. Aber was?" Auch Papperin war ratlos.

Nach einer längeren Zeit, in der sich alle schweigend dem Frühstück widmeten und in der nur das leise Knacken zu vernehmen war, das entstand, wenn man in ein knuspriges Croissant biss, meldete sich Servan mit einer Vermutung zu Wort:

„Ich könnte mir Folgendes vorstellen: Wenn die im Frachtschiff ihren illegalen Passagier im Bestimmungshafen in England an Land bringen wollen, dürfte das nicht ganz risikolos sein. Bei den vielen Kontrollen, Immigration Office, Zoll, Polizei und was weiß ich sonst noch alles – die Briten sind ja wegen ihrem Brexit hier ziemlich scharf – dürfte die Gefahr, entdeckt zu werden, ziemlich groß sein. Viel einfacher ist es den Illegalen irgendwo an der langen und unbewachten Küste Südenglands an Land zu setzen. Aber das geht mit einem Riesenfrachter oder Containerschiff nicht. Dazu brauchen die ein kleineres Schiff. So könnte Gael ins Spiel gekommen sein."

„Du meinst", führte Papperin Servans Überlegung fort, „durch die Anrufe hat er den Ort und die Zeit erfahren, wo er die Illegalen an Bord nehmen sollte, um sie dann irgendwo an der Küste Englands heimlich abzusetzen. Der Riesenfrachter konnte dann gefahrlos und ganz offiziell in seinen Zielhafen einlaufen, weil sich der Illegale, ein gesuchter Verbrecher, nicht mehr an Bord befand. Ja, das ist stimmig. So könnte es gewesen sein."

Als Nächstes, überlegte Papperin, würde er *colonel* Rambalec über diese neuen Erkenntnisse informieren. Dann musste man diesen Gael Kaodenn und sein Umfeld unter die Lupe nehmen. Sein Haus und sein Schiff durchsuchen, seine Bankkonten ausfindig machen und die Kontenbewegungen analysieren, nach Bekannten und Verwandten des Mannes suchen und diese befragen. Lauter notwendige, aber sehr zeitaufwändige Routinearbeiten.

„Die soll lieber mein Gendarmeriekollege machen", dachte Papperin. „Ich bin schließlich im Urlaub!"

Er sagte das Chau. „Jetzt können wir eigentlich in unseren Spanienurlaub starten. Nachdem der Grund für meine Reise hierher nicht mehr besteht, weil mein Informatikexperte das Problem der anonymen Anrufe gelöst hat. Was meinst Du, Chau?"

„Super!", freute sie sich. Merkte aber nach kurzem Nachdenken an:

„Aber meinst du nicht, die brauchen dich noch einen oder zwei Tage? Die wesentliche Arbeit hast doch du geleistet. Deswegen dürften die dich noch benötigen, damit sie ihre Protokolle richtig schreiben. Außerdem wird die Staatsanwaltschaft dich als einen der Hauptakteure befragen wollen."

„Vor allem werden sie dich brauchen. Du hast ja gestern die Hauptrolle gespielt", spielte er den Ball an Chau zurück, und sagte dann an seine Gastgeber gewandt:

„Isabelle und Servan, wenn Chau Recht hat, dann müssen wir eure Gastfreundschaft noch ein bisschen länger in Anspruch nehmen."

„Das ist doch überhaupt kein Problem. Wir freuen uns sogar darüber. Nicht wahr, Servan?"

„Mmmhh – so ist es!"

„Gut, dann ist das klar", freute sich Papperins Cousine.

Die weitere Unterhaltung wurde durch die Anrufmelodie von Papperins Handy unterbrochen. Auf dem Display stand eine ihm nicht bekannte Nummer.

„*Oui?*"

„*Commissaire Papperin?*"

„*Oui!*"

„*Mon cher collègue*", klang die Stimme von *colonel* Rambalec aus dem Hörer.

„Wir müssen mit einem Durchsuchungsteam nochmal ins Haus von Kaodenn. Wollen Sie dazu kommen?"

„Aber ich…"

„Ich weiß, Sie sind nicht mit den Ermittlungen betraut und außerdem im Urlaub hier, als Privatperson. Aber …"

Hier zögerte der *colonel*. „Wenn ich ehrlich bin, dann muss ich", wieder stockte seine Rede. „…muss ich zugeben, dass eigentlich Sie der Ermittler in diesem Fall waren. Ich bin nur Zuschauer und Nutznießer Ihrer Ergebnisse."

Dieses Eingeständnis hätte Papperin dem forschen Offizier nicht zugetraut. Wie man sich in einem Menschen doch täuschen konnte, dachte er. Laut sagte er:

„Sehr gerne. Wann?"

„In einer guten halben Stunde werden wir dort sein. Bis dahin! *À tout à l'heure!"*

***

Die erste Überraschung erlebten sie, als die Fahrzeuge der Gendarmerie beim Haus von Gael Kaodenn eintrafen. Ein großer, rotbrauner Hund stand jaulend vor der Haustür. Immer wieder kratzte er mit einer Pfote am Holz der schweren Tür. Dazwischen versuchte er, auf den Hinterläufen stehend, die Türklinke herunter zu drücken und die Tür zu öffnen, was ihm nicht gelang, da sie abgesperrt war. Dann ließ er sich zurückfallen und begann wieder herzerweichend zu jaulen. Als die Gendarmen aus ihren Autos aussteigen wollten, drehte er sich zu ihnen um, stemmte sich mit den Hinterbeinen in den Boden und knurrte sie zwischen wütendem Bellen furchterregend an.

„Soll ich ihn erschießen?", fragte einer der Gendarmen seinen Chef und öffnete das Holster mit der Pistole an seinem Gürtel.

In diesem Augenblick kreuzte der alte Peugeot von *commissaire* Papperin in der Einfahrt zum Anwesen auf. Der Kommissar steuerte ihn neben das Fahrzeug des Einsatzleiters und kurbelte das Fenster auf der Beifahrerseite herunter.

„Was ist los?", fragte er, dann sah er den Hund und hörte das Knurren.

„Das sehen Sie doch!" *Colonel* Rambalec deutete auf den wütenden Hund. „Wir können nicht aussteigen. Ich muss ihn erschießen lassen!"

Papperin, der eigentlich nicht viel mit Hunden anfangen konnte, der sogar Angst vor ihnen hatte, schaute zu Gaels Hund. Es war ein schönes Tier, muskulös und kräftig. Sein

160

Fell glänzte rotbraun im Sonnenlicht. Von seinem letzten Besuch bei Gael wusste Papperin, dass es ein Kampf- und Wachhund war.

„Warten Sie, ich rufe meine Cousine. Die kennt er, die kann mit ihm umgehen."

Nach einer knappen Viertelstunde fuhr Isabelles kleiner roter Flitzer vor. Kaum hatte der Hund die Frau erblickt, verstummte sein Knurren und Bellen und er lief mit freudig wedelndem Schweif auf sie zu.

„*Merci Jean-Luc*, dass du mich angerufen und verhindert hast, dass Castor erschossen wird." Jetzt erinnerte sich Papperin auch wieder an den Namen des Hundes – Castor, eine Bordeauxdogge.

„Er ist eine *Dogue de Bordeaux*, eine wertvolle Rasse. Es wäre schade um ihn gewesen. Ich nehme ihn mit zu uns nachhause."

Jetzt endlich wagten sich die Gendarmen aus ihren Autos. Dann begann die akribische Durchsuchung von Gael Kaodenns Haus. Die Beamten fanden den Pass und die Identitätskarte von Kaodenn, neben wenigen Papieren auch die Versicherungspolicen für das Haus und für sein Schiff, einige Schlüssel, unter anderen auch solche, die zu seinem Schiff gehörten. Nichts, was auf seine kriminellen Aktivitäten hinwies. Lange Zeit schien die Suche ergebnislos zu bleiben. Doch schließlich entdeckte einer von *colonel* Rambalecs Spezialisten in Gaels Schlafzimmer im Obergeschoß ein Brett in der Holzvertäfelung der Wände, dessen Naturholzoberfläche etwas stärker verschmutzt und abgegriffen war, als die übrigen Bretter. Nach einer sorgfältigen Untersuchung fand er heraus, dass sich das Brett nach leichtem Druck etwas versenken und zur Seite unter das daneben liegende Paneel schieben ließ. In dem dadurch offen gelegten Geheimfach befanden sich mehrere mit roten Gummiringen zusammengehaltene Geldscheinbündel, ein Pass, auf den Namen Dick Jones lautend, und ein Blatt Papier, auf dem handschriftlich eine Nummer notiert war. Nach Papperins

Meinung handelte es sich um eine Kontonummer. Aber zu welcher Bank gehörte sie? Es war keine IBAN einer europäischen Bank. Als nächstes sah er sich den Pass an.

„Das ist Gael auf dem Foto im Pass", wies Papperin den *colonel* hin. „Dann hat er Recht gehabt, mit seiner Behauptung, er könne sich von hier absetzen und irgendwo anders in der Welt mit neuem Namen weitermachen. Das hat er gesagt, als er meine Freundin und mich in seiner Gewalt hatte."

„Genügend Geld dazu hatte er offensichtlich", meinte *colonel* Rambalec, der die Geldbündel interessiert betrachtete.

„US-Dollar", stellte er fest und begann zu zählen.

„Fünf Päckchen zu je zehntausend", verkündete er nach einiger Zeit. „Lauter verschiedene Scheine. Zehner, Zwanziger, Fünfziger und Hunderter. Alle schon etwas abgegriffen, also keine Neudrucke."

Papperin ergänzte:

„Wenn unsere Theorie zutrifft, dann hat er sich das ergaunert. Vermutlich hat er es den Passagieren abgenommen, die er illegal nach England befördert hat."

Außer dem Geld fanden die Durchsuchungsexperten nichts, was auf die verbrecherischen Aktivitäten von Kaodenn hindeutete.

„*Bien!* Dann sind wir hier fertig und schauen uns als nächstes sein Schiff an", verkündete der Einsatzleiter. „Pierre, du überprüfst, dass alle Fenster zu sind und bringst dann die Polizeisiegel allen Türen an, die ins Freie führen. Und ihr beide", dabei schaute er zwei seiner Gendarmen an, „bringt das Geld und den falschen Pass in unsere Kaserne in den Asservatenraum."

Die Militärs stiegen wieder in ihre Fahrzeuge und der Gendarmerietross machte sich auf den Weg, ein Teil zurück ins Hauptquartier, der andere Teil zum *port de plaisance*, dem Yachthafen von Saint Malo.

Es dauerte eine Weile, bis sie dort den Hafenmeister in der *capitainerie* ausfindig gemacht hatten, dieser den Bootseigner in seinen Akten gefunden hatte und den Gendarmen die Lage des Liegeplatzes von Kaodenns Schiff sagen konnte. Es lag im Bassin Vauban, direkt gegenüber der Stadtmauer von Intra Muros. Sie fanden es kurz vor dem Ende eines der Stege, die weit ins Hafenbecken hineinragten. Das weiße Motorschiff hatte, ähnlich wie Servans Kutter, ein höher gelegenes Steuerhaus und zwei Kajüten, eine kleinere im Bug und eine größere im Heck des Schiffs. *Colonel* Rambalec sperrte alle Türen und Luken auf, die ins Innere des Schiffes führten. Dann teilte er seine Leute ein. Zwei Mann in die Bugkajüte, zwei in die Heckkajüte.

„Wir beide", sagte er zu Papperin „schauen uns im Ruderhaus um.

„*Un moment, s'il vous plaît*, entschuldigte sich Papperin, als das Handy in seiner Jeanstasche zu vibrieren begann.

„Hallo Jeannine! Schön von dir zu hören! Wie geht es dir?"

„Wie schon, Jean-Luc? Die wollen mich nach Limoges versetzen. Das weißt du ja schon. Aber jetzt habe ich rausgefunden, wer dahintersteckt. Bitte, bitte entschuldige, dass ich dich im Verdacht hatte. Aber ich war so verzweifelt, dass ich nicht mehr ganz bei mir war."

„Jetzt spann mich nicht so auf die Folter! Wer ist es?"

„*Commissaire* Milleré!"

„Jean-Jaques Milleré, der Trottel aus Toulon?"

„Der ist bei seinen Mitarbeitern so unbeliebt, dass sie ihn alle schneiden. Deswegen will er weg aus Toulon. Irgendwie hat er das mit uns rausgekriegt."

„Das war wohl nicht sehr schwierig. Wir haben uns ja ziemlich ungeniert wie zwei Verliebte benommen."

„Ja, schon."

Sie seufzte.

„Aber was soll ich machen?"

„Jeannine, ich kümmere mich darum. Ich rede mit unserem obersten Chef am Quai des Orfèvres. Ich hoffe, ich kann ihn überzeugen. Ich schätze mal, die wissen in Paris auch, dass Milleré nicht gerade zu den Besten gehört. Mach dir erst mal keine Sorgen. Das schaffen wir!"

Hoffentlich, dachte er. Er kannte die Sturheit der Chefs in der *direction générale de la police nationale* in der Hauptstadt.

„Jeannine, ich muss Schluss machen. Wir sind gerade auf der Suche nach Beweismaterial."

„Wer ist wir?"

„Die Gendarmerie von Saint Malo und ich. Wir haben gerade einen Mord aufgeklärt und sind jetzt auf der Spur eines internationalen Schleuserrings."

„Ich weiß, Guy-deux hat mir davon erzählt. Dann also: *Salut et bonne chance Jean-Luc!* "

Die Durchsuchung von Kaodenns Schiff verlief zunächst enttäuschend. Rambalecs Männer fanden zwar eine Menge Hinweise, dass sich in der letzten Zeit mehrere Personen an Bord aufgehalten hatten – Fasern von Kleidungsstücken, Fingerabdrücke und Haare. Es würde allerdings einige Zeit dauern, bis insbesondere die Ergebnisse der DNA-Analyse ausgewertet sein und der Vergleich mit der DNA von der Strandleiche Jack Lumumba vorliegen würden.

***

„Jean-Luc, gut dass du kommst!" Aufgeregt lief Isabelle ihrem Cousin entgegen, als er im Hof des Dumeau'schen Anwesens aus dem Auto stieg.

„Er hat wieder angerufen! Chau hat es auch gehört. Komm rauf, ich zeig's dir!"

Im *séjour* des Hauses saß Chau am Esstisch, vor sich ihr aufgeklapptes Notebook. Mit vor Anspannung gekräuselter Stirn schaute sie auf den Bildschirm. Papperin, der hinter sie getreten war, sah dort eine große blaue Fläche und einen roten tropfenförmigen Markierungspunkt. Google-Maps, erkannte er sofort, ein Punkt im Meer.

„Das ist die Stelle mit den Koordinaten, die der Anrufer genannt hat. Liegt mitten im Ärmelkanal. Ziemlich genau in der Mitte zwischen Cap de la Hague und der englischen Küste", erklärte ihm Chau.

Papperin sah auf den Zettel, der neben Chaus Rechner lag. Dort hatte sie oder Isabelle eine zwanzigstellige Ziffernfolge notiert.

„49 59 37 01 42 50 09 11 01 30", murmelte er. Das hatten wir doch schon einmal. Erinnert ihr euch, vor ein paar Tagen, in der Nacht. Als er da angerufen hat, hat er dieselben Zahlen gesagt. Das haben wir in der Hektik der letzten Zeit aus den Augen verloren. Isa, hast du noch den Notizzettel, auf dem du damals die Zahlen notiert hast?"

Tatsächlich: der Vergleich zeigte, es war dieselbe Zahlenfolge.

„49 Grad 59 Minuten und 37 Sekunden nördlicher Breite und 1 Grad 42 Minuten und 50 Sekunden westlicher Länge am 11. September um 1 Uhr 30." Laut las Papperin die entschlüsselte Botschaft. „Dort soll Gael um wohl halb zwei Uhr nachts sein. Das ist übermorgen! Ich muss das sofort dem Rambalec sagen und der soll die Küstenwacht informieren. Unsere und am besten auch gleich die englische."

Papperin fiel es erst jetzt auf: Der Tisch war für das Abendessen gedeckt und ein wunderbarer, sanfter Knoblauchduft schwebte im Raum.

„Bei dem Stress heute bin ich nicht zum Einkaufen gekommen", erklärte Isabelle, die sah, wie Papperin neugierig die Luft einsog. „Deshalb habe ich etwas Einfaches gemacht, mit Zutaten, die ich im Haus hatte: *Gratin d'aubergines au parmesan*. Als Dessert müssen wir mit Eis vorliebnehmen. Ich kann auch einen *café liégois* machen, wenn ihr das mögt."

Auberginenauflauf und als Nachtisch Eiskaffee, das hörte sich in Papperins Ohren gut an.

„*Super!* Da freu ich mich drauf", sagte er. „Aber vorher muss ich noch dringend telefonieren. Gibst du mir den Zettel mit den Koordinaten bitte", bat er Chau, die ihm das Blatt reichte.

Mit den Notizen in der Hand stieg er die Treppe hinauf, um in ihrem Gästezimmer ungestört zu telefonieren. *Colonel* Rambalec hörte sich die Neuigkeit interessiert an.

„Bleiben Sie bitte dran", bat er. „Ich will mir das bei Google-Maps anschauen." Nach einigen Minuten meldete er sich wieder:

„Das ist mitten im Ärmelkanal, außerhalb der 12-Meilen-Zone. Ich fürchte, da kann unsere Küstenwacht nichts machen. Trotzdem melde ich das der *gendarmerie maritime*. Vielleicht können die das Schiff abfangen, wenn es zufällig irgendwo unserer Küste zu nahekommt."

„Auf alle Fälle sollen die auch die UK-Küstenwacht informieren. Denn nach allem, was wir wissen, wird der Dampfer in einen englischen Hafen einlaufen."

„Gute Idee, *mon cher collègue!* Die sollen sich den Kahn genau anschauen. Ich werde Sie auf alle Fälle informieren, was dabei rausgekommen ist. *Salut commissaire* Papperin!"

Nachdem er seine Pflicht getan und das Telefonat beendet hatte, stieg Papperin erwartungsfreudig die Treppe hinunter zum *gratin d'aubergines au parmesan*. Chau und Isabelle saßen schon am Tisch und warteten auf ihn.

„Kommt Servan nicht?"

„Nein, der ist schon seit heute Mittag auf seinem Schiff. Es gibt dort immer etwas zu tun. Aufräumen, saubermachen, die Elektronik und den Bordcomputer updaten oder irgendetwas reparieren."

Kapitel 12

„Jeannine, schau mal her, was ich gerade entdeckt habe", rief Guy-deux seiner Kollegin zu, die gerade in sein Büro kam, um ihm einen frisch zubereiteten Espresso zu bringen. Er starrte angespannt auf den Bildschirm seines Laptops im Kommissariat der *brigade criminelle* in Aix en Provence und schüttelte erstaunt den Kopf.

„Der Chef hat mich doch gebeten, mich nach diesem Gael Kaodenn im Netz umzusehen. Dabei habe ich eine Bank Rotheneuf gefunden, bei der Kaodenn ein Konto hat. Ich habe mir mal seine Kontobewegungen angeschaut."

„Ich weiß, dass du das kannst, aber doch hoffentlich mit richterlicher Erlaubnis?"

„Das wäre viel zu umständlich gewesen und hätte mir viel zu lange gedauert. Trotzdem: Ich habe, glaube ich, etwas Wichtiges gefunden. Dieser Gael Kaodenn hat relativ regelmäßig einen Betrag überwiesen bekommen. Nicht allzu hoch, immer zwischen ein paar hundert - und zweitausend Euro. Und jetzt rate mal woher!"

„Wahrscheinlich von irgendwo aus Afrika. Von der Schleuserorganisation, der Jean-Luc auf die Spur gekommen ist."

„Falsch! Von einer Bank in der Bretagne, der *Société Générale* in Saint Malo! Abgebucht wurde das Geld vom Konto eines Servan Dumeau."

„Das ist der Mann von Jean-Lucs Cousine."

„Meinst du, das hat was mit dieser Schleusergeschichte und dem ermordeten Schwarzen zu tun?"

„*Non,* ich glaube nicht. Jean-Luc hat doch gesagt, dass die beiden, Servan Dumeau und dieser Gael Kaodenn meist mehrtägige Schiffsausflüge mit Touristen machen. Bei dem

Geld dürfte es sich um den Anteil von Kaodenn aus diesen Trips handeln. Das hat nichts mit der Verbrecheraktivitäten des Kaodenn zu tun. Trotzdem muss das Jean-Luc wissen. Ich sag es ihm, wenn ich das nächste Mal mit ihm telefoniere."

„Okay, dann werde ich mal weiter nach diesem Gael recherchieren."

***

Im Hause Dumeau fand wieder einmal ein verspätetes Frühstück statt. Wie üblich gab es das typisch französische *petit déjeuner*, mit Milchkaffe im *bol*, dem Kaffeeschälchen, dazu getoastetes Baguette, Croissants, Butter und Marmelade. Nur Papperin bekam einen Espresso, da Isabelle wusste, wie sehr er ihn liebte. Es herrschte eine ruhige, entspannte Atmosphäre, die von dem warmen Sonnenlicht, das durch die breiten Fenster strömte noch unterstrichen wurde. Das schreckliche Erlebnis am Montag schien verarbeitet, zumindest aber verdrängt zu sein. Während Chau die Kaffeeschalen nachfüllte, bereitete Isabelle einen weiteren Espresso für ihren Cousin zu.

„Wolltet ihr nicht einmal einen kleinen Bootsausflug auf Servans Schiff machen?", rief sie von der Espressomaschine in der Küche quer durch den Raum. „Dann solltet ihr euch beeilen. Wer weiß, wie lange die Sonne noch so schön scheint."

„Ich weiß nicht, ob das klug ist", warf Servan ein. „Für abends, spätestens für heute Nacht ist schlechtes Wetter angesagt."

„Aber bis dahin seid ihr doch längst zurück."

Papperin schaute seine Freundin fragend an.

„Ich hätte schon große Lust. Was meinst du, Chau?"

Sie stellte ihre Kaffeeschale, aus der sie gerade getrunken hatte, zurück auf den Tisch, wischte sich den Milchschaum von den Lippen und sagte dann nach einer kurzen Nachdenkpause:

„Ich weiß nicht. Eigentlich habe ich mich auf einem gemütlichen Tag im Liegestuhl auf unserem Balkon gefreut. Ich lese gerade einen sehr spannenden Roman. Nein, ich glaube, ich bleibe heute lieber zuhause."

„Na dann unternehmt ihr beiden Männer doch alleine etwas", schlug Isabelle vor. „Einen kurzen Trip rüber zur Ile de Cézembre, einmal die Insel umrunden. Auf der Rückfahrt hat man einen überwältigenden Blick auf Saint Malo, vor allem wenn die Sonne am späten Nachmittag die Stadtmauern und die Türme in goldenes Licht taucht. Dein Kahn ist doch startklar, Servan?"

„*Bien sûr!*" Und zu Papperin gewandt:

„Wenn du magst, können wir gleich starten."

„Na dann mal los, ihr zwei. Worauf wartet ihr noch? Oder, Moment! Ich packe euch noch schnell einen kleinen Imbiss ein und eine Flasche Sauvignon blanc. Du hast doch den Kühlschrank auf dem Schiff nicht ausgeschaltet, Servan?"

„*Non, non*, der läuft. Mit Photovoltaikstrom auf dem Dach des Ruderhauses", erklärte er Papperin nicht ohne Stolz in der Stimme.

„Brauchen wir eine besondere Ausrüstung, die wir mitnehmen müssen?", fragte Papperin, der bisher noch nie auf dem Atlantischen Ozean mit einem Schiff gefahren war. Nur auf dem relativ ruhigen und harmlosen Mittelmeer.

„Nein, das braucht es nicht", beruhigte ihn Servan. „Es ist alles auf dem Schiff. Schwimmwesten, Schutzkleidung, alles Nötige, sogar eine kleine Rettungsinsel!"

Nach nicht einmal einer Viertelstunde saßen Servan und Papperin mit einem großen, vollgefüllten Picknickkorb im Auto und fuhren die knapp zwei Kilometer zum Hafen.

Sie hatten Glück, denn die große Schleuse an der Hafenausfahrt war zur Hafenseite gerade geöffnet. Ein mit Holz beladenes Frachtschiff wurde langsam von einem Lotsenboot in die Schleusenkammer geschleppt. Geschickt steuerte Servan seine Motoryacht im Kielwasser des Frachters in die

Schleuse. Außer ihnen fanden noch zwei Segelboote und ein Fischkutter in der langen, engen Kammer Platz. Dann begannen sich die beiden stählernen Schleusentore langsam zu schließen.

„Jetzt geht es gleich abwärts mit uns", klärte Servan seinen Passagier auf. Und wirklich, ganz langsam sank der Wasserspiegel in der Schleusenkammer. Die mit grünen Algen und Tang bewachsenen Betonwände der Kammer wurden höher und höher, je weiter die Schiffe in die Tiefe sanken. Dann öffneten sich die Schleusentore vor ihnen auf der dem Meer zugewandte Seite und die Schiffe konnten eines nach dem anderen in das wegen der herrschenden Ebbe sich vor ihnen ausdehnende Niedrigwasser auslaufen.

„Im Hafenbereich darf man noch nicht schnell fahren, maximal 5 Knoten", erklärte Servan. „Aber wenn wir an der Landzunge dort vorbei sind, dann kann ich aufdrehen."

Tatsächlich, nach wenigen Minuten hatten sie diese Stelle passiert und Servan erhöhte die Drehzahl des Schiffsdiesels. Jenseits des Schutzes, den die die Bucht umgebende, hügelige Landmasse geboten hatte, wehte ein kräftigerer Wind und trieb höhere Wellen vor sich her. Entsprechend rollte und stampfte Servans Kutter. Zuerst hatte Papperin es genossen. Er hielt sich mittschiffs an der Reling fest und freute sich, wenn das Schiff bei jeder Welle, die schräg von vorne auf es zugerollt kam, zuerst hochgehoben wurde, dann in das Wellental zurück klatschte und ihm weiße, im Sonnenlicht glitzernde Gischtspritzer ins Gesicht sprühten. In all dem Zischen und Platschen, untermalt vom sonoren Brummen des Diesels, meinte er einmal den Rufton des Handys in seiner Hosentasche zu hören. Aber bei dieser wackeligen und feuchten Fahrt, konnte er nicht rangehen. Er würde sich später darum kümmern.

Je weiter sie sich von der Küste entfernten, desto stärker wurde der Wind.

„Sollen wir bei dem Sturm nicht lieber umkehren", schrie er dem Skipper im Ruderhaus zu, dessen Tür offenstand.

„Nein, das ist kein Sturm, das ist normal, das ist hier immer so. Wenn wirklich starker Wind wehen würde, dann wäre ich gar nicht mit dir rausgefahren."

„Okay!", sagte Papperin, klammerte sich noch fester an die Reling und blickte auf die endlose, bewegte Wasserfläche. Doch schon bald spürte er ein mulmiges Gefühl im Magen. Er hangelte sich hinüber zum Ruderhaus, kletterte hinein und ließ sich auf die hölzerne Bank an der Rückseite nieder. Servan warf ihm einen Blick zu und fragte:

„Seekrank?"

„Nein, nur etwas durcheinandergeschüttelt."

***

„Jeannine, kommst noch mal rüber?", rief Guy-deux in sein iPhone. Er hatte etwas Neues entdeckt, das er unbedingt mit seiner Kollegin besprechen wollte.

„Ich habe gerade rausgekriegt, dass er in Jersey auch ein Konto hat."

Wer?", fragte sie, in Gedanken noch ganz in ihre eigenen Probleme verstrickt.

„Na, dieser Gael Kaodenn."

„Und?", fragte sie, jetzt auf einmal interessiert.

„Da hat er ziemlich viel Geld liegen. Ein paar hunderttausend US-Dollar."

Auch hinter diese Information war Guy-deux an allen bankinternen Firewalls vorbei und unter Umgehung aller Datenschutzvorschriften gekommen. Er sah Jeannines tadelnden Blick und rechtfertigte sich:

„Ein hiesiger Richter hätte mir doch eh keine Durchsuchungsermächtigung für eine ausländische Bank und für die von ihr geführten Konten ausstellen können. Aber der Chef hat mich doch gebeten …"

„Ist schon okay! Ich hoffe nur, dass niemand dahinterkommt."

„Ausgeschlossen! Ich bin doch kein Amateur!"

„Also, jetzt sag schon, was gibt's!"

„Er hat ein Konto bei der Standard Bank of Jersey. Darauf hat er sieben Mal in den letzten Monaten jeweils einen ziemlichen Batzen Geld überwiesen bekommen. Meist so um die dreißigtausend US-Dollar."

„Nicht schlecht. Und woher kommt das Geld?"

Das lief über Western Union, diese amerikanische Firma, die sich auf internationalen Bargeldtransfer spezialisiert hat. Und weil man sich in Europa ausweisen muss, wenn man bei der WU Bargeld einzahlt, um es ins Ausland zu überweisen, habe ich auch rausbekommen, wer das eingezahlt hat."

„Jetzt mach's nicht so spannend! Wer ist es?"

„Schon wieder dieser Servan Dumeau."

„Das heißt, der Dumeau hat dem Gael für etwas Geld überwiesen, das er nicht über sein eigenes Konto laufen lassen wollte. Das stinkt zum Himmel. Das müssen wir sofort Jean-Luc sagen."

Sie nestelte ihr Handy aus der engen Jeanstasche, rief die Favoritenliste ihrer Telefonkontakte auf und drückte auf die Zeile mit dem Namen Jean-Luc. Sie ließ es lange läuten – mindestens zehn Mal. Dann schaltete sich seine Mailbox ein.

„Er geht nicht ran", sagte sie resignierend, nur die Mailbox.

„Versuch es nochmal!"

Wieder schaltete sich nach einiger Zeit die Mailbox ein. Jetzt aber sprach sie hektisch drauf:

„Jean-Luc, Guy-deux hat gerade rausgekriegt, dass der Servan dem Gael mehrfach einen riesigen Dollarbetrag auf ein Konto in Jersey überwiesen hat. Ich bin mir sicher, Gael ist nicht der einzige Gauner. Der Servan steckt tief mit drin. Bitte ruf mich oder Guy-deux zurück, sobald du diese Nachricht abgehört hast. *Salut*, Jean-Luc!"

„Was machen wir jetzt?", fragte sie ihren Kollegen.

„Der Chef hat doch mit der Gendarmerie dort oben zusammengearbeitet. Die sollten wir auf alle Fälle benachrichtigen."

„Aber wen dort? Kennst du jemanden?"

„Nein, aber er hat immer von einem *colonel* dort erzählt."

„Stimmt! Rambo… und noch was dazu."

„Rambalec! *Colonel* Rambalec! Den ruf ich gleich an."

***

„Du bist ganz blass um die Nase, also doch seekrank!"

„Nur ein bisschen mulmig im Magen, das geht gleich vorbei."

„Wenn wir in den Windschatten der Ile de Cézembre kommen, dann wird es weniger heftig", sagte Servan beruhigend zu Papperin. Mit geübter Hand steuerte er das Schiff durch die bewegte See.

„Ich kann es noch direkter in die Wellen lenken, dann rollt und schlingert es weniger, aber es stampft umso mehr. Aber vielleicht ist es besser für dich, wenn es nur in einer Richtung schaukelt."

Er korrigierte leicht den Kurs, so dass die Wellen nicht mehr schräg, sondern direkt von vorne kamen. Jetzt bewegte sich der Schiffskörper nur noch um die Querachse, dafür aber umso heftiger. Papperin fühlte sich wie auf einer Wippe – hoch und wieder runter und wieder hoch und wieder runter.

„Besser so?", fragte Servan, wandte sich um und deutete auf einen Schrank, der neben der Bank auf der Backbordwand des Ruderhauses an der Wand befestigt war.

„Wenn du den Kasten aufmachst", er deutete zu dem Wandschrank, „da ist eine Flaschen Calvados drin. Das hilft bestimmt."

Papperin stand auf und ging mit weichen Knien zu dem Möbel, achtsam bemüht, von den Bewegungen des Schiffes nicht aus dem Gleichgewicht gebracht zu werden. Mit dem Schlüssel, der im Schloss steckte, sperrte er auf. Außer Ölzeug, Südwester, Schwimmwesten und zwei dicken Wollpullovern, die an Kleiderhaken hingen, befanden sich auf den darüber angebrachten Regalfächern verschiedene Papiere, Bücher, Seekarten sowie eine Flasche und zwei Gläser. Vorne auf die Kanten der Regalbretter war eine Leiste geschraubt, die verhindern sollte, dass diese Dinge bei starkem Seegang von den Fächern rutschten.

„Ich glaube, auf das Picknick, das Isabelle uns eingepackt hat, verzichte ich lieber", sagte Papperin, als er Servan die Calvadosflasche reichte. „Oder willst du was essen?"

„*Non*, mir reicht der Calva."

Servan gab Papperin die Flasche zurück.

„Aber jetzt trink du auch einen kräftigen Schluck! Das beruhigt den Magen."

Papperin tat, wie ihm geheißen. Dann wollte er die Flasche wieder wegräumen.

„Gib sie mir nochmal!"

Erneut setzte Servan die Buddel an die Lippen und ließ ein gehöriges Quantum der goldgelben Flüssigkeit in sich hineinlaufen. Dann konzentrierte er sich wieder auf sein Schiff, beobachtete die See und korrigierte leicht den Kurs.

„Kann ich mir mal so eine Seekarte anschauen?", fragte Papperin und suchte aus dem Stapel die für die Küste vor Saint Malo zutreffende Karte heraus. Er faltete sie auf, ging damit zu Servan und legte sie vor ihn auf den Kommandostand.

„Halt! Nicht hier auf meinen Joystick."

„Das ist ja wie bei einer Spielkonsole. Wieso brauchst du einen Joystick?"

„Damit geht es viel leichter, das Schiff zu manövrieren, als mit dem großen Ruder. Vor allem im Hafen."

„Und das Steuerrad hier, das benützt du dann, wenn du aus dem Hafen raus bist?"

„Mmh!"

„Kannst du mir auf der Karte zeigen, wo wir gerade sind?"

Servan warf einen Blick darauf und deutete dann auf eine Stelle mitten in der blauen, die See darstellenden Fläche.

„Hier etwa!"

Papperin beugte sich über die Karte, dabei stieß er an ihren über den Kommandostand hinausragenden Rand und schob sie so etwas zur Seite.

„Pass doch auf!", mahnte Servan. Der steife Karton hatte den Joystick berührt und nach rechts gedrückt. Das Schiff wurde dadurch zu einer scharfen Rechtskurve gezwungen. Obwohl Servan den Stick sofort wieder in die richtige Position brachte, um wieder auf Kurs zu kommen, lag das Schiff für eine kurze Zeit quer zur nächsten heranrollenden Welle. Die erwischte den Kutter voll von der Seite, so dass er sich gefährlich neigte. Lautes Poltern hinter ihrem Rücken ließ die beiden Männer erschrocken umschauen. Durch die Schieflage waren die Calvadosflasche und die Gläser aus dem Regal gerutscht und auf dem stählernen Boden zerschellt. Auch die Bücher und die Karten waren herausgefallen. Zudem lagen etliche lose Blätter verstreut auf dem Boden, manche waren durch die offenstehende Ruderhaustür hinausgeweht worden und klebten jetzt klatschnass auf dem weiß lackierten Deck.

„*Putain de merde!*", fluchte Servan. „Das brauch ich doch noch alles! Klaub das wieder zusammen und leg es in den Spind zurück! Und sperr ihn ab, damit das nicht nochmal passiert!", befahl Servan mit harscher Stimme. „*Bordel, bordel!*", schimpfte er dann leise vor sich hin.

Schuldbewusst folgte Papperin dieser Anweisung. Servan hatte das Schiff inzwischen wieder auf Kurs gebracht. Es stampfte zwar immer noch, aber die starke seitliche Neigung, das heftige hin- und her Rollen, hatte aufgehört. Mit dem Fuß beförderte Papperin die Scherben der zerbrochenen Flasche und der Trinkgläser aus dem Ruderhaus hinaus auf das Deck. Dann stellte er die Seekarten und Bücher wieder in das Regal zurück. Nachdem er auch die wenigen noch unversehrten losen Blätter, Rechnungen, wie er mit einem schnellen Blick festgestellt hatte, wieder zurückgelegt und mit einem Buch beschwert hatte, wandte er sich den Büchern zu und versuchte die Beschriftung auf den Buchrücken zu entziffern. Es waren etliche Krimis und Abenteuerromane darunter, des Weiteren Handbücher und Bedienungsanleitungen. Drei Bände, die mit ‚Logbuch‘ beschriftet waren, zogen seine Aufmerksamkeit auf sich. Sie waren nach Jahren geordnet. Er nahm sich das aktuelle Logbuch und begann, es durchzublättern. Seitenweise enthielt es handschriftliche Eintragungen. Startdatum, Zieldatum, jeweils die Uhrzeit, Koordinaten des jeweiligen Zielortes, Wetter, Windstärke und vieles mehr. Jede Tour war hier detailliert festgehalten. Neugierig blätterte Papperin zu den jüngsten Vermerken. Auch den aktuellen Trip heute hatte Servan schon eingetragen:

Mittwoch, 10. September, Start: 11.30 Uhr, Ziel: Ile de Cézembre, 48°40′33″N 02°04′12″W, Wind: WNW, Stärke: 4 Bft, sonnig.

Die Rückkunftsdaten fehlten noch, da sie sich ja noch auf der Hinfahrt befanden. Neugierig ging Papperin die letzten Eintragungen durch. „Eigentlich langweilig", dachte er. „Immer wieder dasselbe."

Doch bei einem Eintrag stutzte er. Die Zahlen kannte er doch.

49° 39′50″ Nord 03° 12′ 09″ West 08.17 um 4 Uhr30

Oder täuschte er sich? Er konzentrierte sich, um die genaue Zahlenfolge in seinem Gedächtnis zu rekonstruieren.

49 39 50 03 12 09 08 17 04 30

Doch, es stimmte, das war eine der Zahlenreihen, die der geheimnisvolle Anrufer bei einem seiner Anrufe durchgegeben hatte! Das hatte Guy-deux zweifelsfrei entschlüsselt.

„Servan, schaust du mal her, bitte!"

„Was ist?"

„Hier, in deinem Logbuch. Da habe ich was entdeckt."

„Moment! Ich schalte den Autopilot ein." Dann drehte sich der Skipper zu Papperin um.

„Hier, schau!", deutete Papperin auf den Logbucheintrag.

„Das sind genau die Koordinaten, das heißt die Zahlen, die der Unbekannte bei einem seiner Anrufe durchgegeben hat."

„Lass sehen!"

Servan setzte sich auf die Bank und zog das Buch auf seine Knie. Er fuhr mit dem Finger die Zeile entlang. Dabei murmelte er die Eintragungen Wort für Wort und Ziffer für Ziffer.

„Lass mich nachdenken!"

Plötzlich wurde das Schiff von einer großen Welle erfasst und vom eingestellten Kurs abgebracht. Servan sprang auf um die Instrumente auf dem Kommandostand zu überprüfen. Nach ein paar Handgriffen kam er zurück auf die Bank zu Papperin.

„Ich glaube, das war eine Tour von Gael. Der hat damals gesagt, dass er irgendwelche Leute ...." Servan fasste sich an die Stirn und blickte nachdenklich durch die offenstehende Tür auf die See.

„Ja, ich erinnere mich. Das war an dem Tag. Da ist Gael alleine mit dem Schiff los."

Er schaute Papperin an und stellte dann, nicht ohne Zufriedenheit in der Stimme, fest:

„Jetzt haben wir einen weiteren Beweis, dass Gael ein Gauner ist – was sage ich: ein Verbrecher, ein Mörder, der mit einer kriminellen Organisation zusammengearbeitet hat. Und ich habe ihn für meinen besten Freund gehalten!"

Sichtlich bewegt schüttelte er den Kopf und gab Papperin das Logbuch zurück. Dann begab er sich wieder zu seinem Kommandostand und packte das Ruder mit beiden Händen.

Colonel Rambalec legte den Telefonhörer auf, stützte sich mit beiden Ellenbogen auf die Schreibtischplatte und legte sein Kinn in die Handflächen. Das musste er erst einmal verdauen, was er gerade aus Aix en Provence von der dortigen Mordkommission gehört hatte. Der angesehene und unbescholtene Bürger Servan Dumeau soll in die Sache mit dem Schleuserring und dem Mord an dem nigerianischen Reporter involviert, Bestandteil dieser Verbrecherorganisation sein? Dem musste er nachgehen. Zum Glück kannte er Anatole Moussaux, den Direktor der betroffenen Bankfiliale ganz gut. Er hatte schon öfters mit ihm in ihrem gemeinsamen Club Tennis gespielt. Er griff zum Telefon und wählte dessen Handynummer.

„*Bonjour, Anatole. C'est Pierre!* Hast du eine Minute Zeit, ich müsste dringend mit dir etwas besprechen. Nein, nicht am Telefon."

„Wollen wir uns dann nicht lieber in der Bar gegenüber auf einen Espresso oder einen Pastis treffen? Dort können wir in Ruhe über dein Problem reden."

„Anders wäre es mir lieber. Wenn es dir Recht ist, komme ich schnell bei dir in der Bank vorbei, *d'accord*?" Er legte auf, schlüpfte in seine Uniformjacke und ging aus dem Zimmer.

„Ich fahre mal kurz zur *Société Générale*", rief er dem wachhabenden Gendarm zu, nahm sich einen Autoschlüssel aus dem Schlüsseltresor und verließ die Station. Da der Weg nicht weit war, hatte er die Bank bereits nach wenigen Minuten erreicht. Er hielt im Halteverbot direkt vor dem Eingang und lief mit federnden Schritten die wenigen Stufen zu dem durch eine Sicherheitsschleuse geschützten Zugang zum Bankinneren hinauf. Nachdem er ungeduldig das Prozedere der sich schließenden linken und der sich darauf öffnenden rechten Schleusentür über sich hatte ergehen lassen, konnte er endlich die Schalterhalle betreten.

„Ich habe ein *rendez-vous* mit *directeur* Moussaux, rief er den Angestellten zu und steuerte direkt auf das Büro des Filialleiters zu.

„*Pierre, mon ami!* Was gibt es Wichtiges, weswegen du mich so dringend sprechen musst?"

„Es ist etwas delikat", begann *colonel* Rambalec. „Aber es besteht der begründete Verdacht, dass einer eurer Kunden Mitglied einer internationalen Verbrecherorganisation ist. Es ist Servan Dumeau. Ich sag dir das als meinem Freund. Bitte behandle es streng vertraulich."

„Der mit den Bootstouren. Was ist mit ihm?"

„Uns ist bekannt, dass er bei deiner Bank ein Konto unterhält. Es wäre jetzt wichtig für uns, zu wissen, ob über dieses Konto Gelder von dieser Organisation fließen."

„Du weiß doch, das Bankgeheimnis. Ich darf dir dazu nichts sagen. Es sei denn, du bringst einen richterlichen ..."

Colonel Rambalec schüttelte den Kopf.

„Nein, unsere Indizien sind nicht gerichtsfest – noch nicht. Trotzdem sind wir brennend daran interessiert, ob etwas dran ist. Könntest du nicht...?"

Der Bankdirektor nickte nachdenklich mit dem Kopf und schaute auf die Schreibtischplatte vor sich.

„Ja, ich verstehe dich. Aber andererseits ..."

Er gab sich einen Ruck: „Pass auf! Ich sehe mir mal die Kontobewegungen von Dumeau an. Wenn ich nichts Auffallendes finde, dann legen wir das ad acta und gehen auf einen Drink in die Bar. Wenn ich etwas Verdächtiges entdecke, dann überlegen wir weiter. Okay?"

Da *colonel* Rambalec Zustimmung signalisierte, wandte sich der Banker seinem Computer zu. Nach mehreren Mausklicks hatte er das gesuchte Konto geöffnet.

„Hmmm!", machte er. „Ja, also ...", er schaute seinen Tennisfreund an. „Eigentlich nichts Gravierendes. Aber trotzdem: Es geht regelmäßig Geld auf das Konto einer Bank in Rotheneuf."

„Das hilft mir schon etwas weiter. Gibt es sonst noch etwas zu Dumeau. Etwas, das unseren Verdacht erhärten würde?"

„Nnnnein ... doch, hier! Einmal wurde ein größerer Betrag auf die Kanalinseln überwiesen. In die Steueroase Jersey."

Befriedigt stellte Rambalec fest, dass sich dieser Teil der Informationen aus Aix damit bewahrheitet hatte.

Erneut bearbeitete der Filialleiter seinen Computer.

„Er hat ein Schließfach bei uns. Seit ein paar Monaten erst. In der letzten Zeit hat er es .... drei ... fünf ... sieben Mal aufgesucht. Jeweils nur für ganz wenige Minuten. Mehr kann ich dir beim besten Willen nicht sagen. Abgesehen davon, dass wir selbst nicht wissen, was er in diesem Schließfach liegen hat."

„Für eine richterliche Erlaubnis, das Fach zu öffnen, reicht das in keinem Fall", bedauerte *colonel* Rambalec. „Trotzdem: Danke für diese Infos."

Der Bankdirektor schaute seinen Freund lange an.

„Im *Ouest France* habe ich von eurem Einsatz gelesen, und dass ihr diesen Mörder Gael Kaodenn bei einer Geiselnahme erschossen habt." Erschrocken stutzte er, hatte er doch gerade den Empfänger der Überweisungen verraten.

„Ihr habt doch sicher eine Hausdurchsuchung bei ihm durchgeführt. Habt ihr dabei keine Kontoauszüge gefunden, dass er von Servan Dumeau regelmäßig Geld von unserer Bank auf seine Konten sowohl in Rotheneuf als auch in Jersey überwiesen bekommen hat? Das sollte doch auch einen Richter überzeugen."

„Ich werde es versuchen. Hab vielen Dank für deine Auskünfte. Ich verspreche dir, sie bleiben unter uns."

Colonel Rambalec stand auf und reichte seinem Tennisfreund die Hand. Er hatte schon die Türklinke in der Hand, als ihm noch etwas einfiel.

„Bist du eigentlich immer noch im Lions-Club?"

Der Bankdirektor nickte. „Selbstverständlich. Das ist in meiner Position und für unsere Bank sehr wichtig. Unter uns: da werden viele Geschäfte angebahnt."

„Ist da nicht auch dieser Richter, *juge* ... Par ... "

„Du meinst *juge* Parchini? Stimmt, der ist Mitglied. Also ich kann mich ja mal mit ihm unterhalten, ganz allgemein über Kriminelle und über diesen Mörder Kaodenn. Und dabei einfließen lassen, dass auch meine Bank davon betroffen ist, weil einer unserer Kunden mit ihm zu tun hatte. Vielleicht ist er dann eher geneigt, dir einen Durchsuchungsbeschluss auszustellen."

„Das wäre super!"

„Also: Wenn er heute Abend zu unserer Clubversammlung kommt, werde ich schauen, dass ich neben ihm sitze."

„Dann werde ich ihn morgen wegen des Beschlusses anrufen. *Merci mon ami!"*, bedankte sich *colonel* Rambalec.

„Und jetzt gehen wir auf einen *apéritif, d'accord?"*

***

Papperin saß auf der Bank im Ruderhaus, das Logbuch in der Hand. Wieder schaute er auf den Eintrag: Am 17. August um 4 Uhr 30. Irgendetwas war doch da.

„Das ist schon zu lange her", dachte er. Aber irgendetwas war an diesem Datum, das hatte er in seinem Kopf gespeichert. Aber was? Nur verschwommen erinnerte er sich an den Tag. Langsam dämmerte es ihm: Das war der Abend, als Isabelle ihn das erste Mal angerufen hatte - wegen dieser ominösen Telefonate mit den mysteriösen Zahlen. Doch, jetzt erinnerte er sich. Er hatte ihr nicht geglaubt, hatte sie für verrückt gehalten. Er wollte in Ruhe gelassen werden und hatte versucht sie abzuwimmeln. Aber sie war hartnäckig geblieben. Schließlich hatte er ihr geraten, sich die Verbindungsübersicht, die *facture détaillée* ihres Telefonanbieters aus dem Internet herunterzuladen. Das könne sie nicht, das müsse ihr Mann machen, aber der sei heute mit Kunden auf Tour und nicht zuhause. Das hatte sie geantwortet.

„Heißt das", dachte Papperin „dass Servan in dieser Nacht mit dem Schiff unterwegs war? Mit dem Ziel, das der anonyme Anrufer genannt hatte? So stand es im Logbuch. Dann aber war Gael nicht allein auf dem Schiff. Also war Servan...?"

„Jean-Luc, sieh mal, da vorne, das ist die Insel Céze..."

Servan blieb das Wort im Mund stecken. Er hatte sich umgewandt und wollte Papperin die vor ihnen auftauchende Insel Cézembre zeigen. Doch als er Papperin sah, das Logbuch in den Händen und ihn mit weit geöffneten Augen erschrocken anstarrend, war es ihm schlagartig klar geworden:

„Du hast es entdeckt! Nein, Gael war nicht allein auf dem Schiff."

Papperin schaute Servan an, sah die Entschlossenheit und die Eiseskälte in seinen Augen. Er fragte sich, warum ihm die Brutalität in Servans Gesichtszügen nicht früher aufgefallen war. Schlagartig wurde ihm bewusst:

„Er wird mich umbringen! Es bleibt ihm gar nichts anderes übrig, wenn er davonkommen will."

Panisch ließ er seine Blicke umherschweifen, suchte nach einer Waffe. Doch nichts war in seiner Reichweite. „Raus hier!", war sein nächster Gedanke. Er sprang auf, schleuderte das Logbuch in Servans Gesicht und stürzte durch die Tür hinaus aufs Deck.

„Eine Waffe! Ich brauche eine Waffe!" Seine Gedanken rasten. Flucht war unmöglich. Nichts als endlos weites und tiefes Wasser ringsum. Nein, er musste auf dem Schiff bleiben. Aber wo? Er kauerte sich neben den Kajütenaufbau. So konnte er aus dem Ruderhaus nicht gesehen werden. Hastig nestelte er sein Handy aus der Hosentasche. Es dauerte eine Ewigkeit, bis er den Code eingetippt hatte. Wen sollte er anrufen? Der Notrufbutton, den drückte er gleich mehrere Male.

„Hilfe!", wollte er rufen, als ihn ein Schlag am Kopf traf, der ihn zur Seite warf und ihn bis zum Schanzkleid schleuderte. Irrsinniger Schmerz fuhr durch seine linke Schulter, als sie auf die Brüstung aus Stahl prallte. Schon hatte ihn eine starke Faust gepackt und hochgezogen. Er versuchte einen Kinnhaken in Servans Gesicht zu landen, doch er war zu schwach. Der Schmerz in der Schulter hatte ihm jegliche Wucht genommen. Schon traf der nächste Schlag seinen Kopf. Plötzlich wurde ihm schwarz vor den Augen. Er sackte in sich zusammen. Nur Servans starke Hand hielt ihn auf den Beinen. Der Skipper stieß Papperins Handy mit einem Fußtritt durch ein Speigatt. Befriedigt sah er, wie es in der brodelnden Gischt versank. Dann schleifte er den bewusstlosen Papperin zurück ins Ruderhaus. Er warf die Tür hinter sich ins Schloss und ließ den Kommissar auf die Holzbank fallen. Dann brachte er das Schiff mit wenigen Handgriffen auf Kurs und wandte sich wieder dem Kommissar zu. Der hing immer noch bewegungslos über der Bank. Servan versetzte ihm einen Fußtritt. Ohne den Bewusstlosen aus den Augen zu lassen, suchte Servan mit tastenden Fingern den Boden des Spinds ab. Endlich fühlte er das, was er suchte und zog das kurze Stück Seil aus dem Kasten. Mit geübten Griffen band er erst Papperins Hände an den Handgelenken brutal und fest aneinander. Dann fesselte er die Füße. Nachdem er seinen Passagier auf diese Weise völlig außer Gefecht gesetzt, ihn wehrlos und zu keinem Angriff mehr fähig gemacht hatte, kümmerte er sich wieder um sein Schiff. Er gab in den Bordcomputer neue Zielkoordinaten ein und überprüfte, wie die automatische Steuerung das Schiff auf den neuen Kurs brachte: Nordwest, zunächst weiter in die Mitte des Ärmelkanals und dann westwärts in Richtung zum unendlichen Atlantik.

Als nächstes stieß er den Kommissar auf den Boden des Ruderhauses und setzte sich selbst auf die Bank. Während das Schiff sich durch die anrollenden Wogen kämpfte, saß er ruhig dort und wartete, wartete darauf, dass sein Gefangener aus der Ohnmacht erwachte.

***

„Ich erreiche ihn immer noch nicht. Jetzt hat er sein Handy sogar ausgeschaltet", sagte Jeannine mit sorgenvoller Miene zu Guy-deux.

„Es kommt immer nur die Computerstimme, die sagt, er sei momentan nicht erreichbar. Dann fordert sie einen auf, eine Nachricht auf der Mailbox zu hinterlassen. Das habe ich schon x-mal getan. Aber er ruft auch nicht zurück."

„Vielleicht ist nur sein Akku leer", versuchte Guy-deux Zuversicht an den Tag zu legen. „Oder er ist in einem Funkloch!"

„Aber doch nicht seit Stunden! Nein, da ist etwas passiert. Ich fühle das. Und dass sein Akku leer ist, das halte ich für ausgeschlossen. Wenn du wüsstest, wie penibel er darauf achtet, dass er immer erreichbar ist. Bei sich zuhause hat er in jedem Zimmer ein Ladegerät an der Steckdose hängen. Hier im Kommissariat sowieso. Selbst in seinem Auto schließt er es jedes Mal ans Ladekabel an, auch wenn er nur kurze Strecken fährt. Was soll ich nur machen?"

„Ruf doch mal bei den Leuten an, bei denen er in der Bretagne wohnt."

„Er wohnt bei seiner Cousine. Ich weiß zwar, dass sie Isabelle heißt, aber das ist schon alles. Ich habe keine Festnetz- und keine Handynummer von ihr." Jean-Luc und sie hatten immer die Handys benutzt, wenn sie miteinander telefoniert hatten. Das rächte sich jetzt. Sie kannte nicht einmal Isabelles Nachnamen.

„Aber ich habe die Telefonnummer von ihr! Das weiß ich von meinen Recherchen." Er führte mit der Computermaus ein paar Bewegungen auf dem Mousepad aus. Nach wenigen Klicks erschien eine Nummer auf dem Display seines PC. Jeannine tippte die Ziffern in ihr Handy und wartete ungeduldig, dass sich jemand meldete.

„Allô!", rief sie ungeduldig und trommelte mit den Fingern auf die Tischplatte. Aber der Rufton tutete gnadenlos weiter. Endlich ging jemand ran.

„Allô et bonjour! Wer spricht dort?"

„*Bonjour madame.* Ich bin eine Kollegin von *commissaire* Papperin und muss ihn unbedingt sprechen. Aber er geht nicht an sein Handy. Wissen Sie wo er ist?"

„Ich glaube er ist noch mit meinem Mann unterwegs. Aber sie müssten bald zurück sein. Soll ich etwas ausrichten?"

Jeannine erschrak. Jean-Luc war mit diesem Servan Dumeau unterwegs. Aber wieso ging er nicht an sein Handy? Vielleicht war doch sein Akku leer?

„Nnnein! Das muss ich ihm selber sagen."

„Dann rufen Sie am besten später nochmal an." Isabelle wollte schon auflegen, als ihr etwas einfiel:

„Ich kann Ihnen die Nummer meines Mannes geben. Er kann Ihnen sicher weiterhelfen."

Sie nannte eine Mobilfunknummer.

„*Au revoir mademoiselle!*"

„*Merci madame et au revoir!*"

Jeannine unterbrach die Verbindung und meinte dann zu Guy-deux:

„Ich versuch es gleich mit der Nummer von diesem Servan."

Sie tippte die zehnstellige Ziffernfolge in ihr Handy und wartete, dass das Gespräch angenommen wurde.

***

„Endlich! Du warst ganz schön lange weggetreten."

Servan stupste den auf dem Boden des Ruderhauses liegenden Papperin mit dem Fuß an.

„Du hast dich ganz schön in die Scheiße hineingeritten. Wenn du das Logbuch einfach ins Regalfach zurückgestellt hättest und nicht so neugierig gewesen wärst, dann könnten wir jetzt in aller Ruhe heimfahren zum Abendessen mit Isa und deiner Tussi. Aber das geht jetzt nicht mehr."

Papperins Gedanken rasten. Was würde dieser Verbrecher jetzt machen. Zurückfahren als wäre nichts gewesen, das war jetzt ausgeschlossen. Das war Papperin klar. Servan musste ihn beseitigen. Wieso hatte er ihn nicht sofort über Bord geworfen, nachdem er ihn k.o. geschlagen hatte. Wenn er ihn jetzt ins Wasser warf, mit Stricken gefesselt, und er, Papperin, würde als Leiche an Land gespült werden, so wie dieser Reporter ... Nein, das durfte Servan auch nicht! Dann wäre jedem klar, dass er ihn ... Also musste er ihm die Fesseln abnehmen. Doch dann würde er sich zur Wehr setzen, mit allen Kräften, die er mobilisieren könnte.

„Ich glaube, nicht ich, sondern du hast Scheiße gebaut", erwiderte Papperin und bemühte sich, seiner Stimme einen festeren und härteren Klang zu geben, als ihm innerlich zumute war.

„Wenn du mich jetzt über Bord wirfst und ich werde an irgendeinen Strand angeschwemmt, mit gefesselten Armen und Beinen, und die finden meine Leiche, dann bist du dran. Dann ist das Mord."

Servan schaute seinen Gefangenen mit mitleidigem Lächeln an.

„Du glaubst wirklich, dass ich so doof bin? Nein, das läuft anders. Selbstverständlich nehm ich dir die Fesseln *nicht* ab. Das Risiko gehe ich nicht ein. Du bleibst so wie du bist. Aber natürlich schmeiß ich dich über Bord. Aber nicht hier und jetzt. Erst fahren wir weiter raus, Richtung Atlantik."

Papperin ahnte, was jetzt kommen würde.

„Weißt du, ich bin hier zuhause und ich kenne die See aus dem Effeff. Vor allem die Strömungsverhältnisse. Jetzt fahren wir erst wo hin, wo dich die Strömung auf den Atlantik rauszieht. Da verschwindest du auf Nimmerwiedersehen. Außerdem hab ich genug Eisenzeug an Bord, das dich unter Wasser zieht."

Mit dem Fuß stieß er Papperin weiter von der Bank weg. Dann stand er auf und griff in den Wandschrank.

„*Merde!* Die ist ja zerschellt. Die hast du runterfallen lassen. Aber ich hab noch einen Flachmann vorne neben dem Ruder." Mit wenigen Schritten war er am Kommandostand, klappte einen Deckel auf und nahm ein flaches, silbern glitzerndes Metallfläschchen aus dem Fach. Damit ging er zurück zur Bank und nahm, nachdem er sich wieder gesetzt hatte, einen gehörigen Schluck aus der Pulle.

„Du willst sicher wissen, wie das gelaufen ist, mit dem Nigger, den Anrufen mit den Koordinatenangaben und dem Schleuserring. Jetzt kannst du es ja wissen. Du wirst es niemandem mehr sagen können, und die See kann es nicht ausplaudern."

Wieder nahm er einen Schluck aus dem Flachmann.

„Weißt du, das war ein schöner Zusatzverdienst. Ihr wart schon ziemlich nah dran mit euren Vermutungen. Wir haben Leute an Bord genommen, meistens waren das reiche Nigger, gesuchte Schwerverbrecher, Söldner, Terroristen, so'n Gesocks. Also die haben wir von einem Frachtschiff übernommen und an einem vereinbarten Ort an der Küste in England abgesetzt. Dort wurden sie von der Organisation in Empfang genommen. Nur das mit dem Lumumba ist dummerweise schief gelaufen. Der hat sich beschwert, dass wir ihn zu schlecht behandelt hätten. Außerdem war es ihm nicht Recht, dass wir ihm sein Geld abgenommen haben. Da hat er den Gael angegriffen. Aber der hat sich gewehrt und dabei ist ihm der dumme Neger ins Messer gelaufen. Das war ein Unfall. Aber natürlich mussten wir ihn loswerden und haben ihn über Bord gehen lassen."

Wieder ging Servan zum Kommandostand, überprüfte den Kurs und erhöhte die Drehzahl des Diesels.

„Damit wir schneller am Ziel sind", meinte er.

„So, aber jetzt geh ich das Eisen holen, mit dem du beschwert wirst."

Er stand auf und wandte sich zur Tür.

„Nicht, dass du bei uns an Land gespült wirst, wie der dämliche Nigger. Und daheim sag ich, dass du bei schwerer See über Bord gegangen bist. Ein tragisches Unglück."

Gerade als er die Tür des Ruderhauses geöffnet hatte und eine heftige Windbö durch den Raum rauschte, ertönte der sonore Ton eines Signalhorns.

Ein Hoffnungsschimmer durchzuckte Papperin. Ein Schiff in der Nähe! Doch er wurde sogleich wieder zunichte gemacht.

„Mein Handy", sagte Servan.

„Dann kann ich ja gleich Nägel mit Köpfen machen und melden, dass du über Bord gegangen bist."

Er zog das Telefongerät aus seiner Jackentasche und warf einen Blick drauf.

„Die Nummer sagt mir nichts, Aber schau'n wir mal!"

Er drückte auf den grünen Button und hielt sich das Handy ans Ohr.

***

„Allô! Monsieur Dumeau?"

„Oui!"

„Können Sie mich verstehen, es rauscht und pfeift so."

„Doch, ich kann sie verstehen. Wer ist dran?"

„Hier spricht *brigadier* Jeannine Dalmasso. *Commissaire* Papperin ist mein Chef! Ihre Frau hat mir Ihre Nummer gegeben. Sie meint, Sie seien mit meinem Chef unterwegs. Ich müsste ihn dringend sprechen. Können Sie ihn mir geben?"

Plötzlich herrschte Schweigen. Immer noch drang ein heftiges Rauschen an Jeannines Ohr. Als ihr die Gesprächspause zu lange dauerte, fragte sie voller Ungeduld: „Sind Sie noch dran?"

„Ja, sicher. Ich habe … es ist …. stotterte die Stimme im Hörer."

„Ja? Was ist?"

„Ich weiß, das ist jetzt eine schlimme Nachricht für Sie. Aber ihr Chef ist vorhin bei stürmischer See … über Bord ge … Er war so unvorsichtig, hat meinen Rat nicht befolgt und wollte unbedingt auf Deck und an die Reling … Eine Monsterwelle hat das Schiff …" Die Worte waren nicht nur

188

schwer zu verstehen. Sie wurden fast völlig vom Rauschen und Pfeifen übertönt. Vermutlich der Wind, dachte Jeannine.

„Hilfe!!!!", glaubte sie, einen dünnen Schrei aus dem Hörer zu vernehmen. Dann etwas deutlicher:

„Er hat mich gefesselt und will mich …"

Plötzlich Stille. Ein leises Knacken und dann kam nur noch ein monotones tut-tut, tut-tut aus dem Gerät. Täuschte sie sich? War das Jean-Lucs Stimme? Mit vor Schreck geweiteten Pupillen starrte Jeannine auf ihr Smartphone.

„Das war Jean-Luc!", stammelte sie. „Ich hab ihn fast nicht verstanden, so hat es im Hörer gerauscht. Guy-deux, er will ihn umbringen. Wir müssen was tun, ihm helfen. Aber wie?"

Mit wenigen Worten schilderte sie ihrem Kollegen den Inhalt des Telefonats. Der hatte schon sein Handy in der Hand und scrollte in der Anruferliste.

„Ich ruf den Rambalec an, den *colonel* in Saint Malo. Der soll die Küstenwache alarmieren. Scheiße, das wird knapp. Hoffentlich schaffen die das rechtzeitig!"

***

Schweißgebadet legte Pierre Rambalec den Hörer auf. Papperin war in Lebensgefahr, auf hoher See. Zusammen mit einem Mörder. Seinem Mörder? Er mochte den *commissaire*. Anfangs hatte er etwas gegen ihn gehabt: die üblichen Animositäten zwischen *gendarmerie nationale* und *police nationale*. Aber inzwischen war er ihm irgendwie ans Herz gewachsen. Furchtbar, wenn ihm etwas passieren würde. Wenn der Mörder Dumeau ihm etwas antäte! Aber wo genau war das Schiff von Dumeau mit dem Kommissar an Bord?

„Seine Frau! Die muss das wissen."

Ein schneller Anruf brachte die Antwort: Ile de Cézembre.

Entschlossen griff *colonel* Rambalec wieder zum Hörer und wählte die Nummer der Zentrale der *gendarmerie maritime* an.

„*Colonel* Rambalec, *gendarmerie nationale* in Saint Malo! Verbinden Sie mich schnell mit *général* Delaplace. Ein dringender Notfall!" Als er das Zögern der Dame in der Telefonzentrale wahrnahm, fügte er hinzu:

„Bitte! Es geht um Leben oder Tod eines Kollegen!"

In weniger als einer Minute war der General in der Leitung. Der *colonel* berichtete ihm die Situation mit schnellen, abgehackten Worten. Der Offizier hatte die Lage sofort verstanden und war zum schnellen Handeln bereit.

„Ich schicke ein Schiff los", sagte er zu.

„*Officier d'ordonnance*", hörte ihn *colonel* Rambalec mit donnernder Stimme rufen.

„Wo haben wir ein Schnellboot mit Helikopter an Bord startklar? … In Cherbourg? Das soll zum sofortigen Auslaufen fertig gemacht werden."

„Genauere Zielangaben?", kam es aus Rambalecs Hörer.

„Im Umkreis der Ile de Cézembre."

„Geht es nicht genauer?"

„Nein, *désolé!*"

„Okay, dann schicken wir auch ein Suchflugzeug los!"

***

Servan Dumeau saß immer noch in Seelenruhe mit dem Flachmann in seiner Hand vor dem am Boden liegenden und gefesselten Papperin.

„Jetzt ist es leer!", sagte er und hielt das Fläschchen kopfüber. Aber kein Tropfen kam heraus.

„So, jetzt geh ich aber wirklich das Eisen holen. Bald sind wir da!"

Er sprang aus der Tür auf das Deck und verschwand aus Papperins Blickfeld. Kurz darauf kam er zurück, einen metallisch glänzenden Anker, den er auf den Boden neben

Papperin schob, ehe er die kurze Leiter ins Ruderhaus hinaufstieg.

„Der ist nagelneu. Hab ich erst letzte Woche gekauft. Als Ersatz, falls ich mal das Ankertau kappen muss." Er machte sich an Papperins Füßen zu schaffen. Mit einem armlangen Seil befestigte er das Metallteil an den Fußfesseln.

„So! jetzt ist er fest an dir dran!"

„Glaubst du wirklich, du kommst ungeschoren davon?", fragte Papperin. „Der Anruf gerade, das war einer meiner Leute!"

„Ja, ne Tuss!"

Jeannine, dachte Papperin. Hoffentlich hatte sie seinen Hilferuf gehört – trotz des Lärmes, den Wind und Wellen gemacht hatten.

„Sie hat gehört, wie ich um Hilfe gerufen habe. Jetzt weiß sie …"

„So'n Quatsch! Gar nichts hat die gehört. Bei dem Wind! Sie hat ja selber gesagt, dass sie vor lauter Rauschen fast nichts verstanden hat. Wahrscheinlich hat sie nicht mal kapiert, dass du über Bord gegangen bist."

Servan ging wieder zum Kommandostand und hantierte an einem Hebel. Das Brummen des Diesels wurde leiser.

„Wir sind gleich da. Merkst du es? Der Seegang ist viel rauer. Ich hab schon das Tempo etwas gedrosselt."

Er packte Papperin an den gefesselten Handgelenken, schleifte ihn zur Tür des Ruderhauses und stieß ihn über die kurze Leiter hinunter auf das Schiffsdeck.

„Kannst ja schon mal ein letztes Gebet zu deinem Herrgott schicken – falls du an einen Gott glaubst."

Wieder griff er nach Papperin und zog ihn nach Steuerbord zum Schanzkleid, der hüfthohen Stahlwand, hinter der die aufgewühlte See brodelte. Dort ließ er ihn neben der Tür liegen, die nur zum Betreten und Verlassen des am Pier festgemachten Schiffes geöffnet wurde. Die stählerne Tür war mit zwei dicken Riegelbolzen fest mit der Bordwand verbunden. Servan griff nach dem oberen Hebel und drehte damit den Bolzen soweit, dass ihn die Sperrung freigab und er ihn aus dem Führungsloch im Schanzkleid ziehen konnte. Dann wandte er sich dem unteren Riegel zu, der eingerostet zu sein schien. Jedenfalls klemmte er, denn Papperin konnte aus seiner unbequemen Position die Schweißperlen sehen, die über Servans Stirn liefen, als der mit aller Kraft versuchte, den Bolzen zu lockern.

„Das ist das Ende", dachte Papperin verzweifelt. „Sobald er die Tür auf hat, schiebt er mich durch und dann ist alles aus. Sehnsüchtig dachte er an Chau. Was sie noch alles vorgehabt hatten in ihrem Leben. An Odile, seine Mutter. Wie sie wohl mit der Ölmühle zurande kam, so ganz alleine? Und seine Leute im Kommissariat. Gut, die meisten würden sich mit einem neuen Chef arrangieren können. Aber Jeannine!

Ein Kreischen ließ ihn aufhorchen. Er sah, wie Servan den schweren stählernen Türflügel nach innen zu ziehen versuchte. Etwas klemmte. Der Anker, der an seine Fußfesseln gebunden war! Eines der beiden Schaufelblätter hatte sich unter der Tür verkeilt. Mit einem lauten Fluch packte Servan das Teil und zog es unter der Tür hervor. Jetzt beugte er sich zurück und schob die Tür ganz auf. Eine gewaltige Welle stürzte durch die neu entstandene Öffnung in der Bordwand und überflutete das Deck mit gigantischem Wasserschwall und schäumender Gischt. War das ein Schrei, ein Fluch, der von dem ohrenbetäubenden Brodeln und Zischen übertönt wurde? Das Wasser spülte über Papperins Körper. Sein Gesicht verschwand unter dem salzigen Nass. Kaum war sein Kopf wieder frei und er konnte kurz atmen, erbrach sich die nächste Welle über das jetzt schutzlose Deck. Mit enormem Sog floss das Wasser durch die Tür zurück. Mit aller Kraft klammerte sich Papperin an einer scharfen Kante fest. Wo war er? Hing er außen an der Schiffswand? Jedenfalls schwamm er nicht im brodelnden und schäumenden Ozean. Nein, er war noch auf dem Schiff. Direkt vor sich konnte er mit vom Salzwasser verschleiertem Blick die Öffnung erkennen, die durch die weit offenstehende Stahltür in der Bordwand klaffte. Wieder stürzte eine Welle herein, ergoss sich über das Deck und floss mit gewaltigem Sog zurück in die brodelnde See. Sie zerrte an Papperins Körper und drohte, ihn hinaus zu spülen. Als die Strömung nachließ, versuchte er, sich in Sicherheit zu bringen und von der Tür weg zu robben. Trotz der Fesseln und trotz des schweren Eisengewichts an seinen Füßen gelang es ihm, sich heckwärts bis zu einem Poller zu wälzen. Normalerweise wurde darum ein Tau gelegt, um das Schiff am Pier festzumachen. Jetzt schlang Papperin seine zusammengebundenen Arme um den pilzförmigen Stahlpflock. Endlich konnte er seine verkrampften Muskeln entspannen – wenigstens ein bisschen! Er atmete tief durch und machte sich auf den Wasserschwall gefasst, der mit der nächsten Welle das Deck überflutete. Doch der konnte ihm nichts mehr anhaben, auch wenn er heftig an seinem Körper zerrte und sein Gesicht für ein paar Sekunden überspülte. Als das Wasser wieder abgeflossen war, blickte er um sich. Wo war Servan? In Papperins zugegebenermaßen etwas eingeschränktem Blickfeld war er nicht. Hatte er sich ins Ruderhaus vor den Fluten in Sicherheit gebracht? Die Sicht dorthin war Papperin von einem großen weißen Kasten versperrt.

„Inhalt: 10 Schwimmwesten" war auf der ihm zugewandten Seite gedruckt. Stand Servan vielleicht direkt hinter ihm? Und würde er ihn gleich wieder packen, um ihn durch die offene Luke ins Meer zu stoßen? Papperin verrenkte sich, verdrehte seinen Hals, um einen Blick nach hinten werfen zu können. Doch eine erneute Welle überflutete ihn. Erst als sich das schäumende Wasser wieder zurückgezogen hatte, gelang ihm das. Doch auch hier: Keine Spur von Servan! Ein Hoffnungsschimmer blitzte in Papperins Kopf auf. Hatte die erste, gigantische Woge Servan beim Öffnen der festgeklemmten Tür überrascht und über Bord gespült? Hatte das Meer den Mörder verschlungen?

Papperin hatte keine Wahl, als liegen zu bleiben und zu hoffen, dass Servan nicht mehr auf dem Schiff war. Zumindest für den Moment war er in Sicherheit. Die mit sturer Regelmäßigkeit hereinbrechenden Wellen konnten ihm nichts anhaben. Zum Glück war das Wasser nicht eiskalt, sondern hatte eine erträgliche Temperatur, dank der zurückliegenden heißen Sommerwochen. Langsam entspannte sich Papperin etwas, sein bisher rasender Puls ging zurück. Jetzt hörte er wieder das Brummen des Diesels und spürte das Vibrieren des Decks, das allerdings immer wieder von den aufschlagenden Wellen überdeckt wurde. Durch die Öffnung im Schanzkleid sah er, dass sich das Schiff mit mäßiger Fahrt vorwärts bewegte. Er blickte um sich, so weit es eben in seiner beengten Lage ging, und lauschte, ob irgendetwas von Servan wahrzunehmen war. Lange lag er so bewegungslos da. Kein Anzeichen, dass der Mörder noch an Bord war.

Plötzlich traf ihn ein heftiger Schlag am Hinterkopf. Kurz spürte er einen gewaltigen Schmerz, ehe er in Bewusstlosigkeit versank. Ein Wasserschwall, der in Nase, Mund und Lunge drang, riss ihn aus der kurzen Ohnmacht und ließ ihn heftig husten, würgen und sich erbrechen.

War das Servan?

Doch nichts weiter tat sich. Er hob erneut den Kopf und verrenkte den Hals, um hinter sich zu blicken. Erleichtert ließ er ihn wieder auf die Planken sinken. Der Sog des Wassers und der Wind hatten den Kunststoffbehälter einer Rettungsinsel aus seiner Halterung gerissen und das kleine, tonnenförmige Gebilde über das Deck rollen lassen. Unglücklicherweise direkt auf seinen Kopf zu. Trotzdem war er froh, dass es nicht Servan war, der ihm diesen Schlag versetzt hatte.

Langsam kam ihm aber die aussichtslose Lage ins Bewusstsein, in der er sich befand. Wenn es ihm nicht gelang, sich von den Fesseln zu befreien, die Tür im Schanzkleid zu schließen und das Steuer zu übernehmen, würde das Schiff weiter durch das windgepeitschte Meer pflügen, bis ihm der Sprit ausging. Dass es auf die Küste zufuhr und dort auf einen Sandstrand auffahren würde, war mehr als unwahrscheinlich. Denn Servan hatte einen Kurs programmiert, der es aus dem Ärmelkanal heraus auf den weiten atlantischen Ozean lenkte. Und selbst wenn, so war absolut nicht sicher, ob es nicht an Klippen zerschellen würde, statt auf einen flachen Sandstrand zu treffen.

Papperin zerrte an seinen Fesseln. Mit äußerster Kraftanstrengung versuchte er sie zu dehnen und zu weiten. Nach endlosen, vergeblichen Mühen musste er aufgeben. Seine Kräfte reichten nicht aus. Dazwischen immer wieder das Atemanhalten, bis die nächste Welle abgeflossen war, all das zermürbte ihn. Aber wenigstens, dachte er, drohte von Servan keine Gefahr mehr. Und es bestand immerhin die Hoffnung, wenn auch nur eine verschwindend geringe, dass er einem Schiff begegnete.

Als nächstes versuchte er, sich zwischen zwei Brechern aufzusetzen und den rettenden Poller mit den Beinen zu umfassen, statt mit den Armen. Nach mehreren Fehlversuchen und mehreren Wellenfluten, die er über sich ergehen lassen musste, gelang ihm das endlich. Jetzt konnte er wenigstens mit den zusammengebundenen Händen an die Füße kommen und versuchen, die Fesseln dort zu lösen.

***

„Wie sieht es bei euch aus?"

„Bislang nichts! Wir sind von Cherbourg über die Ile de Cézembre weiter nach Westen geflogen"

„Wo seid ihr gerade?"

„49 Grad 7,4751 Minuten Nord und 3 Grad 3,236 Minuten West."

„Okay, wir kommen nach. Meldet euch, wenn ihr etwas seht!"

„D'accord!"

Der Bootsmann gab die neuen Zielkoordinaten in den Bordcomputer ein. „Um 21.27 Uhr werden wir dort sein", meldete er seinem Vorgesetzten, dem Kapitän des Schnellbootes der *gendarmerie maritime.*

„Geben Sie das an die Mannschaft weiter", erwiderte dieser und zog sich in seine Kajüte zurück, um die vor ihnen liegenden Stunden mit Büroarbeit zu verbringen.

***

Scotland Yard, London

Chiefinspector O'Brian und *inspector* Jones saßen dem inhaftierten Dan Lee Obuto in einem der Vernehmungsräume von Scotland Yard gegenüber. O'Brian blätterte die vor ihm auf dem Tisch liegende Akte durch. Dann blickte er dem illegalen Immigranten ernst in die Augen.

„Ihnen werden folgende Vergehen zur Last gelegt: Illegale Einwanderung in das Hoheitsgebiet des United Kingdoms, Überfall auf einen Geldtransporter, Mordversuch an einem den Transporter begleitenden Wachmann, Fahrerflucht in Verbindung mit Gefährdung der Verkehrssicherheit in Beaconsfield, Grafschaft Buckinghamshire, Besitz einer illegalen Handfeuerwaffe. Des Weiteren liegen ein internationaler Haftbefehl und ein Auslieferungsgesuch der Republik Burkina Faso vor. Nach Ansicht des *Crown Prosecution Service* sind die Verbrechen, die Ihnen in Burkina Faso zur Last gelegt werden deutlich schwerwiegender als die im britischen Hoheitsgebiet begangenen Taten. Deswegen hat der *Chief Crown Prosecutor* entschieden, dem Auslieferungsgesuch Burkina Fasos Vorrang vor dem Strafverfolgungsinteresse des Vereinigten Königreichs zu gewähren.

„*Asshole! Motherfuckker! Son of a bitch!*", brüllte der Schwarze dem *chiefinspector* ins Gesicht. Er war aufgesprungen und schlug seine mit Handschellen gefesselten Fäuste auf die Tischplatte.

„Ihr habt versprochen, dass ich nicht abgeschoben werde, wenn ich zu der Schleuserorganisation aussage. Das habe ich gemacht. Und jetzt wollt ihr ..."

„Das reicht uns nicht!", unterbrach ihn der Chefermittler. „Sie haben uns weder den Namen des Schiffs noch den der Reederei genannt. Wir kennen keinen der Mittelsmänner, über die Sie Kontakt aufgenommen haben. Also?"

Der Verbrecher ließ sich auf den Stuhl zurückfallen. Lange schwieg er. Schließlich murmelte er:

„Ein Containerschiff! *Sweet Rose* hat es geheißen."

„Und wie heißt die Reederei, der Eigentümer?"

Der Schwarze schüttelte den Kopf.

„Das weiß ich nicht!"

Als er den skeptischen Blick des Beamten sah, bekräftigte er:

„Wirklich nicht! Das Einzige, was ich mitgekriegt habe: Es fuhr unter der Flagge von Liberia."

Chiefinspector O'Brian nickte seinem *inspector* zu.

„Abführen!", befahl er. Dann verfasste er einen Bericht an den *Crown Prosecution Service* und an die Einwanderungsbehörde

***

In Southampton am Sitz der staatlichen Küstenwache des Vereinigten Königreichs sind am 10. September zwei Amtsmitteilungen eingegangen:

Um 19 Uhr 42:

Crown Prosecution Service to Her Majesty's Coastguard:
Es liegen Beweise vor, dass über folgende Schiffsverbindung illegale Einwanderer nach UK geschleust werden:
Containerschiff Sweet Rose, registriert in Liberia. Sobald sich das genannte Schiff wieder im Hoheitsgebiet des Vereinigten Königreichs befindet, ist es aufzubringen, zu beschlagnahmen und in den Hafen von Southampton zu verbringen. Kapitän und Besatzung sind in behördlichen Gewahrsam zu nehmen. Das UK Immigration Office ist hinzu zu ziehen.

Die andere Nachricht war bereits am frühen Morgen eingegangen:

Gendarmerie maritime France an Her Majesty's Coastguard/UK:
Der Gendarmerie Maritime liegen Informationen vor, nach denen ein Frachtschiff/Containerschiff mit unbekanntem, britischen Zielhafen am 11. September um 01 Uhr 30 MEZ folgende Position passieren wird: 49°59'37" Nord 01°42'50"West.
Mit größter Wahrscheinlichkeit hat das Schiff einen oder mehrere illegale Immigranten nach UK an Bord.

Erst relativ spät hatte man bei der *Coast Guard* den Zusammenhang erkannt, der zwischen den beiden Meldungen bestand. Dann allerding traf der diensthabende *commander* unverzügliche die erforderlichen Entscheidungen und gab an seinen Adjutanten den Befehl:

„Lassen Sie überprüfen, welche Schiffe sich zum fraglichen Zeitpunkt in der Nähe der genannten Position befinden. Und ob darunter die genannte Sweet Rose ist oder ein anderes Schiff, das unter liberianischer Flagge fährt. Falls ja, ist der Liberianer per Radar zu überwachen, solange er sich außerhalb der britischen Hoheitsgewässer befindet. Bei Überqueren der Zwölf-Meilen-Grenze ist das Schiff aufzubringen und hierher in den Militärhafen zu eskortieren. Kapitän und Besatzung sind festzunehmen."

Der Adjutant wiederholte den Befehl mit knappen, abgehackten Worten, schlug die Hacken zusammen, salutierte und verließ das Büro des *commanders*.

***

Mit der einbrechenden Dunkelheit hatte der Wind aufgefrischt und es war spürbar kälter geworden. Unentwegt brachen die Wellen auf das Deck und überspülten den sich am Poller festklammernden Papperin. Inzwischen fror er erbärmlich. Seine für einen sonnigen Spätsommertag gedachte Kleidung war klatschnass und wurde vom heftigen Wind noch zusätzlich gekühlt. Immer wieder hatte er versucht, mit klammen Fingern die straffen Knoten an seinen Fußfesseln zu lösen – stundenlang! Immer öfter musste er Pausen einlegen, damit sich die schmerzenden Fingermuskeln etwas erholen konnten. Doch alles blieb ohne Erfolg.

Inzwischen war es Nacht geworden. Das Schiff folgte mit leicht gedrosseltem Motor konsequent dem einprogrammierten Kurs.

Mutlosigkeit und Verzweiflung überfielen Papperin. Sollte das das Ende sein? Warum nur hatte er Servan auf den Logbucheintrag hingewiesen. Hätte er das sein lassen und das Buch kommentarlos in den Spind zurückgestellt, dann würde er jetzt nach einem hervorragenden *dîner* im gemütlichen Wohnraum von Isabelles Haus bei einem Digestif sitzen, vielleicht auch schon oben im Gästezimmer mit Chau im Bett liegen. Unbändige Wut breitete sich in ihm aus. Wut auf sich selbst, darauf, dass er sich hatte breitschlagen lassen, sein geliebtes Cabanosque zu verlassen und nach Saint Malo zu fahren. Darauf, dass er unbedingt diese Bootsfahrt machen wollte, anstatt einen geruhsamen Tag mit Chau auf dem Balkon zu verbringen.

Nein! Er würde nicht zulassen, dass es so endete!

Mit neuer Tatkraft blickte er um sich. Wie weit war es bis zum Ruderhaus? Konnte er das schaffen? Trotz der Hand- und Fußfesseln und des schweren Ankers, der daran gebunden war? Sollte er es versuchen? Dort hin zu kriechen?

Ja! Er wollte, er musste es wagen – trotz der ständigen Brecher und des gewaltigen Sogs, den das Wasser beim Zurückfließen durch die Öffnung im Schanzkleid bildete. Wenn er versuchte, mit den hereinstürzenden Fluten die etwa zwei Meter bis zum Ruderhaus zu überwinden. Dann könnte er sich an der kurzen Leiter festhalten und so dem tödlichen Sog zurück ins Meer trotzen.

Und wenn es ihm nicht gelang?

Trotzdem! Er musste es wagen!

Vor Anspannung bebend beendete er die Umklammerung des Pollers und presste seine Füße mit an den Körper gezogenen Beinen gegen die Bordwand. In diese Lage wartete er auf die nächste Welle. Sie kam, ergoss sich mit brüllendem Getöse über das Deck. Er stieß sich ab. Halb kriechend, halb sich von der Strömung nach vorne spülen lassend, kam er der stählernen Leiter näher. Er griff danach, doch seine Finger glitten ab. Schon ließ der Druck der Welle nach. Der Sog zurück setzte ein und drohte ihn mit sich zu reißen. Mit letzter Kraft stemmte er sich dagegen. Mit Erleichterung merkte er, wie der Druck immer schwächer wurde, bis das Wasser vom Deck in den Ozean zurückgeflossen war. Doch schon spürte er den Anprall der nächsten Welle. Wieder überspülte ihn ein mächtiger Wasserschwall, drückte ihn gegen die Wand des Ruderhauses. Mit beiden Händen griff er nach einer Leitersprosse, bekam sie zu fassen und klammerte sich daran, bis das Wasser wieder abgeflossen war. Mühsam begann er, sich die Leiter hoch zu hanteln. Immer wieder versuchten die über ihn hereinstürzenden Brecher, ihn von der Leiter zu reißen.

Doch irgendwie schaffte er es. Ermattet und klatschnass lag er auf dem Boden des Ruderhauses. Es gelang ihm sogar, die vom Schaukeln des Schiffes hin- und herpendelnde Tür mit einem Tritt beider Füße ins Türschloss zu stoßen.

Auf einmal war es windstill und ruhig um ihn. Er konnte nicht sagen, wie lange er erschöpft auf dem Boden gelegen hatte. Doch irgendwann kamen seine Kräfte wieder. Er richtete sich auf und rutschte auf Knien, den Anker hinter sich her schleifend zum Wandschrank, hoffend, dass er dort etwas Scharfes fand, mit dem er die Fesseln durchschneiden konnte. Ganz unten im Spind war eine grüne Kassette aus Kunststoff. Er zog sie am Handgriff heraus, stellte sie auf den Boden und klappte den Deckel auf.

„Anglerzubehör!"

Nylonschnüre in unterschiedlichen Stärken, Blinker in vielen Größen und Farben und jede Menge Haken – vor allem Drillinge in verschiedenen Größen. Doch nichts, womit er die Fesseln hätte durchschneiden können.

„*Merde!*", fluchte er. Verzweifelt nahm er einen großen Drillingshaken und versuchte mit der Spitze und dem Widerhaken die einzelnen Fasern des Seiles zu zerreißen. Es funktionierte. Aber unendlich langsam! Aus wie vielen einzelnen Fasern bestand so ein Strick, fragte er sich. Hunderten? Oder Tausenden? Es würde endlos dauern, bis er die Fessel durchgetrennt hatte. Immer wieder stach er sich die Spitze mit dem Widerhaken in die Finger, wenn das Schiff auf eine besonders hohe Welle traf und es eine unerwartete Bewegung, einen heftigen Ruck machte.

„Langsamer!", murmelte er, „es muss langsamer fahren!"

***

„*Mon capitaine!*"

Ohne anzuklopfen stürmte der Bootsmann des Schnellbootes in die Kajüte seines Kommandeurs.

„Das Suchflugzeug hat das Schiff entdeckt und uns die Position durchgegeben."

„Wie weit von hier?"

„Laut Bordcomputer brauchen wir bei voller Kraft noch genau 57 Minuten!"

„*Bien!* Veranlassen Sie, dass der Helikopter startklar gemacht wird. Er soll so schnell wie möglich abheben. Wir behalten Geschwindigkeit und Kurs bei!"

***

„Siehst du es auch? Da vorne?", fragte der Copilot des Rettungshelikopters den neben ihm sitzenden Piloten.

„Ja! Ohne Positionslichter", antwortete dieser. „Zum Glück scheint der Mond hell genug. Gib die neuen Koordinaten ans Schnellboot durch. Ich geh inzwischen runter damit wir einen Überblick über die Lage dort unten kriegen. Ich schätze, wir können nicht auf dem Kahn landen."

„Nee, der hat keinen Heli-Pad. Die Schaluppe ist dafür zu klein. Außerdem ist sie viel zu schnell und schaukelt zu stark um unseren Vogel sicher drauf zu setzen."

Während sein Copilot erneut das Schnellboot anfunkte und die neuen Positionsdaten durchgab, ließ der Pilot den Hubschrauber sinken, bis er in geringer Höhe etwas hinter dem Schiff schwebte.

***

Trotz Fesseln und mit dem Anker im Schlepptau hatte sich Papperin zum Steuerstand vorgearbeitet. Er richtete sich mühsam auf. Mit beiden zusammengebundenen Händen griff er nach dem Fahrstufenregler und zog ihn vorsichtig zu sich hin. Das Motorgeräusch wurde leiser, die Drehzahl des Diesels wurde kleiner. Er sah auf den Steuerstick. Sollte er den Kurs ändern? Aber wohin? In welche Richtung? Er hatte keine Ahnung. Außerdem war es Nacht. Draußen sah man nichts außer der unendlichen, schwarzen Wasserfläche. Nur die Schaumkronen auf den Wellen schimmerten weiß im fahlen Licht des Mondes. Vielleicht sollte er wenden und zurückfahren. Mit dem Kompass vor sich auf dem Kommandostand würde er die Richtung halbwegs hinbekommen. Ja, er musste es versuchen! Musste verhindern, dass er dem Atlantik mit seiner unendlichen Weite immer näherkam, und die Küsten in unerreichbarer Entfernung verschwanden. Vorsichtig schob er den Joystick nach links. An den Gischtkronen konnte er verfolgen, dass das Schiff eine weite Linkskurve fuhr. Die Kompassnadel wanderte langsam nach rechts.

***

„Schau hin, jetzt wird es langsamer!"

„Das heißt also, dass jemand am Ruder ist. Das kann nur der Verbrecher sein!"

„Was macht er jetzt? Jetzt wendet er! Geh mal leicht seitwärts, dass wir ins Ruderhaus schauen können."

***

202

Papperin ließ den Joystick los, der automatisch wieder in die Nullposition zurück glitt. Die Nadel des Kompasses auf dem Armaturenfeld zeigte nach links, im rechten Winkel zur Fahrtrichtung des Schiffes.

„Nach Osten!", seufzte Papperin erleichtert. „Wir fahren nach Osten, Richtung Saint Malo!"

Plötzlich wurde ihm schwindlig, seine Knie wurden weich. Dann wurde ihm schwarz vor den Augen. Er merkte nicht mehr, wie er zu Boden glitt

***

„Da ist niemand am Ruder!", rief der Helikopterpilot verblüfft. „Oder siehst du jemanden im Ruderhaus?"

„Nein! Niemanden. Aber er hat doch eine Wende hingelegt. Exakt um 180 Grad. Das hat der Kahn nicht von alleine gemacht. Es muss jemand auf dem Schiff sein."

„Funk nochmal den Chef an!"

Wieder nahm der Copilot Funkkontakt mit dem Schnellboot auf und schilderte dem Kapitän die Lage.

„Ich vermute das Schlimmste", klang es aus dem Lautsprecher. „Wahrscheinlich hat er den *commissaire* aus Aix schon über Bord gehen lassen und ist jetzt auf dem Rückweg. Was genau könnt ihr sehen?"

„Im Ruderhaus ist niemand, auf Deck ist auch niemand. Die Tür im Schanzkleid steht weit auf und Wellen überspülen ungehindert das Deck. Da kann sich niemand lange halten. Wenn, dann ist er im Ruderhaus!"

„Bleibt eine Weile neben ihm und schaut, ob sich auf dem Boot und im Ruderhaus etwas rührt! Er muss ja irgendwann wieder ans Ruder gehen."

Nach endlosen Minuten kam wieder die Stimme des Kapitäns aus dem Lautsprecher.

„Und? Rührt sich was?"

„*Non, rien!*"

Der Kapitän war sich sicher: Es gab nur eine Möglichkeit. Der Verbrecher hatten sein Opfer, den Kollegen von der *police nationale,* über Bord geworfen. Aber was war dann auf dem Schiff passiert? War auch der Verbrecher ins Meer gefallen, hatte der Polizist ihn mitgerissen? Nein! Ein Geisterschiff war es nicht. Es musste jemand an Bord sein, der das Wendemanöver durchgeführt hatte. Es blieb eigentlich nur eine Möglichkeit. Er griff wieder zum Funkgerät:

„Helikopter bitte kommen!"

„Wir hören!"

„Ich kann mir nur folgendes vorstellen: Der Kollege von der *police nationale* muss sich gewehrt haben und dabei den Skipper verletzt haben. Nachdem der den Kommissar über Bord geworfen und anschließend den Kurs geändert hat, ist er wahrscheinlich kollabiert. Dann liegt er jetzt im Ruderhaus. Wenn er wieder zu sich kommt, dann wird er irgendwo einen Hafen anfahren oder das Schiff auf einen Strand setzen. Könnt ihr über ihm bleiben?"

„*D'accord, mon capitaine!* Wir verfolgen ihn und geben Ihnen laufend die Position durch", stimmte der Pilot des Helikopters zu. Dann wandte er sich an seinen Copiloten:

„Das kann eine oder zwei Stunden dauern."

Kapitel 13

Donnerstag, 11. September

Position: 49° 59′ 37″ Nord 01° 42′ 50″ West
01 Uhr 30

„*Captain!* Da ist kein Schiff!"

„Das seh ich auch. Hast du die richtigen Koordinaten durchgegeben. Überprüfe das nochmal!"

„Ja, er müsste genau hier sein, wo wir uns befinden."

„Vielleicht kommt er ohne Beleuchtung, hat die Positionslichter ausgeschaltet. Sieht man auf dem Radar etwas?"

„*No, captain, nothing!* Da ist nichts!"

„*Fucking hell*! Wir können nicht lange warten. Sonst bringen wir den Zeitplan durcheinander. Höchstens eine Stunde!"

„Wenn der nicht kommt, was machen wir dann mit unserem Passagier?"

„Über Bord – alternativlos!"

„*No captain*, da mach ich nicht mit!"

„*Shit*! Du Weichei! Was schlägst du dann vor?"

***

Etwa zur selben Zeit, drei Längengrade weiter westlich

Angespannt schaute der Copilot abwechselnd auf das Computerdisplay des Helikopters und auf die Seekarte, die aufgefaltet auf seinem Schoß lag.

„Wenn er den Kurs und die Geschwindigkeit so beibehält, dann dürfte er in einer knappen Stunde bei den *Sept Îles* sein", sagte er. „Der steuert direkt auf das Riff dort zu. Es ist Niedrigwasser, da schauen viele Felsen raus und noch mehr verstecken sich knapp unter der Wasseroberfläche. Das kann er gar nicht verfehlen, selbst wenn Wind und Wellen ihn etwas vom Kurs abbringen."

„Das kann nicht passieren. Wenn du mich fragst, dann ist der Autopilot eingeschaltet, so schnurgerade wie der Kahn fährt. Der hält ihn auf Kurs."

„Dann zerschellt er aber an einem der vielen Felsen."

Nach einigen Momenten des Schweigens fragte der Copilot:

„Glaubst du der *capitaine* hat Recht und der Gangster liegt bewusstlos im Ruderhaus?"

„Ja! Oder beide sind da drin und haben sich gegenseitig k.o. geschlagen. Oder die Krängung des Schiffs hat das besorgt, hat einen von ihnen aus dem Gleichgewicht gebracht und der ist umgekippt und hat sich den Schädel eingeschlagen."

„Egal wer auf dem Schiff ist, wenn es an den Riffs zerschellt, dann hat der keine Chance, das lebend zu überstehen. Beschissene Lage!"

„Viel Zeit bleibt nicht mehr bis dahin."

„Und wenn sich einer von uns abseilt und das Schiff übernimmt?"

„Wenn du mit dem Vogel nah genug rankommst, dann geht das. Dann mach ich das!"

„Nicht ohne Zustimmung des Chefs!"

Nach einem kurzen Funkkontakt hatte der Kapitän des Schnellbootes sein Okay gegeben.

***

Gemächlich mit den Händen paddelnd lag er auf der Luftmatratze, die langsam auf der tiefblauen Wasserfläche schaukelte. Die Sonne stach hell auf ihn nieder. Mühsam öffnete er seine Augen, schloss sie aber sofort wieder, denn das grelle Sonnenlicht blendete ihn. Woher kam das Pochen in seinem Kopf? Was brummte da so? Erst langsam wurde ihm bewusst: er hatte geträumt. Doch was hatte seinen Traum gestört? Allmählich kam seine Erinnerung zurück. Das Brummen – der Schiffsdiesel. Aber woher kam die helle Sonne? Behutsam öffnete er wieder die Augen, blinzelte in das helle Licht. Das war keine Sonne. Es war die Deckenlampe! Er befand sich im Ruderhaus. Er wandte seinen Blick zum Kommandostand. Da stand ein Mann am Ruder. Er kehrte ihm den Rücken zu.

Servan! Ein riesiger Schreck fuhr Papperin durch die Glieder.

Servan drehte sich um.

Wieso hatte er einen Helm auf und so einen komischen Overall an?

„Du bist nicht Servan!", stammelte Papperin. Plötzlich merkte er, dass unter seinem Kopf eine zusammengefaltete Decke lag. Seine Hände und seine Füße waren nicht mehr gefesselt.

„Wer sind Sie?"

„*Lieutenant* Perrault, Helikopterpilot bei der *gendarmerie maritime*. Und Sie sind Jean-Luc Papperin, *commissaire* bei der *police judiciaire* in Aix en Provence."

„Woher wissen Sie das?"

„Sie hatten Ihren Ausweis einstecken. Den habe ich mir angeschaut, bevor ich Ihre Fesseln durchgeschnitten habe. Sie hätten ja auch der andere sein können, der Verbrecher."

„Wo ist Servan?"

„Keine Ahnung. An Bord ist er jedenfalls nicht."

„Wo sind wir? Und wie sind Sie an Bord gekommen?

„Abgeseilt vom Hubschrauber. Wo wir sind? Etwa sechzig Seemeilen nordwestlich von Saint Malo. Gleich treffen wir auf mein Mutterschiff. Von dort fliegen wir Sie mit dem Helikopter nach Saint Malo."

Epilog

Am 11. September gegen 6:00 früh hatte sich das unter liberianischer Flagge fahrende Containerschiff *Sweez rose* dem Handelshafen von Southampton genähert. Nachdem es die der Küste vorgelagerte Isle of Wight umfahren hatte und in die lange, fjordartige Bucht The Solent einfahren wollte, wurde es von einem Schnellboot der *UK-Coastguard* gestoppt. Ein Dutzend bewaffnete Marinesoldaten übernahmen das Kommando und verhafteten die Besatzung. Das Schiff und seine Ladung wurden durchsucht. Dabei entdeckten die Marinesoldaten einen wohnlich eingerichteten Container, in dem ein neben seinem Gepäck sitzender und offensichtlich aus Afrika stammender Mann auf seine Ausschiffung wartete. Da das in seinem nigerianischen Pass gestempelte Einreisevisum als Fälschung erkannt wurde, nahmen die Soldaten den illegalen Immigranten fest.

***

Um 10 Uhr 30 am 11. September gab *commissaire* Jean-Luc Papperin in der Kaserne der *gendarmerie nationale* von Saint Malo seine Erlebnisse auf dem Schiff von Servan Dumeau zu Protokoll. Die Frage, ob er wisse, wo Dumeau sei, beantwortete er mit ‚Nein'. *Colonel* Rambalec, *commissaire* Papperin und der beigezogene Richter kamen nach längerer Diskussion zum Ergebnis, dass der Verbrecher bei dem hohen Seegang über Bord gefallen war.

Colonel Rambalec berichtete, dass man aufgrund eines richterlichen Beschlusses das von Servan Dumeau gemietete Schließfach bei der *Société Générale* geöffnet habe und dort neben anderem mehrere Bündel mit Geldscheinen im Gesamtbetrag von 250.000 US-Dollar gefunden habe. Da laut Beschluss der Staatsanwaltschaft nicht zweifelsfrei festgestellt werden könne, ob es sich um legal verdientes Geld aus dem normalen Geschäftsbetrieb des Servan Dumeau handelte oder ob es aus seinen verbrecherischen Aktivitäten stamme, dürfte es der Erbin, Frau Isabelle Dumeau, zustehen. Allerdings müsse zunächst von der Steuerbehörde geprüft werden, ob es von seinem verschollenen Eigentümer ordnungsgemäß versteuert worden war. In letzterem Falle gelte die Erbin als Steuerschuldnerin.

***

Am Nachmittag des 12. September saßen Jean-Luc Papperin, seine Freundin Chau Iris LeTrans und die Witwe Isabelle Dumeau im Wohnzimmer des Dumeau'schen Hauses. Papperins Angebot, Isabelle solle zu ihm und seiner Mutter Odile nach Cabanosque übersiedeln und das Haus in Saint Malo verkaufen oder vermieten, lehnte Isabelle ab. Eine liebe Freundin, Marie-Claire Sarre, würde mit ihrem Mann und ihrer kleinen Tochter zu ihr nach Saint Malo ziehen und die oberen Etagen des Hauses bewohnen.

***

Nach all den Aufregungen und der Angst der letzten Tage beschlossen Jean-Luc und Chau auf ihre Spanienreise zu verzichten und ihren Urlaub zuhause in Cabanosque zu verbringen, sich von Odile kulinarisch verwöhnen zu lassen und durch die entspannte und heitere Art der Provenzalen und die erholsame und beruhigende Landschaft ihr seelisches Gleichgewicht wieder zu gewinnen.

Dort wollte er es endlich wagen, Chau zu fragen, ob sie ihm seinen Herzenswunsch erfüllen würde. Damit könnte er auch seine Vorgesetzten überzeugen, diesen unsinnigen Versetzungsbefehl zurückzunehmen und Jeannine in Aix zu lassen: Chau und er würden heiraten.

Alle Romane von Ignaz Hold bei ambiente-krimis:

Ignaz Hold
Mistralmorde
Commissaire Papperins erster Fall

Der Wald rund um Commissaire Papperins Heimatdorf Cabanosque brennt. Erhitzt sind auch die Gemüter, denn: Im Löschwassertank schwimmt die Leiche des örtlichen Umweltaktivisten. Wer soll jetzt den Baulöwen und den Bürgermeister in die Schranken weisen, die das idyllische Dorf in ein Wellness-Resort für die High Society verwandeln wollen?

Taschenbuch 9,90 € (ISBN 978-3-9815613-1-9)
E-Book 6,99 € (ISBN 978-3-9815613-0-2)

Ignaz Hold
Mordtour
Commissaire Papperins zweiter Fall

Was haben ein Massenunfall auf der Tour de France mit einem Toten und zahllosen Verletzten und das Verschwinden eines kleinen Jungen miteinander zu tun? Steckt die internationale Doping-Mafia dahinter? Oder handelt es sich um eine Marseiller Familientragödie? Commissaire Papperin aus Aix-en-Provence steht vor einem Rätsel.

Taschenbuch 9,90 € (ISBN 978-3-9815613-3-3)
E-Book 6,99 € (ISBN 978-3-9815613-2-6)

Ignaz Hold
Todeseiland
Commissaire Papperins dritter Fall

Im Gourmetrestaurant auf der provenzalischen Urlaubsinsel Porquerolles stinkt's. Commissaire Papperin kennt diesen Geruch nur zu gut: Das Odeur des Verbrechens hängt über dem Paradies. Der Kommissar und seine Lebensgefährtin müssen erkennen: Sie machen Ferien auf einem Todeseiland.

Taschenbuch 9,90 € (ISBN 978-3-9815613-5-7)
E-Book 6,99 € (ISBN 978-3-9815613-4-0)

Ignaz Hold
Ein Hauch von Tod und Thymian
Commissaire Papperins vierter Fall

Was ist mehr wert: Ein voller Geldtransporter oder ein echter Cézanne? Für keines von beidem lohnt es sich zu sterben. Trotzdem gibt es Tote. *Commissaire* Papperin und sein Team müssen sich mit den verschrobenen Weltanschauungen des verarmten französischen Landadels auseinandersetzen. Gleichzeitig führen sie ihre Ermittlungen in das Milieu des Prekariats, der frustrierten arbeits- und hoffnungslosen Welt der Kleinkriminellen in den Vororten der Arbeiterstädte des Midi.

Taschenbuch, 9,90 € (ISBN 978-3-945503-10-2)
e-book, 6,99 € (ISBN 978-3-945503-11-9)

Ignaz Hold
Trüffel mit Schuss
Commissaire Papperins fünfter Fall

Ein Mord auf dem Wochenmarkt von Cabanosque – direkt unter den Augen von *commissaire* Jean-Luc Papperin. Warum wurde der *truffier* erschossen? Droht die lokale Mafia ins Trüffelgeschäft einzusteigen? Oder haben Neid und Missgunst zwischen Trüffelbauern zu dieser brutalen Tat geführt?

Taschenbuch 9,90 € (ISBN 978-3-945503-18-8)
E-Book 6,99 € (ISBN 978-3-945503-19-5)

Ignaz Hold
Der Tod des Père Noël
Commissaire Papperins sechster Fall

Mord kennt keine Feiertage. Die Passanten in der weihnachtlich geschmückten Altstadt von Aix en Provence erstarren vor Entsetzen. Ein Weihnachtsmann, der stadtbekannte Père Noël, liegt tot im Schaufenster eines großen Ladengeschäfts – erschossen.

Taschenbuch 9,90 € (ISBN 978-3-945503-12-6)
E-Book 6,99 € (ISBN 978-3-945503-13-3

Ignaz Hold
Kaltgepresst
Commissaire Papperins siebter Fall

Kurz nach der Verkostung der neuen Olivenöle im Lager einer Großhandelsfirma stirbt der Einkäufer einer bekannten Supermarktkette. Herzinfarkt – diagnostiziert der herbeigerufene Arzt. Commissaire Papperin hat da so seine Zweifel, und richtig: Bei der gerichtsmedizinischen Untersuchung stellt sich heraus: Der Mann wurde vergiftet, und zwar mit einem seltenen und höchst schwierig herzustellenden Gift. Die Ermittlungen führen Papperin und sein Team zu idyllisch gelegenen Bauernhöfen, in landschaftlich reizvolle Olivenhaine und in das trost- und erbarmungslose Milieu des internationalen Ölgroßhandels.

Taschenbuch 9,90 €, ISBN 978-3-945503-20-1
E-Book 6,99 €, ISBN 978-3-945503-21-8

Ignaz Hold
Kaltes Meer
Commissaire Papperins achter Fall

Commissaire Jean-Luc Papperin erhält einen telefonischen Hilferuf von einer entfernten Verwandten aus der Bretagne. Ominöse Anrufe bedrohen sie. Nur widerwillig ändert Papperin seine Urlaubspläne und fährt zu ihr nach Saint Malo. Dort wird er Zeuge der mysteriösen Anrufe. Nur langsam kommt er hinter das Geheimnis. Eine Leiche, die von der tosenden Brandung an den Strand gespült wird, eine verhängnisvolle Bootsfahrt voller Gefahren und die technische Hilfe seines Teams in Aix führen ihn auf die Spur des Anrufers und zur Aufklärung eines grauenhaften Verbrechens.

Taschenbuch 9,90 €, ISBN 978-3-945503-24-9
E-Book 6,99 €, ISBN 978-3-945503-25-6

Ignaz Hold
Der Fall de Montagne
Commissaire Papperins neunter Fall

Ein mysteriöser Mord sorgt für Aufregung im beschaulichen Provencedorf Cabanosque. Welche seiner Untaten brachen dem Filialleiter der örtlichen Bank bei seiner letzten Mountainbiketour das Genick? Wer hat diese schreckliche Rache an dem korrupten Banker geübt? Als im abgelegenen Kloster Saint Pierre der Mörder zur Beichte erscheint und sich ein Kletterunfall im Grand Canyon du Verdon als Mord entpuppt, sieht sich Commissaire Papperin mit seinem bisher schwierigsten Fall konfrontiert.

Taschenbuch 9,90 €, ISBN 978-3-945503-28-7
E-Book 6,99 €, ISBN 978-3-945503-29-4

In der Bretagne zittern die Ganoven vor einer neuen Kommissarin

Sanni Aran
Der bretonische Teufel
Commissaire Julie Roches erster Fall

Im idyllischen Küstenort Cancale wird eine ermordete Frau aufgefunden. *Commissaire* Julie Roche und ihr Team machen sich auf die Suche nach dem Mörder und stoßen dabei auf eine ominöse Privatschule im bretonischen Hinterland. Welche Geheimnisse verbergen sich hinter den hohen Steinmauern der elitären Lehranstalt? Und was hat ihr charmanter Direktor zu verbergen? Die Ermittler finden eine Spur, die sie weit in die Vergangenheit zurückführt. Dabei müssen sie erkennen: Der Mörder ist bereits auf der Jagd nach weiteren Opfern. Werden sie ihn aufhalten können?

Taschenbuch 9,90 €   (ISBN 978-3-945503-14-0)
E-Book 6,99 €   (ISBN 978-3-945503-15-7)

Sanni Aran
Der bretonische Wolf
Commissaire Julie Roches zweiter Fall

Im Eurostar von London nach Paris wird ein Mann ermordet. Zufällig sitzt *commissaire* Julie Roche im selben Wagen. Zurück in der Bretagne erhält sie einen Anruf: Die Kollegen aus Paris bitten sie um einen Gefallen. Da der Tote wie sie aus St. Malo stammt, soll Julie vor Ort die Ermittlungen führen. Als wenige Tage später eine weitere Männerleiche von der Flut an den Strand gespült wird, glaubt Julie nicht an einen Zufall. Schnell wird klar: Die beiden Morde hängen zusammen. Julie und ihr Team heften sich an die Fersen des Mörders, der eine blutige Spur durch das Land zieht.

Taschenbuch, 9,90 € (ISBN 978-3-945503-16-4)
E-Book, 6,99 € (ISBN 978-3-945503-17-1)

Sanni Aran
Bretonische Kälte
Commissaire Julie Roches dritter Fall

Eiseskälte liegt über der Bretagne, wo seltsame Dinge geschehen. Eine Frau ist auf der Flucht. Warum hat sie ihren Job Hals über Kopf hingeschmissen? Vor wem hat sie Angst? Eine Tote ohne Namen wird an der felsigen Küste angeschwemmt. Commissaire Julie Roche muss bei der Suche nach dem geheimnisvollen Täter auf die Hilfe ihres sous-commissaire und besten Freundes Yanik LeGuel verzichten, denn er wurde in die Provence versetzt. Julie weiß, dass sie ein Alkoholproblem hat. Hat Yanik sie deswegen verlassen? Eine grausige Spur führt in die Provence – in den Ort, in der auch seine neue Dienststelle ist.

Taschenbuch 9,90 € (ISBN 978-3-945503-22-5)
E-Book, 6,99 € ....(ISBN 978-3-945503-23-2)

**Im beschaulichen Provencestädtchen Bartavelle
löst Capitaine de police Yanik LeGuel spannende Fälle**

Sanni Aran

Tod in Bartavelle

Alt, steinreich und ziemlich tot!
Aufruhr im Provencestädtchen Bartavelle. Ein Bauunternehmen aus der Stadt errichtet eine luxuriöse Seniorenresidenz für wohlhabende Pensionäre aus aller Welt im schönen, unberührten Hinterland. Als dort einer der Bewohner ermordet aufgefunden wird, ist das kriminalistische Gespür von *capitaine* Yanik LeGuel gefordert. Der smarte Ermittler stößt in dem mondänen Rentnerparadies auf eine Mauer aus Schweigen. Als weitere Morde passieren, muss er alles auf eine Karte setzen, um den Mörder aufzuhalten.

Taschenbuch 9,90 €   (ISBN 978-3-945503-26-3)
E-book 6,99 €   (ISBN 978-3-945593-27-0)

Krimi-Kurzgeschichten bei *ambiente-krimis*:

Spannende und atmosphärische Reisen durch beliebte Urlaubsregionen in Kurzgeschichten.

Gérard Mejer
Der Tod trägt Lavendel
Eine Rundreise durch die Provence in zehn Kurzkrimis.

Taschenbuch 9,90 € (ISBN 978-3-9815613-7-1)
E-Book 6,99 € (ISBN 978-3-9815613-6-4)

Gérard Mejer
Der Tod schlürft Austern
Eine Rundreise durch die Bretagne in zehn Kurzkrimis

Taschenbuch 9,90 € (ISBN 978-3-9815613-9-5)
E-Book 6,99 € (ISBN 978-3-9815613-8-8)